DISPARO ESTELAR

LA SAGA HACIA EL CIELO

LIBRO 1

A.R. KNIGHT

CAPÍTULO 1

CARRERA EN LA JUNGLA

LA OBSERVO desde detrás del grueso árbol mientras se mueve entre los helechos y las lianas, ahora amarillentos por la falta de lluvia. Un mosquito zumba frente a mí, pero no aterriza gracias a la savia pegajosa que cubre mi piel, permitiéndome concentrarme.

Porque ella ha estado mejorando.

Mi envoltura de musgo se desliza conmigo mientras me muevo alrededor del tronco, sus anillos de suave verde tejido me mantienen fresca y silenciosa mientras avanzo sigilosamente tras ella. Ella, por otro lado, lleva una camisa manchada y raída, unas cosas que llama pantalones que le llegan hasta los tobillos donde se encuentran con unas botas gruesas marrones —y ahora irremediablemente arañadas—. Rompen ramitas, aplastan plantas mientras se mueve, haciéndola fácil de seguir. Lleva un tubo gris brillante atado a su cintura, y nunca la he visto usarlo, pero el tubo gris brillante es fascinante de todos modos. Hoy, voy a conseguirlo.

Se escucha un aullido salvaje desde algún lugar adelante —un pájaro asustado—, y ella gira bruscamente sus ojos hacia él, con los brazos tensos, y hago mi movimiento. Un paso uno-dos sobre la rama, directamente en el centro despejado de un montón de hojas recién caídas, tocando el suelo silencioso, y luego, con un impulso de mi pantorrilla derecha, salto. Estoy demasiado lejos para un placaje, pero justo para la parte trasera de sus piernas. Ella logra captar el aire en movimiento y se gira a medias mientras vuelo hacia ella, lo que solo empeora las cosas para su equilibrio, ya que ahora la estoy empujando de lado en lugar de hacia adelante.

Se desploma en el suelo con un gruñido y estoy encima de ella, luchando por el tubo. Pongo mi mano en la empuñadura cuando siento algo afilado contra mi garganta.

—Objetivo equivocado, Kaishi —susurra Viera—. El cuchillo es más mortal de cerca que la pistola.

Bajo la mirada hacia la simple empuñadura de cuero y la brillante hoja de metal, forjada, según dice Viera, en su tierra natal bajo las montañas. Si alguna vez consigo mi propio cuchillo, será de vidrio negro, y brillará mientras absorbe la luz de Ignos.

—Nunca me has mostrado cómo funciona —digo, pero quito mis manos de su pistola.

Solo entonces aparta el cuchillo.

—Tampoco lo haré, a menos que las cosas den un giro —Viera espera a que me baje de ella, y luego me sigue poniéndose de pie, suspirando ante las nuevas manchas de tierra en su ropa.

—¿Qué tipo de giro?

—Uno malo —Viera desliza el cuchillo de vuelta en la ranura cerca de la parte superior de su bota.

Antes de que pueda obtener más detalles, un llamado melancólico resuena por el bosque. Es inquietante, y se desliza entre los árboles de la jungla como los espíritus de mis ancestros. Un llamador hueco. Uno de los tres que tenemos, y todos son tesoros. Si lo soplas desde la cima del Nivel, su sonido llegará incluso a otras aldeas.

Mi padre dice que hace que otras tribus sientan envidia. Mi madre dice que canta una hermosa canción. No veo por qué el llamador hueco no puede hacer ambas cosas.

No espero al segundo toque. Le lanzo un rápido agradecimiento a Viera por jugar el juego y reviso el amarre de liana que sostiene mi cabello —no hay nada peor que mechones sueltos enganchándose en las ramas mientras corres por el bosque— y salgo corriendo.

Mis pies, descalzos y raspados, aplastan hojas muertas contra la tierra mientras corro por el sendero de vuelta a la plaza principal. Los helechos me hacen cosquillas en las piernas. Los árboles hacen intentos a medias de alcanzar mi cabeza.

Mi ruta no es la única manera de volver a casa, y pronto empiezo a ver movimiento en el bosque a mi alrededor. Cazadores, agricultores, gente moviéndose porque quedarse sentado en la aldea todo el día es una receta para perder la cabeza.

Todos están regresando ahora, y no son silenciosos al respecto. Se escuchan gritos y llamadas, los saludos se mezclan con preguntas y respuestas sobre la caza, el clima y lo que se está cocinando. Me uno a ellos, y a nadie le importa que la hija del sacerdote aún no esté en la ceremonia.

Porque, principalmente, soy la hija del sacerdote. No el sacerdote.

Nunca lo seré.

Cuando entro en mi aldea, veo ocho casas de piedra. Construidas de forma plana, como si alguien hubiera empezado con cubos y luego se hubiera rendido cuando se dio cuenta de que nuestra piedra no se lleva bien con los ángulos rectos. No tenemos grabadores aquí en la jungla. Nuestra piedra viene por nuestras manos. El mortero que la une se mezcla con la fuerza de nuestros brazos y se extiende con rocas.

Pero no estoy mirando las casas. Estoy enfocada en lo único que mantiene a nuestra aldea en funcionamiento. El Nivel, y el nuestro es grande. El más grande que he visto jamás, y he estado en algunas otras tribus en giras con mi padre, he visto sus Niveles. Rocas desenterradas del suelo sostienen troncos y musgo, que hemos apilado uno encima del otro para crear un montículo viviente. Dondequiera que se presente una losa, nuestra gente ha tallado su versión de Ignos y su halo ardiente.

El atardecer es el momento perfecto para verlo: Ignos está besando el horizonte lejano, y planta sus últimas luces justo en la cima del Nivel. En el altar allí, una losa de piedra lisa clavada entre pilares gemelos lleva el círculo de Ignos rodeado de fragmentos. Cualquier cosa colocada en ese altar está centrada entre Ignos, facilitando la transición de esta vida a la siguiente.

Ignos ya no está solo allá arriba. Mi padre está de pie frente al altar con un trío a su alrededor. Uno sostiene el llamador hueco —un palo de bambú amarillento con agujeros espaciados— y reconozco a un chico no mucho mayor que yo.

Normalmente estaría cazando con el resto, pero aparentemente ha hecho algo bien —no te dejan soplar el llamador a menos que te lo hayas ganado. Los otros dos son lo que yo llamo los seguidores de mi padre. Lo siguen por el pueblo y lo ayudan a conseguir lo que necesita.

Ahora mismo, eso es un cuchillo de vidrio negro y una persona, inmovilizada de espaldas sobre el altar.

—¡Kaishi! —La voz de mi madre me aparta de la escena y me dirige hacia ella. Está de pie fuera de nuestra casa con una mirada que promete mil castigos si no me acerco a ella en este instante, así que lo hago.

—No llego tarde —digo las palabras para evitar la pelea antes de que comience. Fracaso, y lo sé por la medida en que se eleva la ceja derecha de mi madre.

—No presumas saber lo que voy a decir —me regaña madre—. Es grosero e infantil.

—¿No se supone que los niños sean infantiles? —digo, porque hasta ahora he escapado del rito de la edad adulta: conseguir un esposo o una esposa.

No me malinterpretes, soy fan de esto. Hay muchos cazadores agradables y solteros en nuestro pueblo, pero tengo una resistencia al destino. O más bien, a lo que otros piensan que es mi destino. Pero me mantengo callada al respecto porque no soy suicida.

—Evidentemente —responde madre. Creo que padre la ama, en parte, porque tiene este sarcasmo afilado y no teme usarlo—. No es lo que has hecho, sino lo que no has hecho.

Ahora me señala de vuelta hacia el Nivel y puedo seguir ese dedo con la sensación de un niño al que le están mostrando exactamente dónde está su error. Es el cuchillo de vidrio negro, el que ahora sostiene padre. Lo está levantando alto para atrapar la luz de Ignos, de modo que prácticamente brilla allá arriba.

Y lo sé.

—Lo olvidé —digo, lo cual es la verdad.

Honestamente.

—Sí. Tu padre lo limpió él mismo.

—No solemos tener sacrificios todos los días.

—Este no es un momento habitual —pero antes de que

madre pueda continuar la lección, el llamador hueco suena de nuevo.

Esta vez es una ráfaga staccato. Si no estás aquí ahora, está diciendo, te vas a perder algo bueno, así que madre cierra la boca en un gesto apretado, me agarra del brazo como si tuviera seis veranos en lugar de dieciséis, y nos vamos.

Mi tribu no es pequeña, pero nos comprimimos bien en filas apretadas para la ceremonia. Hay un pasillo en el medio, donde, en unos minutos, se llevará el cuerpo que ahora está en el altar. Mi madre me arrastra justo entre la gente reunida. Todos llevamos nuestras envolturas de musgo; musgos esmeralda y marrón que cultivamos y tejemos juntos. Algunas tribus tienen pieles, otras usan algodón, pero nosotros estamos demasiado profundos bajo los árboles para eso.

Cualquier parte que el musgo no cubra, y muchas que sí, las cubrimos con varios ungüentos; cosas que ayudan a mantener alejados a los insectos o a curar cortes y picaduras. Los olores se mezclan con el incienso ardiente, otra característica del pueblo y el núcleo de una de mis cosas favoritas: dar un sprint por las afueras del pueblo y disfrutar de los aromas. Ahora mismo es un humo picante, y en los bordes inhalo los primeros indicios de la cena: cerdo, enterrado antes con carbones calientes.

No soy la única que piensa en la comida; pasamos junto a un niño pequeño, la mitad de mi edad o menos, que, al estar rodeado por sus padres y otros adultos que se alzan como torres, no puede ver lo que está pasando y aprovecha la pérdida de oportunidad para mirar hacia atrás, hacia las fogatas de cocina. Aprovecho un momento y le toco el hombro.

Ven conmigo, articulo con los labios. El tiempo para

hablar ya pasó —padre ya ha comenzado las oraciones— pero el niño lo entiende. Toma mi mano ofrecida y viene con nosotros al frente de la multitud. ¿Los beneficios de ser la hija del sacerdote? Un lugar en primera fila para cada sacrificio.

Las salpicaduras de sangre vienen gratis.

Podrías pensar que la ofrenda en el altar lucharía. Probablemente sea un cazador, aunque no reconozco los tatuajes en este. Probablemente le han enseñado a pelear, a matar y tomar lo que pueda para sobrevivir. Solo que aquí está siendo sujetado por un hombre mayor cubierto de brazaletes de plumas, cuyo brazo es huesudo y, aunque fuerte, no es más capaz de mantener abajo a un hombre como nuestro sacrificio de lo que yo lo sería.

Sin embargo, el cautivo yace inmóvil.

Honor.

Eso es lo que padre me dice la primera vez que presencio uno de estos. El sacrificio honra a Ignos y trae algo de gloria a nuestra tribu, pero también es redención para nuestro cautivo. Una oportunidad para que recupere algo de lo que ha perdido al ser capturado en primer lugar.

Ve a Ignos en paz y acepta tu lugar en su hogar, y alégrate de ello.

El argumento no funciona con cada sacrificio, sin embargo. Algunos luchan hasta el final. Forcejean y suplican. Esos son siempre los más desordenados. Intento apartar la mirada cuando eso sucede, pero madre me obliga a mirar. A presenciar la desgracia.

Luchar cuando no hay oportunidad hace que todo duela más.

Padre pasa por otro conjunto de oraciones. Está pidiendo a Ignos agua, comida y una tribu saludable. Es el trío estándar, y no lo culpo por falta de originalidad.

Tampoco lo hace el resto del pueblo, y todos decimos nuestras partes cuando debemos.

La siguiente parte es dura, pero el cautivo lo hace fácil. Varios cortes rápidos con la hoja de vidrio negro y estamos mirando su corazón. Padre lo está sosteniendo en alto hacia la última luz de Ignos mientras toca la cabeza del altar tallado.

Luego está hecho. Sin rayos, truenos o terremotos. Si Ignos escuchó, no lo está haciendo obvio.

Cuando la multitud se va, el niño se escabulle con ellos, dejándome sola con madre. Ella no quiere empezar de nuevo con todos aquí, y creo que es en parte porque nadie tiene ganas de pelear después de ver a alguien ser destrozado, literalmente, justo frente a ellos. Así que nos quedamos de pie y esperamos, porque mi único trabajo está bajando las escaleras hacia mí.

Padre, suavizando el gesto con una amplia sonrisa, me entrega el cuchillo de vidrio negro empapado de sangre con ambas manos. Lo acepto de la misma manera, y el líquido cálido se desliza entre mis dedos. Trato de no pensar que el rojo estaba, momentos antes, dentro de alguien y solo lo consigo cuando padre empieza a hablarme.

—¿Lo tendrás limpio esta vez, Kaishi? —dice las palabras sin malicia, con un toque de broma, porque Padre sabe que ya lo he escuchado de Madre—. Hemos tenido suerte. Hay otro listo para mañana.

—¿Crees que nos escuchó? —pregunto—. ¿Ignos?

—No se trata de si escuchó nuestras oraciones —responde Padre—. Sino de si merecemos una respuesta.

CAPÍTULO 2

PREPARACIÓN PARA LA MISIÓN

SE LE DESCRIBE CON SUPERLATIVOS. Un arma viviente. La muerte encarnada. Lo último que ves antes de que tus ojos se apaguen. Todos estos y más, en cientos de mundos, se han usado para susurrar sobre su llegada.

De manera más general, y para sí mismo, responde al nombre que se ha ganado:

Sax.

Una sola sílaba, porque hasta ahora es un Oratus de tres letras. Sin nave bajo su mando, sin ejército a su disposición. No es que los necesite o los quiera; cada uno lo alejaría de la sangre. De la sensación visceral de sus garras haciendo el trabajo para el que están hechas.

Las está mirando ahora. Revisándolas frente a un gran espejo. Todas las veinte. Cinco en cada mano, y tiene cuatro de esas. Están unidas a brazos: dos a cada lado, brotando de un largo torso que, debido a sus escamas grises, brilla como agua ondulante en un día nublado. Dos piernas, una cola y su cabeza, gruesa y dominada por sus grandes ojos ovalados y boca envolvente, completan sus extremidades. Con casi cuatro metros de altura, Sax no viene en un paquete pequeño.

Mientras revisa las armas de su cuerpo, Sax mantiene un ojo en el Oratus a su lado. Mismo cuerpo, misma altura, solo que Bas es más cercana al color oro rosa. Sax la mira con una mezcla de confianza y amor, el tipo de vínculo compartido por una Pareja.

Bas no lo nota, porque ya ha empezado a ponerse su máscara. Presiona su garra delantera izquierda —el juego superior de brazos— contra el espejo. Al principio, parece que la garra podría atravesarlo y hacerlo añicos. Enviar cristales por todas partes. En su lugar, la superficie del cristal se deforma; succiona su garra y luego se desliza sobre ella. Metal líquido.

La máscara fluye hacia adelante sobre la garra de Bas, su brazo y el resto de ella. Una vez que Bas está completamente cubierta, ojos incluidos, la máscara parece hundirse en su piel. Se vuelve translúcida, como si sus escamas rosadas estuvieran cubiertas por una ligera niebla.

Sax sigue su ejemplo. Todos necesitan máscaras; son obligatorias para misiones con alto riesgo de ataque o exposición al vacío, y esta tiene ambos. Detrás de él, escucha, o más bien, a través de cavidades en su cráneo llenas de pequeñas antenas sensibles a la vibración, detecta a la otra mitad de su equipo riendo. Lo habitual para esos dos. Si volvieras al comienzo de su tramo de cincuenta misiones, encontrarías a Sax hirviendo de rabia ante sus silbidos.

Ahora, los ignora.

Cuando llegue el momento, Gar y Lan no estarán riendo. Apretarán los gatillos de sus mineros, igual que Sax. Gar probablemente dispararía primero.

La máscara está fría, pero rápidamente se calienta hasta alcanzar la temperatura de la piel de Sax. De hecho, quema un poco. Aumenta la temperatura corporal de Sax a niveles ideales para el rendimiento. Mientras la máscara llega al equilibrio, Sax y Bas se alejan del espejo para ver la siguiente parte del espectáculo.

Las garras de los Oratus son como diamantes —pueden cortar casi cualquier cosa—, pero no son de mucha ayuda contra un enemigo a distancia. La máscara ayuda contra el fuego de las armas, pero si le haces suficientes agujeros, también se desintegrará. Mejor eliminar el problema.

El espejo les ayuda con eso. Con un movimiento de la garra de Sax, el espejo fluye hacia el techo y revela estantes de metal azul que contienen una variedad de herramientas mortales. Sax se mueve primero, con la confianza de saber exactamente lo que quiere y cómo conseguirlo. El objetivo es un par de palos negros de aproximadamente mi altura.

Sax los llama bastones. Los recoge con sus garras delanteras y los coloca en su espalda. Se adhieren a la máscara, como un imán.

Luego viene un cinturón para su cintura, seguido de una variedad de juguetes y artilugios. Cosas para ser lanzadas, disparadas o probadas, dependiendo de la situación. A su lado, Bas hace sus propias elecciones, y cuando ambos terminan, se toman un segundo para mirarse mutuamente. Revisan la lista, se aseguran de que nadie haya olvidado algo.

Ninguno de los dos lo ha hecho.

—Evva dice que esta podría ser la última —Bas rompe el silencio, y aunque su boca se mueve, el sonido en realidad viene a través de la máscara.

Los cuatro ya están conectados.

—Siempre hay más —responde Sax, su voz como arena moliéndose.

—¿Pero y si lo es?

—Entonces tendremos que encontrar algo más que matar —Gar se une a la conversación, y a su grupo, en el centro de la habitación. No hay mucho que decir a eso, porque todos están de acuerdo con la evaluación de Gar. Los Oratus son como los mineros: sirven a un propósito, y a Sax le cuesta pensar qué podría ser ese si no es despedazar a los enemigos de la galaxia. Lan le ahorra el problema uniéndose, completando su equipo.

Están listos para partir.

RITUALES NOCTURNOS

SOSTENGO la antorcha con ambas manos, observando cómo las llamas bailan al ritmo de la brisa nocturna. No es pesada —el palo no es mucho más largo que mi antebrazo y el trapo ardiente no hace que el fuego se eleve mucho—, pero mi padre dice que sostenerla con las dos manos es señal de devoción a la tarea.

Como voy a ofrecer una plegaria a Ignos, el dios que determina si mi familia y mi tribu viven o mueren, la devoción parece apropiada.

La selva está oscura después de que Ignos se pone. Si estuviera de pie en la aldea, donde la mayoría de los árboles han sido talados para hacer espacio, podría ver las estrellas. Sin embargo, bajo el dosel, estaría vadeando un mar de oscuridad sin la antorcha. Tal como está, mis ojos apenas pueden distinguir más allá de mis propios pies y el sendero cubierto de maleza que hay debajo.

Mis oídos, en cambio, descubren un mundo propio.

Mientras los cantos de las aves se apagan a medida que Nomis —la hermana plateada de Ignos— se eleva, otros animales ocupan su lugar. Insectos zumbadores enjambran alrededor de la luz, algunos tan grandes como mi mano. La savia que he esparcido sobre mi piel mantiene alejados a la mayoría, y años de práctica hacen que no me estremezca cuando una polilla aterriza en mi muñeca y despliega sus alas con ojos de búho.

Mis pasos sobresaltan a un mono araña en algún lugar arriba, y aúlla mientras se balancea lejos, alertando a su familia de mi llegada.

El miedo no me invade aquí, aunque estoy sola. Nuestros cazadores, y los de otras tribus, cruzan estas áreas lo suficiente como para que cualquier depredador grande haya aprendido a mantenerse alejado o haya terminado en nuestras hogueras. Esas mismas tribus no tienen interés en llevarme, incluso si estuvieran fuera de noche. Los sacrificios son para honrar a Ignos, y una chica de dieciséis años no tiene mucho honor que ofrecer.

Todavía no, al menos.

Cuando llego al claro, hay un pequeño tótem de piedra en el extremo más alejado. Tiene aproximadamente mi altura y lleva otro grabado de Ignos. Este, sin embargo, está moteado de blanco y desgastado. Mi padre dice que ha estado aquí desde antes de que existiera la aldea, y que es en parte la razón por la que nuestra tribu ha sobrevivido tanto tiempo; otros hacen peregrinaciones aquí por su propia gente, y sus ofrendas pagan su paso pacífico. Alimentos y herramientas que ayudan a crecer a nuestra aldea.

Sin embargo, ahora soy la única aquí, lo cual es bueno. La soledad me ayuda a acercarme más a Ignos, o al menos eso es lo que pienso mientras me arrodillo ante el tótem y comienzo los ritos. Con los ojos cerrados, coloco la antorcha a un lado, aunque tengo que retorcerla en la tierra dura. Una señal de que podríamos necesitar algo de lluvia; normalmente este claro es un desastre fangoso. Todo el mundo sabe cuándo has estado aquí porque vuelves con las rodillas cubiertas de barro.

Es una oración ritual. Pidiendo guía, fuerza y la serie habitual de gracias. Solo al final me adentro en la originalidad. Comienzo una conversación unilateral con un dios que es tan grande y misterioso que no tengo idea si puede entenderme, o si le importa.

—No sé si estás escuchando —digo, y pongo mis manos sobre el tótem. Se supone que no debemos tocarlo, pero nadie está mirando, y tal vez eso capte la atención de Ignos —. Te estoy pidiendo algo esta noche. De nuevo.

Hago una pausa. Esta es la parte difícil, porque cuando no lo digo, no se siente tan real. Puedo distraer la sensación con mis tareas, o la conversación, o simplemente corriendo por la selva. Pero no vine aquí para distraerme, así que lo digo de todos modos.

—Necesito un destino. Mi padre dice que no puedo ser sacerdotisa, y mi madre me dice que pronto tendré un marido. No quiero eso, Ignos. No quiero lo que ellos quieren para mí. ¡Por favor, muéstrame algo más!

Es una súplica, y me siento un poco avergonzada al decirla. Incluso me sonrojo, allí en la oscuridad, porque sé que la mayoría de la aldea diría lo mismo si tuviera la oportunidad, pero no la tienen. Se conforman con las luchas y abrazan los momentos felices: una cosecha exitosa, un baile alrededor de las hogueras, una cacería que trae suficiente para alimentar a la familia.

¿Quién soy yo para pedir más?

Estoy abriendo la boca para retractarme de todo, pedir perdón, cuando se levanta una brisa y siento que mi antorcha se apaga. Mis ojos se abren a la oscuridad más pura que he visto en mucho tiempo, aunque soy capaz de recoger la antorcha por el calor que emana. No es la primera vez que esto sucede, y cada Solare sabe cómo abrirse camino entre los helechos y los árboles por la noche.

Sin embargo, la oscuridad es la razón por la que, cuando todo el cielo arde un minuto después, me quedo ciega.

Solo por un segundo, y no es realmente ceguera sino el shock de la explosión blanca que lo abruma todo. Parpadeo rápidamente mientras el resplandor retrocede a una única y enorme bola que se precipita sobre los árboles. El dosel de hojas significa que capto el fuego en puntos mientras pasa cerca y luego sobre mi cabeza.

Es difícil ver algo en ese naranja y negro furioso, pero de todos modos sigo la bola ardiente. Al menos hasta que desaparece bajo las copas de los árboles. Primero viene el crujido y el chasquido de los árboles, y luego un estruendo ondulante. Como una tormenta que se desata sobre un lago. El suelo se mueve y caigo a gatas, mis dedos se hunden en la tierra como si fuera un acantilado que estoy tratando de escalar.

Luego termina.

La quietud se apodera de todo y por un momento reina un silencio aturdido. Tomo aire. Los primeros insectos prueban sus zumbidos. Gradualmente, la selva reinicia su sinfonía.

Cuando me pongo de pie, sosteniendo la antorcha apagada, no me vuelvo hacia mi aldea. Vi dónde aterrizó el destello brillante. No parecía lejos. También pienso en mi oración. Y en el destino.

Puede que Ignos me haya escuchado y me haya dado una respuesta. Todas las historias de mis padres sobre héroes comenzaban con una cosa: cuando se les daba la oportunidad, el héroe actuaba. Así que paso junto al tótem y me adentro en la maleza sin cortar.

El avance es lento sin una luz y adentrándome en territorio desconocido. Los insectos me pican —hormigas y otras criaturas que no se ven disuadidas por mi recubrimiento de savia— y los animales que huyen del accidente me encuentran y dan media vuelta.

Ramas invisibles me arañan la cara y una espina deja su marca en mi mano. Sin embargo, no retrocedo, porque sé lo que me espera detrás.

Finalmente, irrumpo en lo que hace unos momentos no era un claro. Ahora es un desastre ardiente. Los árboles sostienen pedazos de llamas como si yo sostuviera una taza de agua. La tierra y las rocas están apiladas por todas partes, como si alguien hubiera excavado sin control. También noto que la mayoría de los escombros son negros y están calientes.

Piso la tierra.

Me quema las plantas de los pies, así que bailo hasta que encuentro un trozo de roca ligeramente más fría, y entonces echo un vistazo.

Hay un hoyo en el centro, casi tan grande como una de nuestras casas. Más profundo que mi estatura, y en el centro hay algo que, para mí, parece una roca ovalada. En el parpadeo anaranjado, se ve claramente que también está llena de hoyos. Trozos y pedazos arrancados de sus lados, aunque las partes intactas brillan. Nunca he visto nada parecido, pero eso encaja con lo que estoy pensando. Ignos ha enviado algo completamente nuevo.

Algo solo para mí.

Doy los siguientes pasos lenta y cuidadosamente. Pruebo la tierra para asegurarme de que cada paso no sea demasiado caliente. Aun así, las quemaduras se suman a mi creciente lista de heridas.

Que nunca se diga que Ignos no te hace trabajar por tus sueños.

Me arrastro hasta el borde del agujero. Ahora que estoy más cerca, puedo ver que el óvalo no es mucho más grande que mi padre. Cuatro o cinco de él, aplastados en la misma forma, compondrían la cosa entera.

Como si el óvalo supiera que lo estoy mirando, empieza a desprender vapor. Corrientes blancas emergen de lo que se convierte en una línea alrededor del centro del óvalo, flotando hacia el cielo. Entonces, antes de que pueda decidir qué hacer, el óvalo se abre por la mitad. La parte superior se eleva y cae lejos de mí, y noto que está unida con una pequeña bisagra plateada al lado lejano del óvalo.

Lo más interesante, sin embargo, es lo que hay dentro del regalo de Ignos. Parece un mar negro, aunque cuando me concentro, puedo distinguir rastros de púrpura. La tinta —porque no sé qué otra cosa llamarla— parece quieta, y tomo eso como una señal para acercarme.

No estoy completamente convencida; desciendo al hoyo lentamente y me aseguro de identificar la forma más fácil de salir si el óvalo resulta ser hostil.

Extiendo una mano para tocar la cáscara exterior del óvalo. El borde de la apertura. Está caliente, aunque no tanto como partes de la tierra. Si mi mente no estuviera en estado de shock total, podría preguntarme por qué, pero en su lugar noto que es seguro tocarlo y sigo acercándome.

Ambas manos están en el borde, que me llega justo hasta la barbilla, y estoy mirando fijamente esa tinta púrpura-negra. Hay algo ahí dentro. Puedo distinguir una sombra, moviéndose a la luz del fuego.

Alcanzo hacia ella, entrenada por años de atrapar peces, resbalo en ese estrecho borde y caigo dentro.

CAPÍTULO 4

LA ORDEN

SAX LEVANTA una sola garra y la nave toma nota. Los espejos se deslizan de vuelta a su lugar y ocultan las armas restantes. Detrás de Sax, una puerta, hasta ese momento unificada con el brillo nacarado de las paredes de la nave, se abre con un siseo de aire comprimido. Con cuidado de no dejar que su cola estorbe, Sax guía al grupo fuera de la habitación y por el corredor exterior de la nave.

Y se detiene de inmediato. Ha olvidado lo que dijo Evva. Llegan tarde a la pelea, y mientras el casco exterior de la nave se vuelve translúcido —un efecto ingenioso de pantallas bien colocadas—, los cuatro son testigos del caos.

Lo que parecen bandadas enteras de pájaros se sumergen y zigzaguean por el espacio. Una paleta negra manchada por el gigante gaseoso naranja que los observa, su atmósfera turbulenta salpicada de motas mientras las naves se entrecruzan frente a él. Constantes espectáculos de luces estallan mientras los pilotos prueban suerte con armas de energía, aunque Sax sabe que hay muchos más proyectiles volando por ese vacío; invisibles y igual de mortíferos.

Sax se siente atraído por la mancha más grande del

grupo. Tiene sentido, es para lo que está aquí. Es una especie de disco, y flota allí en el espacio, empequeñeciendo todo a su alrededor. Uno pensaría que sería el centro de la batalla, dado que es la nave más importante aquí, pero parece que el combate se ha alejado de ella.

—Nos han tendido una trampa —dice Sax—. Debería ser un viaje tranquilo.

—¿Cuántos crees que haya en una nave semilla de ese tamaño? —pregunta Gar, y Sax casi puede oírlo salivar.

—Suficientes para todos nosotros, y más —responde Sax—. Evva dice que tendrás que compartir, Gar.

La comandante no dijo nada parecido, pero esa es la impresión que tuvo Sax cuando Evva le dijo que irían con un equipo de asalto completo. Al menos cuatro lanzaderas, repletas de soldados hasta los topes. Sax se había asegurado de que ellos fueran los únicos Oratus, sin embargo. Nadie para quitarle el mérito. Aun así, este es un gran compromiso para el ejército del Coro, el Vincere.

—Mientras entiendan que se quedarán con las sobras y nada más —sisea Gar.

Al final del pasillo, una puerta circular gira y se abre. Evva está al otro lado. No directamente, sino de pie en una Esfera. Desde sus ojos, parece que ha metido la cabeza en una gigantesca bola azulada. En el interior, Evva está viendo todo lo que los sensores pueden darle sobre la pelea y dejándola flotar en ello como una especie de dios. Sax lo ha probado antes. Le revolvió el estómago y le costó una buena comida.

Más allá de Evva está el resto del puente. Aparte del aparentemente enorme parabrisas —pantallas de nuevo, superpuestas sobre una pesada armadura—, el puente está consumido por cápsulas. Los Flaum, criaturas peludas con ojos grandes y hocicos largos, se sientan en algunas, charlando entre ellos o con naves en el exterior. Sax resiste el impulso, aunque el gruñido bajo de Lan dice que ella no.

Normalmente, estas cosas son presas. Normalmente, son aperitivos para despedazar en el camino hacia la carne real.

Evva sale de la Esfera antes de que Sax termine su hipotética destrucción de los Flaum, y es todo lo que Sax esperaría de un Oratus de cuarta letra. Sus escamas verde lima están salpicadas de medallas luminosas, como si alguien hubiera disparado a Evva con un cañón lleno de honores. Cada una brilla con la luz, jugando trucos de arcoíris en los ojos de Sax.

—Estamos listos para empezar, comandante —dice Sax, aunque un destello detrás de Evva —alguna nave encontrando un final ardiente— desvía su mirada de ella.

—Su lanzadera está lista —responde Evva. Su voz, no a través de las máscaras, suena filtrada hasta que Sax vuelve a mirarla. Entonces la máscara reordena las prioridades y transmite la siguiente frase de Evva clara y nítida—. Sus órdenes son proceder directamente al núcleo. Encuentren la Semilla Sevora y elimínenla. No es necesario hacer prisioneros.

—Por supuesto —responde Sax.

—Todos deberían saber —dice Evva, y Sax se anima porque su voz ha cambiado. No es la comandante hablando, es Evva—. El Coro declaró un décimo ciclo. Lo están llamando la Gran Paz. Depende de nosotros hacerla realidad aquí, lograr que los últimos nueve ciclos de guerra no hayan sido en vano.

—¿La Gran Paz? Todavía estamos luchando —dice Bas.

—No por mucho más tiempo —Evva hace un gesto con una garra hacia el espacio.

—Creemos que esta es su última. La nave semilla final. Destrúyanla, y por fin habremos ganado.

Evva está inyectando emoción ahí, y Sax sabe por qué. Está sola en este puente por una razón. Brillantez, seguro, pero también porque su pareja desapareció en una incursión a una nave semilla que salió mal. Los Oratus guardan sus rencores en lo profundo, y el de Evva da un impulso a los cuatro.

—Honramos sus vidas —continúa Evva, de vuelta a la forma formal.

—Nos honra servir —responde Sax, y oye a los demás decir lo mismo.

Va a ser una buena cacería.

CUANDO DESPIERTO, sé que me estoy asfixiando. Puedo sentir, presionando contra mis ojos, el líquido frío que debe ser la tinta dentro del óvalo. También siento que mis nervios me dicen que alguien me está mirando fijamente.

No estoy sola.

Mientras muevo mis brazos —la tinta es como lodo, más pesada de lo que esperaba— algo parpadea en mi cerebro. Como un dolor de cabeza que se enciende y apaga, solo que más agudo. Lo ignoro porque lo que necesito ahora es aire.

Mis pies tocan el fondo duro del óvalo y presiono, levantando mi cabeza. La tinta no se escurre limpiamente. Se pega, como jugo de fruta. Empiezo a limpiarla de mi boca, tomo la primera bocanada de aire, y es entonces cuando estallan ruidos en mi cabeza. Una mezcla de gritos de animales, roca triturándose y sonidos que no puedo identificar en absoluto. Se agrupan, se retuercen y estallan, y débilmente, más allá, todavía puedo distinguir el crepitar de las llamas moribundas y nada más alrededor del óvalo.

Eso, más que nada, confirma que solo estoy escuchando

esto en mi propia cabeza. Eso, más que nada, clava una estaca de miedo en mi corazón.

Miedo.

La palabra aparece. Como un sueño, o una inspiración repentina. Junto con ella viene un tono cristalino, como si la palabra fuera pronunciada por, digamos, un cuerno hueco soplado. No es el sonido correcto en absoluto.

Miedo.

La palabra vuelve a aparecer, junto con el tono, pero esta vez hay ajustes, como en el habla, mientras sube por las letras. Como un niño aprendiendo a pronunciar una palabra. Como yo lo hice cuando era pequeña.

Miro hacia abajo a la tinta en la que estoy nadando, y descubro que está más baja de lo que pensaba. No, se está evaporando. Desapareciendo en la noche. El charco se encoge hasta que apenas me llega a la cintura.

Yo.

Sí, pienso, esa soy yo.

Mí.

Sacudo la cabeza. Intento golpearla de lado a lado para ver si algo podría salir. O si he roto parte de mi cerebro y está causando estos extraños estallidos. El movimiento solo hace que mis oídos zumben.

Las palabras nuevas llevan tiempo.

Es una frase y no algo que acabo de decir. Me quedo inmóvil. Tal vez, pienso, si dejo de hacer cualquier otra cosa podré entender qué está pasando. Realmente, estoy buscando cualquier cosa. Repasando lo que mi tribu enseña cuando se encuentra un depredador.

O un enemigo.

No un enemigo.

Está respondiendo a mí. Los tonos están diciendo las palabras mientras destellan en mi mente, aunque no las estoy escuchando exactamente con mis oídos. Más bien como cuando imagino a alguien hablándome y puedo oír su voz a pesar de que en realidad no están hablando. Es una sensación.

No soy tu imaginación.

Eso es obvio. Aunque soy una soñadora, no soy tan buena engañándome a mí misma. Así que paso a la siguiente pregunta: si esto no es mi imaginación, y no está fuera de mí, entonces ¿qué es?

¿Eres Kaishi?

¿Cómo sabe mi nombre?

Sé mucho más que eso, Kaishi. Sé dónde naciste. Sé que tu padre es el sacerdote de tu aldea. Y sé que odias cortarte el pelo.

Mi nombre y la posición de mi padre, podría justificarlos. Conocimiento bastante común para la gente que vive por aquí. Incluso las tribus vecinas saben quién es mi padre, y he estado en algunas de ellas en viajes de comercio, así que podría ser reconocida, aunque la falta de luz en este pozo lo haría difícil.

Pero ¿mi pelo? Nunca se lo he dicho a nadie.

Nunca me quejo, ni siquiera cuando Madre toma el cuchillo para mis nudos enredados. Es una oportunidad para ser valiente, después de todo.

Pasar por esa lógica me devuelve a mi pregunta.

Es decir, ¿qué es esto?

La voz no responde. Entonces mi brazo izquierdo se adormece. Lo miro, empiezo a mover el derecho para tocarlo, cuando ese también se adormece. Mis piernas se estremecen, y de repente no puedo sentir nada.

Interesante. Parece haber un problema contigo, Kaishi.

Estoy de acuerdo con eso. Para agregar a las cosas, hay sonidos que vienen de la jungla ahora. Silbidos y gritos.

Reconozco las voces y los llamados. Mi propia tribu, probablemente viniendo a ver qué pasó aquí.

Mientras tanto, estoy atrapada en el óvalo, incapaz de sentir mis dedos de los pies.

Sí, ese es un efecto secundario. El problema parece ser con el control total. Eso no puedo lograrlo.

¿Control total de qué?

De ti.

Hay una cosa que conozco que puede controlar a una persona si lo desea. Una cosa con el poder de hacer que un Solare actúe diferente de lo normal, y eso es Ignos.

La idea conecta los fragmentos para mí. Une la oración en el tótem, el extraño destello en el cielo y ahora la voz en mi mente. Esta voz, esta cosa que me habla, debe ser Ignos, o al menos una parte de él.

Espero que la voz lo confirme, pero está en silencio. Sin embargo, estoy feliz de seguir con este pensamiento. Si Ignos me está hablando, ¿por qué? ¿No podría hacer lo que quisiera sin meterse con mi cabeza?

Incluso un dios necesita ver el mundo a través de los ojos de sus súbditos.

Los sonidos se están haciendo más fuertes y supongo que los guerreros de mi padre irrumpirán en el claro en cualquier momento. Me encantaría salir del óvalo, pero todavía no puedo mover mis brazos ni mis piernas.

Primero, mira hacia abajo.

Sigo las instrucciones de Ignos y miro hacia el fondo del óvalo. La tinta ha desaparecido casi por completo, y en el último vestigio hay un extraño cubo verde. Es de un verde más brillante que cualquiera que haya visto antes, lo más parecido sería una hoja recién brotada en una mañana de primavera. Está cubierto de venas azules como telarañas.

Tómalo.

Cuando Ignos pronuncia estas palabras, mis brazos vuelven a moverse libremente. Las piernas también. Estoy tentada a correr, pero enfadar al dios dentro de mi cabeza parece una mala elección, así que extiendo la mano y coloco la palma sobre el cubo. Tiembla ligeramente, como un animal asustado. Luego, las venas se desprenden del cubo verde y se extienden hacia mi mano. Intento apartarla bruscamente, pero las venas me tienen atrapada.

Quédate quieta. Dolerá menos.

Ahora Ignos me lo dice, después de que las venas hayan clavado sus diminutos ganchos en mi piel. Se están envolviendo alrededor de mi mano y subiendo hasta mi muñeca. Logro calmar mis nervios, en parte porque ya estoy tan cubierta de cortes y mordeduras que apenas noto unos pocos más.

El cubo se derrite y observo cómo lo que antes era sólido se descompone y fluye a lo largo de las venas azules. Sobre mi mano —es como savia, solo que no pegajosa— y alrededor de mi muñeca. Las corrientes verdes se enroscan a mi alrededor y, de repente, se endurecen. Como una antorcha que se apaga, el verde se desvanece hasta convertirse en un marrón sombrío.

Lo llamo el Caché. Lo necesitaremos.

La voz de Ignos suena agradable mientras dice esto. Como si estuviera describiendo una flor o el desayuno. Sin embargo, no tengo tiempo de preguntar por qué, ya que veo que los helechos alrededor del foso se abren para revelar a los poderosos guerreros de la tribu de mi padre. Llevan lanzas, hondas, arcos, y todos me miran confundidos.

Lo cual, yo también estaría si fuera ellos.

No hay una historia, una lección de madre o un dicho antiguo que describa qué hacer si un dios se instala en tu cabeza. Así que mis ojos abiertos de par en par se igualan a los de la tribu y respondo a sus preguntas silenciosas con lo único que se me ocurre:

—He encontrado algo.

Esto no ayuda a nadie, pero impulsa a mi padre a romper la línea de guerreros y bajar precipitadamente al foso. Corre sobre la tierra y, alcanzando el óvalo, me saca. Sin embargo, ya no soy un bebé, así que tengo que ayudarlo. Usar mis propias piernas para trepar por el borde. Estoy llena de alegría porque ambas funcionan, que el entumecimiento ha desaparecido, y en ese instante de felicidad empiezo a hablar porque ahora no estoy mirando a una multitud, sino al rostro preocupado de mi padre.

—Es un regalo, padre —digo—. Ignos respondió a mi oración. Ahora está conmigo.

Mi padre se toma esto de la misma manera que yo lo habría hecho si uno de los aldeanos me hubiera dicho que el maestro de toda la creación se había instalado en su mente. Inclina la cabeza, cierra los ojos brevemente y luego mira más allá de mí hacia el óvalo. Se da cuenta de que está vacío.

—Un regalo —habla mi padre lentamente, como lo hacía cuando era pequeña y quería que dejara de llorar.

Me molesta que no entienda inmediatamente, así que repito las palabras:

—Vino del cielo, padre. Ignos me está hablando ahora mismo.

Eso último es exagerar. Ignos no está hablando ahora, y no sé por qué. Más tarde, entenderé que sus frecuentes silencios son cuando está procesando nueva información. Asimilando todas las cosas que no conoce ni entiende, y luego comparándolas con el Caché, el brazalete en mi muñeca, para ver si hay algo similar dentro de sus almacenes.

—¿Ignos te habla? —dice mi padre. No abandona el tono escéptico—. ¿Qué te está diciendo?

Di lo que te indique. Como si yo lo estuviera diciendo.

La orden de Ignos irrumpe en mi mente, y le siguen hileras de palabras. Descripciones fantásticas de estrellas y mundos mucho más allá del nuestro. No tiene sentido, pero me han criado para confiar en lo que un dios me dice, así que lo repito de todos modos. Mientras hablo, la expresión de mi padre trabaja, oscilando entre confusión, incredulidad y miedo.

—Todas estas cosas, desconocidas para ti y tus tribus, son parte de mi reino —digo según me indica Ignos—. Ha llegado el momento de prepararos para que os unáis a ese reino, por eso estoy aquí. Llama a tus tribus vecinas y tráelas para que escuchen mis palabras para que podamos comenzar.

Ignos continúa, a través de mí, hablando de milagros por venir. Las palabras son grandiosas y abarcadoras. El tipo de discurso que mi padre podría hacer, pero que yo nunca he hecho. Esto, creo, convence a mi padre más que cualquier otra cosa. Puedo inventar historias maravillosas. Los sermones como este requieren más esfuerzo. Requieren conocer la cadencia emocional de la multitud.

Ignos lo sabe. Yo no.

Al final del discurso de Ignos, mi padre se aleja de mí. Veo una nueva mirada en sus ojos, una que trae consigo un giro de dolor anudado. No soy su hija en esa mirada. Soy algo más. Tanto temida como reverenciada. Me aparto de esa mirada dolorosa y veo que los guerreros han estado escuchando, y es aún peor con ellos: algunos están de rodillas, inclinándose hacia mí. Otros lloran abiertamente o miran al cielo en busca de los milagros que prometí.

Mi padre interrumpe con un llamado para volver a la

aldea. Un par de guerreros se quedan atrás para examinar el óvalo y buscar algo que pudiera haber pasado por alto. El resto nos escolta de vuelta.

La aldea está completamente despierta esperándonos, y nuestro grupo se dispersa en una docena de relatos de mis palabras. Mi padre no se detiene con ninguno de ellos, sino que me lleva a la casa de nuestra familia. Mientras mi padre me conduce al interior, mira a mi madre y dice:

—Nuestra hija afirma que ha sido tocada por Ignos.

Luego se vuelve hacia mí y, con la expresión más grave que he visto jamás, dice:

—Necesitará dormir, ya que mañana tendrá lugar su primera ceremonia. Si Kaishi pronuncia bien los ritos, entonces nuestra aldea tendrá una nueva sacerdotisa. Si no lo hace, entonces Ignos no tolerará su burla, y tendremos otro sacrificio.

CAPÍTULO 6

VOLANDO HACIA ADENTRO

YA ESTÁN COLGADOS cuando el resto de los soldados entra en la lanzadera. Los Flaum, con sus cuerpos peludos cubiertos por uniformes blindados de reglamento, y los Whelk, que no llevan nada y portan sus rifles en sus brazos gelatinosos y ocres llenos de protuberancias. Ambas especies se reproducen en cantidades prolíficas, razón por la cual ocupan la gran mayoría de los puestos subalternos necesarios para mantener la Vincere en funcionamiento.

Gar, si Sax se lo preguntara, calificaría a los Flaum por encima de los babosos Whelk, pero solo porque Gar prefiere el sabor del pelaje.

Sax tiene sus cuatro brazos y dos piernas enrollados alrededor de las barras del techo dentro de su lanzadera de asalto. Bas está a su lado, y Gar y Lan adoptan posturas similares en otras barras detrás. Es una imagen ridícula para los soldados de abajo, pero saben que no deben señalar y reírse porque los que lo hacen suelen encontrar finales rápidos y terribles.

Además, hay un propósito en el ejercicio. Uno que Sax sabe que está por llegar ahora que la lanzadera se ha puesto en movimiento. Están dejando la nave de mando y comenzando el viaje a través del espacio lleno de batalla.

Si Evva ha hecho su trabajo, entonces el resto de la flota Vincere estará proporcionando cobertura. Sus cazas y fragatas deberían estar llenando cada posible ruta de ataque con más potencia de fuego de la que incluso los Sevora se atreverían a enfrentar.

El frente de la lanzadera —en estas, los pilotos se quedan en la parte trasera— se vuelve translúcido. Frente a ellos, creciendo constantemente, se encuentra el gigante gaseoso naranja y la nave semilla. Una vista perfecta de su objetivo.

—¿Cuántos caen en el primer minuto? —pregunta Bas a los cuatro, a través de las máscaras—. ¿La mitad?

Está hablando de sus soldados, abajo. Sax no necesita oír a las criaturas para saber que están nerviosas, como debe estarlo el forraje antes de correr hacia la muerte.

—Un tercio —responde Lan—. Es una nave semilla, no una nave de guerra. No estarán preparados.

—Les hemos dado suficiente aviso —dice Sax y los otros tres sisean en acuerdo. Llegar tarde a una pelea ya es bastante malo, pero les ha llevado demasiado tiempo cargar las lanzaderas y prepararlas para el lanzamiento. Lo que significa que el mando de la Vincere no pensaba que habría una nave semilla aquí, tan lejos del espacio poblado.

A medida que se acercan, Sax distingue las divisiones de los cuadrantes que cortan la nave semilla. Cuatro secciones con un círculo en el medio. Ahí es donde estaría el Sevora Semilla. El que dirige toda la operación. Si llegara a esa criatura, Sax podría poner la nave en una espiral mortal hacia el gigante gaseoso. Dejar que la gravedad del planeta haga el resto.

El casco exterior de la nave semilla parece de un verde

desvaído, lo que confirma la evaluación de Lan. El color esmeralda significa que los Sevora quieren que esta inicie nuevos mundos. Obtener nuevas especies. Una nave semilla roja estaría militarizada y lista para entregar miles de tropas preparadas para la batalla a un objetivo.

Los registros de la Vincere dicen que solía haber muchos otros colores también, pero Sax no los ha visto. Por un momento se pregunta por qué los Sevora codificarían con colores sus naves y lo pregunta al grupo, pero no tienen una respuesta y deja caer la cuestión.

Además, es hora de prepararse.

—Estimulantes —dice Sax, y todos, excepto Bas, que afirma que no le gusta la cosa, sumergen una de sus garras delanteras en un pequeño vial de líquido azulado sujeto a sus cinturones.

El Estimulante se adhiere a su garra cuando la saca del vial, que tiene una membrana que se sella después de haberla sumergido, y Sax levanta la garra recubierta hacia su boca. La abre ligeramente y mete la garra dentro. Lame, con su lengua bífida, el Estimulante.

Sabe a azúcar.

El Estimulante le golpea con fuerza. Siempre lo hace. Pero es el tipo de golpe que es divertido. Los corazones duales de Sax se aceleran a velocidad hipersónica, sus pupilas se dilatan enormemente, y ocurre una desaceleración. Como si alguien le hubiera dicho al universo que tomara un respiro. Sax tiene tiempo para contemplar la lanzadera, revisar sus mineros, su máscara, y confirmar que los demás en el grupo están haciendo lo mismo.

Tiempo también para mirar hacia arriba.

Para ver cómo su lanzadera se estrella contra el duro casco metálico de la nave semilla.

CAPÍTULO 7
CEREMONIA

UN TRÍO de cazadores traslada un jabalí, recién desollado y limpiado, a un hoyo lleno de brasas calientes de una de las muchas hogueras de cocina. No pierden tiempo cubriendo la carne con más brasas y tierra. Se cocinará durante la ceremonia y estará listo para servirse como cena de celebración.

Observo todo esto mientras parto un coco bajo la luz inclinada de Ignos. La dulce leche del interior se mantendrá fresca incluso en una tarde calurosa y húmeda como esta. Ha pasado casi un día entero con un dios en mi cabeza, e Ignos, resulta, es bastante hablador. Aunque supongo que el coco le fascina, porque se mantiene en silencio hasta que hago un pequeño agujero. Sin embargo, cuando levanto el coco y pruebo el primer sorbo de leche fresca y azucarada, Ignos irrumpe en mi mente tan rápido que casi lo escupo todo.

¡Fascinante! Diría que las bayas de Vimelia son bastante más suculentas, sin embargo, y no tan dulces.

Ha estado usando palabras como esas también. Cosas que no entiendo. Al principio hacía preguntas, pero cuando estas llevaban a respuestas igualmente extrañas, me di por vencida. Supongo que Ignos tiene muchas cosas que los humanos no estamos destinados a entender de todos modos.

Además, tengo una ceremonia de la que preocuparme.

No temas, Kaishi. Todo lo que te estoy diciendo tendrá sentido eventualmente.

No me preocupan los disparates de Ignos. Me inquieta cómo se supone que voy a predicar ante cientos de miembros de mi propia tribu. Las palabras de mi padre anoche tampoco fueron en vano; no es inaudito entre las tribus que alguien afirme estar escuchando directamente a Ignos. Usualmente se demuestra que están equivocados cuando uno de sus "milagros" sale mal. El castigo por ese tipo de cosas es un rápido viaje a la cima del Nivel.

No bajan de allí. Al menos no de una pieza.

Así que ahora estoy planeando mis frases. Repasándolas mientras sorbo del coco.

¿No confías en mí, Kaishi? Yo te daré las palabras, como lo hice anoche.

Palabras como esas me matarían. Ignos sorprendió a todos, claro, pero esos fueron desvaríos en medio de la noche a un grupo de guerreros cansados viendo algo que nunca habían visto antes. Nada de lo que Ignos dijo provenía de nuestros ritos sagrados, y las promesas de estrellas lejanas no harían nada por las familias que esperan lluvia aquí mismo en la jungla.

Padre siempre dice que ser sacerdote se trata de dar esperanza y suavizar la desesperación, así que estoy tratando de descubrir cómo hacer eso.

He visto muchos discursos pronunciados, Kaishi. En lugares más allá de tu imaginación. En palabras más allá de tu comprensión. Confía en que puedo encontrar lo correcto para decir.

Miro hacia los árboles que enmarcan nuestra aldea,

hacia el Nivel que se alza imponente. En muchos de esos árboles, pequeñas hormigas se apresuran de un lado a otro en busca de comida. Búhos y monos araña cuelgan de las ramas, ocupados en sus propios rituales diarios. Los cantos de las aves resuenan en el aire; parejas intercambiando noticias. Si Ignos pudiera entenderlos a todos, tal vez podría darme las palabras que necesito.

Mira tu muñeca, Kaishi. Ahí es donde encontraremos lo que queremos.

El brazalete sigue allí, apretado. Intenté quitármelo anoche, pero no cedió, así que me rendí. Demasiado cansada entonces para preocuparme mucho. Mientras lo miro, el marrón opaco parece destellar en verde por un momento, como si supiera, de alguna manera.

Cada discurso grabado que tenemos vive en el Cache. Encontraré el adecuado, y tu gente te elevará como la más grande sacerdotisa en la historia de Solare.

¿Mencioné que Ignos tiene una inclinación por la hipérbole? Puede que sea un dios, pero la frecuencia con la que habla sobre que me convertiré en una leyenda de esto y una reina de aquello es demasiado, incluso para mi alma hambrienta de ambición. Parte de mí incluso se siente insultada: ¿realmente cree Ignos que somos tan fáciles de engañar?

No estoy tratando de engañarte, Kaishi. Una vez que tengamos sus corazones, podemos usar el Cache para encontrar los milagros que capturarán sus mentes. Entonces, tendrás todo lo que puedas soñar.

Sacudo la cabeza, lo que hace que mi padre, que viene caminando hacia mí, esboce una sonrisa. Es una versión diferente de su sonrisa habitual. Una que es triste en las comisuras.

—¿En profunda conversación con Ignos? —dice mi padre mientras se sienta a mi lado.

—Se podría decir que sí —respondo—. ¿Alguna vez has hablado con él?

Padre niega con la cabeza.

—Le rezo, y sus respuestas vienen en formas sin palabras. Por lo que veo contigo, sin embargo, creo que lo prefiero así.

Me río, y amenaza con convertirse en un sollozo. El descenso de Ignos hacia el horizonte está poniendo en foco lo que está a punto de suceder y la idea de que este pueda ser el último momento en que mi padre y yo nos sentemos aquí hablando me encoge por dentro. Padre, de esa manera en que los padres lo hacen, lo percibe y pone una mano en mi hombro. La presión ayuda. Es una base sobre la que puedo pararme.

—Conoces los ritos —dice Padre—. Me has oído pronunciarlos lo suficiente. Di los simples y serás aceptada.

Sí, los conozco. Oraciones por lluvia, por comida, por salud. No son difíciles.

Tampoco te convertirán en una leyenda.

—¿Realmente crees que esos serán suficientes? —pregunto—. ¿Cuántos vendrán?

—No lo sé. Enviamos mensajeros, pero parece que nuestros vecinos están nerviosos. El evento de anoche no ha ayudado. Ni ella tampoco.

Veo hacia donde está asintiendo, y sé de qué está hablando porque, ¿cómo no saberlo? Viera ha estado quedándose en la casa de huéspedes durante casi dos meses, después de que sus amigos se fueran. Es de piel pálida, y es una Lunare, así que está aquí para matarnos o comerciar con nosotros.

No le cuento sobre los juegos que jugamos, lo que Viera

me ha estado enseñando. Hay cosas que Padre no necesita saber.

—Ella es la única que queda —ofrezco.

—Por ahora —responde Padre—. Viera no oculta que sus amigos van a volver.

—Creí que eran buenos para nosotros. ¿No comerciaban con todas las tribus?

—Sí, pero con un ojo puesto en todo lo que no les queríamos dar, como el collar de tu madre y mi tocado. —Padre en realidad está hablando de la turquesa. Esas brillantes gemas azules pertenecen al sacerdote y su esposa, quienquiera que sea.

No tengo nada que decir a eso y Padre suspira un momento después, se levanta y me tiende la mano para que la tome. Lo hago y él me ayuda a ponerme de pie. Pone sus palmas sobre mis hombros y me atrae hacia sí para abrazarme.

—Kaishi, convéncelos de que escuchas lo que dice Ignos —susurra Padre—. Nuestra aldea necesita una sacerdotisa, y tus padres te necesitan a ti.

Luego se dirige hacia el Nivel. También noto que lleva el cuchillo de vidrio negro en un lazo alrededor de su cintura. Está limpio, aunque yo no lo hice.

Ignos rompe el momento, como suele hacer, con un tono enojado.

Eres demasiado primitiva para responder a mis preguntas. Para ayudarme a eliminar el bloqueo.

Le pregunto a Ignos qué podría ser "el bloqueo", pero no obtengo respuesta.

Mientras el cielo se torna púrpura y naranja, me dirijo hacia el Nivel. Parte de la multitud ya está allí, reunida para lo que promete ser el sacrificio más interesante en mucho tiempo. Es entonces cuando me doy cuenta. Voy a realizar el ritual, lo que significa que tendré que hacer el sacrificio. Cortar al hombre y sacarle el corazón.

Empiezo a sudar. Nunca he hecho eso antes. Incluso con Padre allí arriba, guiándome, la idea de cortar la piel viva de otra persona es aterradora.

Viste todo el cielo encenderse en llamas. Te abriste paso por una jungla oscura y peligrosa para encontrar algo que nunca habías imaginado antes. Te acercaste a ello y me conociste, ¿y ahora tienes miedo de algo que has visto tantas veces?

Ignos, por supuesto, tiene razón. Esto no debería ser tan difícil.

Eso es lo que me digo mientras camino entre la gente que se reúne al pie del Nivel. He subido y bajado estas piedras antes.

El amanecer es el mejor momento, cuando las rocas están frescas y desde la cima puedes ver la manta de niebla cubriendo toda la jungla. Los árboles asomando sus hojas verdes. Ahora las piedras están calientes y levanto cada pierna, coloco cada mano lentamente, teniendo cuidado de plantar mis pies correctamente. Un paso a la vez. Nadie confiará en una sacerdotisa que se cae.

Miro hacia arriba y veo que Padre ya está en la cima, junto con el hombre que sopla el llamador ahuecado. Un sonido que realmente no escucho porque estoy tan concentrada en escalar. El sacrificio también está allí, junto con el habitual par de ancianos asistentes. Este es un cazador escuálido, y a diferencia del de ayer, su rostro está lleno de miedo.

Tú y yo ambos, quiero decir, pero eso sería cruel. Él va a morir de todos modos. Yo solo estoy muerta si fallo.

Lo cual no va a suceder.

Ignos de repente está lleno de aliento. Como si el dios se

diera cuenta de que su cuerpo elegido podría terminar bajo el cuchillo si no puede inventar algo bueno. Si olvido una frase crucial, o arruino el corte.

Pero me las arreglo bastante bien en la primera etapa. Llego a la cima, junto al altar. La luz de Ignos todavía es caliente aquí arriba, incluso al atardecer. Como si me estuviera mirando directamente desde el horizonte, y ahora entiendo por qué Padre parece pasar toda la ceremonia mirando hacia abajo o con los ojos cerrados. Hacer cualquier otra cosa significa ceguera.

Sin embargo, cuando miro hacia mi aldea, no veo las filas de personas que estoy buscando. En cambio, la multitud se está apretujando contra sí misma. Acobardándose unos contra otros, porque hay un ejército... no, esa es una palabra demasiado grande, una patrulla... rodeándolos. Tal vez tres docenas. Solo que estos no llevan las capas y telas de nuestros cazadores. Muchos de estos lucen pieles marrones parcheadas de osos en sus cabezas, y todos ellos empuñan armas.

Kukris. Puedo ver el brillo del vidrio negro desde aquí. Los fragmentos están incrustados en las puntas de palos de madera, el vidrio cortado como las garras de un águila. Como el cuchillo que Padre aún sostiene, son capaces de despedazar a una persona. Lo sé porque nuestra aldea solo tiene uno, tomado de un prisionero hace mucho tiempo. Está, sin usar, en la casa de alguien. Nuestros arcos y flechas son más efectivos para cazar. Nadie se molestaría en usar kukris en la jungla.

Lo cual, me doy cuenta, es lo que son estos guerreros. No son Solare. Son de fuera, de las llanuras del Oeste. Los llamamos Charre, y en algún pasado distante dejaron atrás la jungla por cielos despejados y la brutalidad que viene cuando no hay lugar para esconderse.

Mientras proceso esto, uno de los Charre, el único que puedo ver vistiendo las pieles descoloridas de un león alrededor de su cuello y hombros, se adelanta hacia el Nivel. Nuestros aldeanos no lo detienen, pero retroceden, con las madres poniendo los brazos alrededor de los hijos, y los padres moviéndose para protegerlos a ambos. Es hora del ritual, así que nadie está armado. Otras tribus ni siquiera pensarían en una incursión ahora; mostrar tal falta de respeto a Ignos sería impensable.

Por eso no me sorprende tanto cuando el guerrero león me hace un gesto para que continúe. Ahora que está más cerca, puedo ver que no es mucho mayor que yo, aunque su pecho tiene algunas cicatrices y sus brazos oscuros parecen cubiertos de tatuajes. Nota mi mirada y me devuelve una sonrisa, como si se supusiera que debo tratar su interrupción como si no fuera nada.

Están aquí por ti.

Ignos lo dice en el mismo momento en que estoy armando las piezas. Nuestra aldea no es la más grande, nuestra tribu no es la más rica. La única razón por la que estos Charre podrían venir a nuestro pequeño pueblo es porque escucharon a una mujer hablar sobre cómo se comunica con su dios.

—Comienza la ceremonia, Kaishi —dice Padre—. No hay otra opción ahora.

Respiro hondo. Siento el aire húmedo de la jungla llenar mis pulmones, y cuando Ignos comienza a alimentarme con líneas, las digo. Una tras otra. Me pierdo en la recitación, tanto que ni siquiera sé lo que estoy diciendo. Podría haber sido un completo sin sentido, excepto que veo a la multitud caer en las palabras. Incluso los Charre se vuelven hacia mí, dejan que sus kukris cuelguen sueltos en sus manos. En la base del Nivel, el guerrero león cae de rodillas.

Pronuncio la última línea y mi voz cae en silencio. Padre avanza con el cuchillo, y sé ahora mismo que no puedo matar a este hombre. No estoy lista, y no sé cómo.

—No puedo —susurro, volteándome y tomando de todos modos el cuchillo de vidrio negro de Padre, para ocultar nuestras voces.

—Debes hacerlo —responde, aunque puedo notar que lamenta decirlo.

Me paro sobre el sacrificio, que ahora tiene las manos de ambos ancianos sujetando su espalda contra el altar. Sus ojos blancos giran hacia mí. Tiene los labios retraídos, y puedo ver que quiere gritar pero no puede hacerlo del todo. No puede desprenderse de ese último vestigio de su dignidad.

Vacilo.

Entrega el sacrificio a los Charre. No hay deshonor en eso, ¿verdad?

Si el mismo Ignos me dice que no hay deshonor, entonces no puede haberlo. Mi alivio ante la escapatoria me impulsa a apuntar el cuchillo de vidrio negro hacia abajo por los escalones, en dirección al guerrero león, quien se sobresalta sorprendido.

—Os concedemos este honor, visitantes, para que podáis abandonar nuestra aldea en paz —digo, utilizando las mismas palabras que Padre ha dicho antes, aunque aquello era intercambiar baratijas, no personas enteras.

El guerrero león oculta cualquier sorpresa, adoptando una expresión impasible. Se pone de pie. —Vine a ver a una sacerdotisa, y creo que la he encontrado. —El guerrero se gira para mirar a la multitud y veo que su espalda también está tatuada con una versión en tinta negra de Ignos, un halo oscuro y rayos de colores que se extienden hasta los hombros del guerrero—. Vuestra sacerdotisa ha comprado vuestra supervivencia con la oferta de este sacrificio. Puede comprar también vuestra libertad, con la suya propia.

La conmoción de Ignos recorre mi mente, mezclándose con la mía. Sin embargo, rápidamente, Padre está a mi lado, susurrando en mi oído.

—Debes ir, Kaishi —me dice—. No luches. No te resistas, o nos matarán a todos y te llevarán de todos modos.

Esperaba que Padre negara las exigencias de este guerrero. Que llamara a mi aldea a luchar en mi defensa, pero incluso mientras sus palabras me revuelven el estómago, veo su punto.

Le pedí a Ignos un destino y lo ha entregado.

Para salvar a mi familia, a mi aldea, bajo esos escalones. Paso junto al guerrero león, y lo siento caminar detrás de mí. Escucho su llamada para reunir el sacrificio y prepararse para partir.

Me permite despedirme de Madre y Padre, y sé que nunca los volveré a ver.

LO CURIOSO DE la gravedad es que, a esta distancia del gigante gaseoso, apenas hay. Solo la suficiente para impulsar el momento del Oratus. Lo cual juega a su favor, porque cuando la punta afilada de la lanzadera perfora el casco de la nave semilla, permitiendo que la proa se estrelle, Sax y los demás sueltan las barras de las que se agarran y salen disparados hacia la proa translúcida de la lanzadera.

Donde acabarán como una masa viscosa si las cosas no salen como deberían.

Pero la lanzadera es una nave Vincere, y los Flaum que la mantienen lo hacen bajo la constante amenaza de muerte por cualquier fallo. La vigilancia no solo se espera, se impone. Así que la proa de la lanzadera estalla como una estrella en flor; triángulos puntiagudos se despliegan dejando una amplia ventana abierta hacia la nave semilla para que Sax y los otros tres vuelen a través de ella.

Durante una fracción de segundo mientras se lanza desde la lanzadera, Sax siente el tirón del vacío que lo atrae de vuelta al espacio. Entonces, una vez más, la lanzadera cumple su función: esos extremos desplegados se pliegan contra el casco interior de la nave semilla, y de cada uno se deslizan láminas metálicas. Se entrelazan entre sí y crean un sello contra el espacio exterior, y ahora comienza la diversión.

Los cuatro Oratus se lanzan hacia lo que parece ser el cuadrante de crecimiento de la nave semilla. Luces azul oscuro brillan desde lo alto de un techo liso hacia abajo sobre grupos abiertos de terminales y tanques llenos de líquido que rápidamente dan paso a un bosque de tubos de cristal, la mayoría llenos de un fluido verdoso y los cuerpos flotantes de todo tipo de especies. Son altos, van del suelo al techo, lo que en la nave semilla significa una altura imponente. Diez veces la de Sax. Los Oratus tienen que vigilarse o también se estrellarán contra esos tubos.

No es que tengan mucho control después de ser lanzados desde la lanzadera. Sax, con el Stim dándole tiempo de sobra para mirar mientras los cuatro vuelan sobre la delgada defensa de los Sevora, tiene un segundo para girarse antes de golpear el primer tubo.

Tensa sus músculos.

Y rebota.

Sus garras se deslizan por el cristal, arrastrándolo alrededor del tubo y entonces Sax se impulsa, lanzándose más hacia el fondo de la sección. Bas, Gar y Lan hacen lo mismo, saltando de un tubo a otro, dejando atrás el creciente espectáculo de luces láser mientras sus soldados se enfrentan a los Sevora.

Quienes, parece, también están usando Flaum. Solo que estos no son iguales a los soldados Vincere. Principalmente porque los reclutas Vincere son realmente Flaum, de principio a fin. En el lado Sevora, sin embargo, son solo cuerpos. Manos Flaum sosteniendo los rifles, dedos apretando el gatillo, con un Sevora en sus cabezas dirigiendo cada disparo.

Es por eso que Sax, con cada tubo que golpea, clava sus garras lo suficiente para agrietar el vidrio. Para astillarlo dentro del tubo y hacer que el fluido comience a derramarse. La fuga matará al espécimen a medio crecer en su interior. Evitará que un Sevora más obtenga el cuerpo que desea. Si la misión tiene éxito, todas estas especies de tubos de ensayo morirán de todos modos, pero Sax prefiere muertes confirmadas a las hipotéticas.

La gravedad artificial de la nave semilla, junto con la del gigante gaseoso, comienza a atraer al grupo hacia abajo antes de que hayan llegado al final del bosque de tubos. Sax llama, a través de la máscara, a su equipo para que se dejen caer ahora para no dispersarse demasiado, y el siguiente tubo que golpea le sirve como transporte hasta el suelo.

En la base, es un aterrizaje duro sobre metal. Las terminales zumban y emiten pitidos mientras Sax se estrella contra un grupo desierto de tubos. Los monitores muestran líneas ondulantes y números verdes. Sax ignora todo esto y se orienta hacia la parte trasera de la sección. Tienen que adentrarse más en la nave semilla, y no tienen mucho tiempo para hacerlo.

Un ruido chirriante se cuela a través de la máscara de Sax. Seguido de más. Parece que algunos de los Sevora los vieron volando por encima. No se dejaron engañar por las tropas de asalto que salían de la lanzadera. Sax alcanza su propio minero y lo saca de su cinturón. El minero está hecho para un Oratus, con círculos que se cierran perfectamente donde deberían ir cada garra. Control preciso y mortal.

Solo que los chirridos no se acercan. Tal vez Sax se equivoca. Tal vez no se dieron cuenta.

Pero ahora Sax sí se ha dado cuenta de ellos.

Se arrastra alrededor de los tubos, cuidando de colocar

sus garras suavemente en el suelo metálico. La gravedad suave aquí hace que tales pasos no sean difíciles. Sax solo tiene que tener cuidado para que un espasmo accidental no lo envíe flotando.

Lo que Sax ve cuando asoma la cabeza por el lado de un grupo de tubos hacia un amplio pasillo, es un trío de Sevora Flaum montando un gouter sobre un trípode. Un gran cilindro unido a un par de contenedores con ruedas tan grandes como Sax, el gouter comenzará, en otro momento, a rociar una perdición química caliente a través del aire hacia las tropas Vincere.

El líquido del gouter derretiría una máscara en un instante, y también derretiría un casco, por lo que, cuando se enfría, la sustancia se endurece formando un sello rígido. Los Sevora no ven a Sax, así que se toma un momento para guardar su minero. No tiene sentido desperdiciar energía.

Ni diversión.

Sax irrumpe por la esquina, clavando las garras con fuerza en el suelo, luego salta hacia el Flaum que se está acomodando en la silla de puntería del gouter. Los amigos del Flaum se giran al oír el chirrido del metal desgarrándose, pero todo lo que tienen tiempo de hacer es gritar antes de que Sax los alcance. Sus garras hacen el trabajo con el artillero, mientras Sax usa su cola para envolverse alrededor del cuello del de la izquierda.

Aprieta lo suficiente para sentir el espasmo que indica que el trabajo está hecho, y luego se vuelve hacia el último. A veces los Sevora saben que su fin se acerca y lo enfrentan con valentía. Se quedan allí en silencio mientras Sax los reclama para su cuenta de muertes. Este, sin embargo, se acobarda. Retrocede del Oratus mientras Sax sale de la silla del gouter. Detrás de él, Sax usa su cola para destrozar los conductos químicos, inutilizando el arma para cualquier grupo futuro.

—Dime, Sevora —sisea Sax mientras se cierne sobre el diminuto Flaum—. ¿Qué esperas que suceda? ¿Que te perdone la vida porque te ves tan patético?

El Sevora mira a Sax a través de los grandes ojos negros del Flaum. Todavía hay una pequeña arma colgando de la funda del Sevora. Si la desenfundara y disparara perfectamente, podría perforar la máscara. Dejarle una cicatriz a Sax. Sax quiere que el Sevora intente alcanzarla, para ver si él es más rápido. No tiene la oportunidad.

Bas pasa corriendo frente a él y, sin romper el ritmo, sus garras dejan un corte fatal que hace que el Sevora se desplome en el suelo.

—Deja de jugar con tu comida —dice Bas a través de la máscara mientras se precipita hacia el borde de la sección.

Sax no puede discutir su lógica y la sigue a grandes saltos. Están casi en la puerta que conduce más adentro de la nave semilla. Lo cual es bueno porque, según los cálculos de Sax, su tiempo está a punto de agotarse.

CAPÍTULO 9

EL GUERRERO LEÓN

LOS CHARRE HAN CRECIDO como una pesadilla. La primera vez que oí hablar de ellos fue hace años, a través de historias contadas por comerciantes de paso. Si nosotros teníamos una inclinación por el sacrificio, los Charre tienen una obsesión. Se alimentan de la conquista. De tomar tierras y personas y abusar de ambas. Padre los maldecía y, en igual medida, a nuestros propios antepasados por permitir que Solare cayera en tal disputada decadencia.

Sin embargo, cuando aparecieron los Lunare, todo pareció cambiar. Atrapados entre dos poderes mayores, Padre y los ancianos pasaron largas noches debatiendo sobre qué bando unirse. Permanecer independientes significaba la muerte, de eso estaban seguros. Aun así, habían pospuesto una decisión formal, esperando ver cuál de los dos resultaría más peligroso.

Y ahora aquí estoy, siendo empujada a través de la jungla por guerreros armados con kukris, víctima de esa indecisión. Mi ira, sin embargo, se canaliza hacia el único objetivo posible: el jefe que lleva un león y camina a mi lado mientras su banda se despliega a nuestro alrededor.

A medida que nos alejamos de la aldea, su postura cambia. Fuera de la vista de la multitud, se relaja e incluso se atreve a ofrecerme una sonrisa amistosa. No es mucho mayor que yo, y su constitución, mientras lo miro, indica que es un poderoso cazador, aunque cada mirada se ve socavada por el hecho de que podría ordenar mi muerte si se le antojara.

La forma de sus ojos y su piel suave —tiene cicatrices de lanza blanca en el pecho y las piernas, mezclándose con los tatuajes, pero su rostro ha sido perdonado— aumenta su atractivo. Irradia un encanto, una facilidad con el poder que ostenta, pero no es nada contra mi muro de rabia. Casi me sorprende lo enojada que estoy, pero el shock de ser capturada se transmuta fácilmente en fuego.

—Me llamo Malo —dice, y casi le escupo en la cara.

—No me importa —respondo.

Debería importarte. Su sonrisa parece genuina, y podría ser el único amigo que tengas ahora.

Ignos tiene razón, por supuesto, pero soy humana y no puedo aceptar el estado actual de las cosas sin enfurecerme. Malo ve esto y traga saliva, mira alrededor como si esperara que uno de sus guerreros le ofreciera una excusa para terminar la conversación. Pero no rompe el paso y permanece a mi lado.

Un movimiento valiente.

¿No pediste un destino? ¿No es esto lo que querías?

De nuevo cedo el punto. ¿Por qué pedir un cambio si vas a estar devastada cuando suceda? Mi contraargumento es el siguiente:

Al diablo con el destino, quiero a mi familia de vuelta.

—Lo siento —Malo intenta conversar de nuevo—. Sé que es difícil.

—No sé cómo esperas que esto funcione —respondo,

enfriando mi calor lo suficiente para formar una oración real —. Me sacaste de mi hogar. Me has rodeado de asesinos. No voy a ser tu amiga.

No necesito que seas mi amiga —replica Malo—. Sin embargo, necesito que escuches.

Eso puedo hacerlo. Escuchar me permite sumergirme en mi autocompasión, y me regodeo en ella mientras Malo habla sobre las reglas de viajar con un ejército Charre. Cuándo se sirve la comida, cómo funciona el dormir y el horario de marcha. Todo es agresivo. Del amanecer al anochecer y con prisa. Ni siquiera los cazadores de nuestra tribu se acercan a las horas de movimiento de los Charre.

Las palabras de Malo se posan ligeramente en mi mente mientras recorro los recuerdos de mis padres, mi infancia y las rutinas que ahora me doy cuenta pueden haberse ido para siempre. Eventualmente, Malo se da cuenta de que no estoy haciendo preguntas ni siquiera mirándolo —mis ojos se han desviado hacia algún punto vago frente a nosotros— y se detiene. Espera a que le pida que continúe.

No lo hago, porque estoy recordando el cerdo plantado bajo tierra y cómo, justo ahora, Padre probablemente esté dándole un mordisco. Una parte de mí espera que no pueda comerlo después de perder a su hija, y otra parte se avergüenza de lo mismo.

—¿Puedes decirme tu nombre? —la pregunta de Malo interrumpe.

—Kaishi —digo.

—Mira alrededor a mis guerreros y dime lo que ves. —Malo pasea su propia mirada por la banda.

No todos son visibles en la noche, ya que algunos están explorando entre la maleza, pero hay al menos una docena a nuestro alrededor. No esperaba la pregunta, y eso me impulsa a seguir su sugerencia y mirar alrededor.

Todos los guerreros llevan armas y tienen tatuajes. La mayoría viste las enormes fauces dentadas de osos de la misma manera que Malo luce la piel de león. Veo algo más, también: muchos de los guerreros están parpadeando, tropezando con raíces aquí y allá. Los que llevan lanzas además de sus kukris las tienen colgando bajo en lugar de a la altura adecuada de marcha.

—Están exhaustos —digo, y la brecha en el mito de invencibilidad de los Charre es un consuelo.

—Corrimos toda la mañana y la tarde para llegar a ti —dice Malo—. No queríamos perder tiempo.

—¿Perder tiempo?

—Ignos envió una señal, Kaishi. Seguramente la viste, ¿no? ¿Un gran fuego en el cielo?

Asiento.

—Estábamos acampados al norte de aquí, esperando encontrarnos con otra de nuestras bandas, pero cuando vimos dónde el fuego tocó la tierra, partimos hacia esta dirección. Nos encontramos con uno de los mensajeros de tu aldea mientras viajábamos, él se apresuró a contarnos lo que había sucedido.

—Fui allí. A donde el fuego tocó la tierra. —No parece haber mucho sentido en ocultarlo—. Allí encontré a Ignos. Él me habla, y luego yo digo sus palabras.

—Entonces eres exactamente lo que necesitamos —dice Malo—. Susurros flotan por nuestras ciudades de que hordas de las montañas se acercan, y que tienen construcciones tan masivas que solo el propio Ignos podría haberlas construido. Que poseen armas que pueden escupir fuego.

—¿Qué tiene eso que ver conmigo?

—Eres divina, Kaishi —las manos de Malo se mueven hacia mí mientras dice esto, como si quisiera agarrarme por los hombros—. Al menos, si estás diciendo la verdad. Lo que el Emperador necesita ahora es alguien que demuestre que Ignos sigue con nosotros. Que pruebe que los Lunare no son el pueblo elegido.

Mientras Malo pronuncia estas palabras, su rostro se transforma y sus ojos adquieren el mismo fervor que vi cuando se inclinó ante mí en la base del Nivel. Quiere creerme. Quiere que yo sea el milagro que su pueblo necesita.

Puedes serlo, Kaishi. Están buscando esperanza. Puedes ser más que eso: puedes ser real. Mantén a este cerca de ti. Podemos usarlo.

¿Usarlo? La palabra suena de alguna manera turbia, y retrocedo ante ella.

Eres ingenua. Todos pueden ser utilizados, y para llevar a cabo mi misión, necesitarás usar a muchos.

La misión de Ignos. Prepararnos para un nuevo futuro. Eso es más importante que cualquier incomodidad que pueda sentir por simples términos. Así que cuando me doy cuenta de que Malo me mira con preocupación, hago lo que puedo para disiparla.

—Ignos a veces me hace preguntas —digo.

—¿Un dios te hace preguntas?

El punto de Malo es bueno, pero ya he pensado mi propia respuesta, una que Ignos confirmó cuando se la sugerí hace horas. —Está poniendo a prueba mi fe.

Ignos dice que debo mantener a Malo cerca, así que escalo la montaña de mi ira y busco un entendimiento sereno en la cima. —Has visto mi hogar, Malo, ¿cuéntame sobre el tuyo?

Esto provoca otra expresión diferente en el soldado, que empiezo a pensar que tiene mil caras. Sus labios se curvan en las comisuras, mira hacia algún punto al oeste, y su boca se abre ligeramente antes de hablar, como si midiera las palabras por su valor. —¿Has oído hablar de Damantum?

El nombre me resulta familiar, como un personaje secundario en una historia a menudo contada. Niego con la cabeza.

—Entonces te has perdido la ciudad más grandiosa de todo el mundo —las manos de Malo comienzan a moverse mientras habla—. Damantum cubre una isla con oro que brilla a la luz de Ignos. Exuberantes jardines flotan en sus aguas tranquilas. Los mercados se abarrotan en cada calle, ofreciendo maravillas que tú y yo apenas podemos imaginar.

Estoy segura de que Malo seguiría, pero lo interrumpo, porque hay un límite para la adoración que puedo soportar. —Suenas como la Lunare. Ella habla de sus ciudades montañosas de la misma manera.

Después de decir esto, me doy cuenta de que Malo probablemente no tiene idea de quién estoy hablando, pero, para mi sorpresa, Malo mira detrás de nosotros. Lo sigo y allí, con las manos atadas pero los pies libres, flanqueada por dos guerreros, marcha Viera.

—A diferencia de la Lunare, lo que yo digo es verdad —dice Malo—. Cuando lleguemos a Damantum, lo entenderás.

—¿Por qué la trajiste?

—Para ver si, bajo sus alardes y mentiras, podemos aprender algo de sus hermanos —dice Malo—. Y una vez que lo hagamos, su sacrificio será glorioso —me mira, volviendo el fervor a su rostro—. Espero que tú empuñes el cuchillo.

EL EXTREMO lejano de la primera sección está marcado por una puerta; un amplio arco bordeado por suaves globos verdes espaciados cada par de metros. Cada nave semilla está compuesta por doce secciones divididas por estas puertas, y es imperativo atravesarlas antes de que los Sevora las cierren.

Bas llega primero a la puerta después de subir los veinte escalones planos y poco profundos que conducen a la entrada. Cuando lo hace, con Sax pisándole los talones, esos suaves globos verdes cambian a un rojo brillante. Se habían demorado demasiado, y ahora cada segundo que pasaran de este lado de la puerta le daría a los Sevora tiempo para organizar una defensa al otro lado.

A la derecha, junto a un globo rojo a la altura del pecho de Sax, hay una protuberancia negra. Como un bulbo, pero opaco.

—Escáneres mentales —dice Lan mientras ella y Gar se unen a ellos en el rellano. Sax nota que las garras centrales de Gar, como las suyas, están rojas y húmedas.

—A menos que alguno de ustedes haya logrado infectarse, no vamos a poder abrir esta puerta.

—Lo intenté —ofrece Sax—. Pero murieron demasiado rápido.

—Bien —responde Gar—. Porque te habría hecho pedazos si no hubiera sido así.

—Me gustaría verte intentarlo. —Sax abre ligeramente la boca, mostrando fila tras fila de dientes afilados como navajas.

—Cortadores —interrumpe Bas, y completa la interrupción dando un paso entre Gar y Sax—. Nos abriremos paso quemando.

Eso es todo lo que necesita decir. Los cuatro sacan pequeños cilindros con tubos más pequeños unidos en ángulo recto alrededor. Cada uno clava sus garras en la parte superior de esos tubos y presiona hacia abajo, mezclando los gases volátiles, mientras la garra que sostiene el arma activa el disparador.

Rayos de color azul eléctrico salen disparados de los extremos y golpean la puerta. Su fuego se concentra en una pequeña sección, trazando un cuadrado lo suficientemente grande para que pasen. Los cortadores son tan brillantes que Sax no puede mirarlos directamente, sino que observa los trozos de metal ennegrecidos y retorcidos que caen al suelo debajo.

A lo lejos, detrás de ellos, se oye el sonido de equipos explotando. Estallidos y explosiones que señalan la destrucción del equipo de la nave semilla. Las fuerzas Vincere han ganado la primera batalla, y demasiado rápido. La victoria significa que las fuerzas Sevora que quedan se estarán retirando directamente hacia los cuatro.

—Bas, intercambiemos —dice Sax, entregándole su

cortador a su compañera, quien le da su minero. El movimiento causa una breve interrupción en la quema, pero la demora vale la pena.

Ninguno de ellos quiere recibir un rayo láser en la espalda.

CAPÍTULO 11

CHARLAS JUNTO AL FUEGO

MALO NO DETIENE la marcha hasta que los doseles de la jungla desaparecen y brillan las estrellas. Por supuesto, he visto estrellas desde nuestros claros, pero es la primera vez que estoy tan al oeste y me quedo paralizada al ver todo un horizonte salpicado por el resplandor de Nomis.

Estamos en la entrada de un valle que, después de días y días de caminata, debería llevarnos al volcán que marca la verdadera base del territorio Charre. Malo me ha explicado el recorrido y, aunque estoy emocionada por ver un lugar nuevo, cada paso me aleja de lo familiar.

Por eso, acostada en mi estera de algodón, colocada sobre el suelo de arena y rocas, no puedo conciliar el sueño. El desierto tiene sus propios sonidos, pero no son los que conozco. No se oyen los monos ni los búhos, falta el silbido del viento entre los árboles, e incluso los insectos zumban de manera diferente.

Aunque, noto, siguen picando.

Los Charre reemplazan los ruidos que conozco con sonidos metálicos y de corte. Surgen fogatas para cocinar, aunque le digo a Malo que no tengo hambre. La verdad es que no sé si la tengo o no; todo es demasiado en este momento. Así que me quedo ahí en la fina estera, siento las rocas clavarse en mi espalda y hablo con Ignos.

¿Me dices que estos Charre son muy temidos?

Tanto como puede serlo cualquier grupo, supongo. Miedo, creo, podría ser la palabra equivocada. No nos sirve de mucho tener miedo en la jungla porque hay tantas formas en que las cosas pueden salir mal. Más bien, diría que los Charre, de entre todas las personas, son los que más probabilidades tienen de destruir lo que tenemos. Si eso es miedo, entonces sí, les tememos.

Y sin embargo, parece que te valoran.

No es a mí a quien aprecian. Es a él. Es a Ignos a quien buscan.

Pero te creen. Malo, al menos. Él es tu camino hacia el poder.

¿Poder para qué?

Para cualquier cosa. Una vez que tengas los recursos, ese brazalete en tu muñeca te dará todo lo que puedas necesitar.

Miro el Cache, pero ahora no es gran cosa. Un simple objeto en mi brazo. No brilla ni susurra secretos en mi mente. Intento que haga algo con mi voluntad. Le ordeno que se ilumine.

—Funciona —le digo.

—¿Con quién hablas? —pregunta Malo, sentándose a mi lado.

Antes de que responda, me entrega un paquete de maíz en una fina tortilla.

—Dije que no tenía hambre. —Lo tomo de todos modos y Malo sonríe.

—Todo el mundo tiene hambre después de una caminata así. No puedo permitir que estés cansada mañana. Será una larga caminata.

La comida es insípida, pero a mi estómago le gusta y la devoro entera en tres bocados. Malo incluso tiene un odre de agua para mí, y exprimo un poco en mi boca. Está tibia, rancia y deliciosa.

Cuando termino, Malo recupera el odre y nota que estoy mirando sus manos. Tratando de ver si trajo más. Se ríe. No puedo evitar esbozar una pequeña sonrisa también. Entonces Malo se levanta y se va, regresando un segundo después con otra tortilla. Esta, junto con el maíz, tiene trozos de carne. Reconozco la iguana, aunque los extraños círculos verdes esparcidos por todas partes son nuevos para mí.

—Cómela en pequeños bocados —dice Malo. No lo escucho realmente y me llevo a la boca un tercio de la tortilla de un solo mordisco.

El calor llega lentamente, pero se acumula hasta convertirse en un calor increíble. El interior de mi boca arde, y mientras mis ojos se abren de par en par, Malo me entrega un pequeño cuenco lleno de un jugo naranja claro. Me lo bebo todo, el dulzor del mango aplaca la sensación de que voy a morir ahí mismo.

¿Qué estás haciendo? ¿Te ha envenenado? ¿Por qué te estás quemando?

Aspiro bocanadas de aire y entonces noto que Malo se está riendo de nuevo.

—Un poco a la vez, sacerdotisa.

Noto el título y me pregunto si eso es lo que voy a ser a partir de ahora.

La sacerdotisa.

Centrarme en eso hace más que el jugo de mango para calmar el ardor y, a medida que mi boca se tranquiliza, me encuentro alcanzando la tortilla de nuevo. Malo la aleja.

—¿La tomarás despacio esta vez? —dice Malo y asiento.

Cumplo mi palabra y, con pequeños bocados de fuego, termino la tortilla. Cuando acabo, la expresión de Malo es más seria de lo que esperaba.

—¿Qué pasa? —digo.

—Tendrás que aprender a que te gusten los chiles —dice Malo, y puedo notar que esta ya no es una conversación casual—. En Damantum, comerás con sacerdotes. Tal vez incluso con el Emperador. Buscarán señales de que Ignos no está contigo. De que estás mintiendo. Ninguna sacerdotisa de los Charre rechazará nuestra propia comida.

—¿A todos en Damantum les gustan estos? ¿Dudarán de mí por un chile?

—Aquellos que teman tu poder, sí. He visto a muchos de mis propios guerreros colocados en el altar porque los sacerdotes encontraron alguna forma en que habían desagradado a Ignos. —Malo está molesto, y esta es la primera vez que realmente veo por qué es el líder aquí—. Hay quienes en Damantum pisotearían a cualquiera en su camino. Tenemos días por delante, sacerdotisa. Si quieres, me gustaría usar nuestras noches para enseñarte cómo sobrevivir en mi ciudad.

No necesito el consejo de Ignos para decir que sí a eso, y poco después Malo desaparece en la noche, diciendo que ambos deberíamos dormir lo que podamos. Excepto que ahora estoy pensando en el nido de serpientes al que me dirijo y es suficiente para mantener mi mente dando vueltas.

Oigo risas no muy lejos. Me doy la vuelta en la estera y miro, y ahí está la Lunare, Viera, hablando con un par de Charre alrededor de su fogata. Le han desatado los brazos, lo que significa que deben pensar que no es una amenaza. Viera está en medio de alguna historia, y sus manos se agitan, su ropa andrajosa se ve ridícula, y puedo ver por qué los Charre no creen que vaya a causar ningún daño.

Pero tú no estás de acuerdo. ¿Por qué?

Porque los Lunare tienen una historia. Porque comercian, sí, pero también toman. Los Solare, las tribus que nos quedan, hemos sido aplastados entre los Charre al oeste y los Lunare en sus montañas al este. Los océanos cubren las otras dos direcciones, atrapándonos. Padre cree que Ignos salvará a los que quedamos, y yo le creo. De verdad. Pero se nos acaba el tiempo.

No respondiste a mi pregunta, Kaishi.

¿Por qué Viera es peligrosa? Porque sé lo que los Lunare dejan atrás cuando asaltan una tribu. Los cadáveres calcinados con agujeros oscuros en sus cuerpos. Casas destrozadas y saqueadas. Cualquiera que no esté muerto creemos que es llevado. Con qué fin, no lo sabemos.

No creo que Viera sea como los demás —incluso la llamaría mi amiga— pero Padre me ha advertido tantas veces que va a traer problemas que no puedo descartarlo por completo.

Entonces, ¿por qué vuestras tribus no se unen y atacan? ¿Defenderse y atacar como una sola?

No es que los Solare no lo hayan intentado. No es que mi padre y los ancianos no se hayan reunido con otras tribus y hablado de una alianza. Cada vez que regresa, lo hace con la cabeza gacha y murmurando sobre el poder, y lo difícil que es ceder un poco, incluso ante la perspectiva de perderlo todo para siempre. Así que comerciamos lo que podemos con los Lunare y esperamos que nos dejen en paz.

Entonces, ¿por qué no intentas algo diferente?

Miro hacia el fuego y Viera, que sigue parloteando. No hace falta pensar mucho para ver adónde quiere llegar Ignos con esto, y de todos modos no estoy cansada todavía, así que me levanto de mi estera y, después de envolverme con mi manto de musgo para cortar la fría brisa nocturna, me dirijo hacia su fuego.

Los guerreros Charre me miran cuando me acerco y el movimiento simultáneo de esas grandes cabezas de oso marrones y sus dientes brillantes girando en mi dirección me hace pausar. No me harán daño, me digo, porque si hubieran querido matarme, lo habrían hecho antes de la cena. No tiene sentido desperdiciar comida en un cadáver.

—¿Escuchando mis historias? —me habla Viera—. ¿Cómo se comparan? Imagino que una sacerdotisa debe tener algunas buenas propias.

Las llamas dan a su rostro un brillo luminoso, y las sombras juegan entre sus grandes ojos y los mechones de cabello blanco como la nieve que caen sobre su frente. Interrumpida, Viera está encorvada sobre el fuego, como si intentara abrazar las llamas. Antes de que pueda preguntar cómo puede soportar el calor, Viera se endereza, se gira y se inclina de espaldas sobre los arbustos ardientes.

—¿Tienes frío? —pregunto, ignorando su pregunta.

Tengo historias. Muchas. Hemos intercambiado algunas durante nuestras carreras por la jungla.

—¿Ves la nieve en la cima de las montañas? —responde Viera, y noto que está hablando en la lengua Solare—. Probablemente pienses que hace frío para nosotros. ¿Que deberíamos estar acostumbrados?

Los guerreros vuelven a mirar a Viera con sonrisas torcidas, y me doy cuenta de que no entienden ni una palabra de lo que dice la Lunare. Se ríen porque sostenerse sobre un fuego parece ridículo. Estoy tan acostumbrada a ambos idiomas que cambiar entre las lenguas Charre y Solare me resulta tan natural como respirar.

—Pero vamos profundo —continúa Viera—. Nuestros

caminos se ahuecan tanto que captamos el calor del mundo. Es como este fuego aquí, pero en todas partes y todo el tiempo. Así que sí, tengo frío.

Tomo mi propio asiento cerca del fuego. La arena está caliente en mis piernas, suave y lisa. Justo por donde vinimos, más allá del campamento, los árboles de la jungla bailan con la brisa. Los Lunare viven en lo profundo de las montañas. No puedo imaginar cómo sería no ver el cielo, y aparto ese pensamiento.

—No pueden entenderte —digo, y Viera tarda un segundo en darse cuenta de que estoy hablando de los guerreros.

—¿No podéis entenderme? —Viera dice las palabras en Solare y los guerreros reciben la frase con miradas en blanco —. Interesante. Supongo que eso significa que puedo pasar todo el día insultándolos y nadie lo sabrá.

—Yo sí —digo.

—Sí, tú sí —Viera dice la respuesta lentamente y se aparta del fuego, mirándome—. ¿Por qué viniste aquí, Kaishi? ¿Estabas sola?

—Porque estabas hablando tan fuerte que no podía conciliar el sueño.

—Es un hábito mío. —Viera se encoge de hombros—. ¿Es esto una advertencia? ¿Ignos me derribará si no dejo descansar a su sacerdotisa?

La blasfemia casual me hiere los oídos, y estoy a punto de regañarla cuando Ignos se precipita por mi mente.

Mira más allá de los defectos y ve lo que puede aportarnos, Kaishi. Perdonaré cualquier cosa que se diga contra mí siempre que logres mi objetivo.

Ignos tiene sentido, así que le doy a Viera una sonrisa dentuda.

—Podría hacerlo, si se lo pido.

Viera se ríe de esto, y es algo rebotante y alegre. Cómo puede hacer tal sonido en una situación como esta está más allá de mi comprensión. Cuando Viera vuelve a mirar en mi dirección, sus ojos verde-amarillos brillan de diversión.

—Pensé que estaría atrapada con guerreros de mirada muerta —dice Viera—. Me alegro de que te hayan traído, Kaishi.

—¿Alegre? ¿Cómo puedes estar alegre rodeada de enemigos? —suelto la pregunta, porque no hay nada en el tono de la Lunare que hable de sarcasmo.

Viera, por lo que puedo decir, está genuinamente disfrutando.

—¿Sabes por qué me quedé atrás cuando mi gente regresó a las montañas? —pregunta Viera y yo niego con la cabeza—. Por esto. —La Lunare señala al cielo y el tapiz estrellado—. Son hermosas. Mucho más que los techos de roca que han acompañado mis noches durante tanto tiempo.

—Las estrellas no caminarán por ti —digo—. Y no creo que a estos guerreros les importe dejarte atrás.

—Entonces creo que tendremos que trabajar juntas, Kaishi —dice Viera—. Esto no es solo otra carrera por la jungla. Es una aventura, una que creo que has estado esperando. Yo sé que lo he estado.

—Solo quiero volver a casa.

—No lo harás, Kaishi. —La sonrisa de Viera desaparece.

—¿Por qué?

—Amo las estrellas, Kaishi, y la mayoría de los Lunare también. Nos gusta vuestra jungla, y nos gustan estas llanuras arenosas. —Viera toma un largo respiro, saboreando el aire—. Visitar es agradable. Comerciar es mejor. Pero, ¿por qué detenerse ahí?

—¿Qué quieres decir?

—Vamos a venir, Kaishi, y vamos a tomar todo lo que tú y tu gente tenéis.

CAPÍTULO 12

LAS PISCINAS DE NACIMIENTO

SAX SE POSICIONA en lo alto de la plataforma y espera a sus objetivos. No hay cobertura aquí arriba, pero Sax tiene opciones. Momentos después, los primeros Sevora-Flaum y Whelks que se arrastran —porque tanto los Sevora como los Vincere valoran a los reproductores prodigiosos— entran en su campo de visión. Algunos se detienen al ver a Sax, dos son lo suficientemente valientes como para alcanzar sus armas.

Sax salta. Presiona sus piernas contra la plataforma y se lanza hacia arriba. La gravedad es lo suficientemente ligera como para que no caiga directamente, sino que flote. Esto, junto con el Stim, le da tiempo de sobra para apuntar. Para asar, con ráfagas de energía roja y amarilla de su minero, a las dos amenazas iniciales y, rápidamente, a más. Estallan en confeti ardiente, sobrecalentados por los mineros de Sax, y pronto los Sevora reconsideran su retirada.

Se dispersan de vuelta al bosque de tubos mientras Sax regresa al suelo. No cree que haya otra salida de esta sección, así que volverán, pero el suave estallido detrás de él significa que Sax no estará aquí para recibirlos.

Lo que los convierte en los afortunados.

Sax siente un toque en su cola. Familiar. La forma de Bas de decir "vamos". Sax mantiene sus ojos hacia atrás, mirando hacia su lanzadera y cualquier otro ataque de los Sevora mientras Bas, manteniendo su cola en la de él, guía al Oratus a través del agujero que han cortado en la puerta. Solo cuando se ha agachado para pasar, Sax se gira y mira la sección en la que han entrado.

Si la última contenía los tubos donde crecían las especies, esta contiene su próxima parada. Está compuesta por amplias piscinas de color púrpura-negro. Cada una tan grande o más que la lanzadera en la que Sax y los demás llegaron. Las piscinas tampoco están tranquilas; borbotean y se agitan con movimiento bajo la superficie.

Gar no espera. Levanta su cortador, apunta hacia la piscina más cercana y dispara. La piscina misma se calienta, empieza a hervir con la cantidad de energía que se vierte en ella. Hay una gran razón por la que esto es una mala idea: los cortadores son su mejor manera de atravesar las puertas, y hay al menos dos más antes del centro de la nave semilla. Desperdiciar energía en Sevoras inmaduros que morirán de todos modos si la misión tiene éxito es estúpido.

Pero Sax espera unos momentos antes de ordenar a Gar que se detenga. Sabe lo satisfactorio que es esto. Él mismo quiere hacerlo, pero Bas aún tiene su cortador.

—Cuando la nave caiga, los tendrás a todos —dice Sax mientras la luz del cortador se apaga.

—Esto es más divertido —responde Gar, y todos silban en acuerdo conocedor.

Las piscinas están entrecruzadas por pasarelas. Puentes con barandillas salpicados de estaciones de alimentación y consolas que muestran temperatura y concentraciones de minerales que Sax ni conoce ni le importan. Pasan de largo, ocasionalmente dando zarpazos con garras o cola para romper cosas en pedazos.

Destrucción inútil y reconfortante.

CAPÍTULO 13

UN ATAQUE DESESPERADO

ME RETUERZO y doy vueltas el resto de la noche después de la advertencia de Viera. ¿Los Lunare se acercan? Con los Charre presionando desde el otro lado, mi tribu no duraría mucho. Tampoco ninguno de los Solare.

A menos que encuentres un aliado.

Ignos tiene un buen punto. Si nos pusiéramos al servicio de un lado o del otro, podríamos sobrevivir. Significaría renunciar a nuestra independencia, pero no soy tan ingenua como para creer que la vamos a mantener de todos modos.

¿Por qué estás aquí, Kaishi?

La pregunta viene con un indicio de algo más. Ignos hace esto de vez en cuando; hace preguntas diseñadas para llevarme a otras conclusiones. No me molesta mucho, pero aquí en la madrugada, cansada, con mi dios empezando a iluminar el cielo del Este, no tengo tanta paciencia y voy con la respuesta obvia:

Estoy aquí porque los Charre vinieron y me arrancaron de mi familia y mi hogar.

No, estás aquí porque tienes una oportunidad.

Si Ignos hubiera sido mi madre, u otro anciano de la

aldea, me habría reído. Habría rechazado la sugerencia. Pero hay un límite para el desafío que uno puede tener frente a su dios. Así que me quedo callada y espero a que Ignos continúe.

Al menos algunos de estos guerreros creen en ti. Malo, el líder, ciertamente lo hace. Juntos, podemos convencerlos, Kaishi. Juntos, podemos hacer que todos crean en ti.

¿Y luego qué? ¿Les digo que dejen en paz a mi gente? ¿Cuánto tiempo pasará hasta que decidan que no soy de mucha utilidad como sacerdotisa y me despedacen?

Si creen que eres una diosa, no te tocarán.

Hay una nueva palabra. Una que de inmediato aclara los planes de Ignos para mí y genera mil preguntas sobre por qué, por qué molestarse con una chica Solare al azar cuando ya hay personas —el Emperador de los Charre, por ejemplo— que ocupan las posiciones de poder que Ignos claramente busca.

Porque tú me encontraste, Kaishi.

Hay refutaciones fáciles para esto, pero no tengo tiempo de hacerlas porque Malo y sus guerreros están llamando para que comience la marcha. Me apresuro y me pongo mi envoltura de musgo. Estoy a punto de empezar a enrollar la estera cuando aparece un guerrero, me aparta suavemente y procede a ocuparse de mi equipo.

Insisto en que soy capaz de manejar mis propias cosas y el guerrero simplemente se ríe. Coloca la estera dentro de un arnés de mochila que lleva sobre sus hombros y se aleja. Lo sigo, porque nadie me está diciendo qué hacer y no quiero quedarme atrás.

Los Charre se mueven rápido en la madrugada, a pesar de los músculos adoloridos del día anterior. Al menos, supongo que todos sienten los mismos nudos y espasmos que yo. Malo dice que tenemos que cubrir tanto terreno como sea posible antes de que Ignos se eleve y el calor haga difícil el viaje. Yo digo que ya es bastante difícil y el jefe me da una sonrisa.

Por alguna razón, la mirada de Malo me hace sonrojar. Me propongo no dejar que eso vuelva a suceder.

Ignos sirve como distracción. Me está acosando con preguntas e ideas. Pensamientos sobre cómo envolver a los Charre alrededor de mi dedo. Reflexiones sobre lo que podemos hacer cuando tengamos su lealtad. Las cosas que podemos ordenarles construir. Ahí es donde Ignos se vuelve realmente extraño, porque las estructuras que está describiendo no existen.

Al menos, no que yo haya visto.

Estamos caminando a través de un vasto valle cuyas paredes de arenisca se elevan a ambos lados. En la lejanía se ve el contorno vago del volcán. Alrededor de eso, según nuestros comerciantes de la aldea, comienzan los vastos campos y praderas que conforman la mayor parte del territorio Charre. Las historias susurran sobre cómo solía ser un bosque, pero los Charre se llevaron los árboles para sus propios fines.

Varias horas después, con Ignos acercándose al punto más alto sobre nuestras cabezas, llega un grito desde la retaguardia de nuestra columna. Malo me deja atrás y se abre paso entre sus propios guerreros para obtener una mejor visión.

Aunque no puedo ver por encima de sus cabezas, una nube de polvo que se expande desde el camino por el que vinimos deja claro que algo se dirige hacia aquí.

—Están corriendo rápido —dice Viera, apareciendo a mi lado—. ¿Crees que sea tu tribu viniendo por ti?

La pregunta me hace dar vueltas por un momento. Mi aldea tiene cazadores. Podrían moverse rápido a través de la jungla. Quiero creer que Padre ha ordenado un ataque total para recuperarme.

—Él no haría eso —digo, apagando la chispa de esperanza con fría lógica—. Padre no arriesgaría a la aldea por mí.

No lo creo hasta que digo las palabras, pero es cierto. Padre y Madre no guardaban secretos sobre los sacrificios del poder. Cómo tenían que tomar decisiones en contra de sus propios intereses si la aldea lo requería.

¿Qué elección sería más obvia que dejar que toda su tribu sobreviva perdiendo a una sola chica?

El resto de la fuerza de Malo se prepara. Forman una línea escalonada, los veinte, y comienzan a sacar sus arcos y flechas. Sus kukris. Viera y yo nos movemos hacia un lado, para tener una visión clara de lo que se acerca.

Quienesquiera que sean, se mueven a toda velocidad. Veo sus cuerpos, oscurecidos por el polvo, avanzando con los brazos levantados y los garrotes en alto. El color de su piel deja claro que no son parientes de Viera, los colores de sus tatuajes dejan claro que no son los míos. Este es un grupo de Solare decididos a su propia destrucción.

—Quédense atrás —nos susurra Malo con otro guerrero a su lado—. No vamos a arriesgarlas en una pelea inútil.

—¿Inútil? —dice el guerrero charre—. Para ti, Malo, puede que lo sea. El resto de nosotros aún necesitamos ganarnos nuestros leones.

—No a costa de la sacerdotisa —replica Malo, y luego se va, volviendo a la línea con su kukri desenvainado y listo.

—¿Quiénes son? —pregunto, porque no puedo creer que una tribu solare dejaría la jungla para una pelea como esta.

—Buscan venganza —dice el guerrero, y puedo ver la leve sonrisa en su rostro pétreo—. Tomamos lo que necesitábamos de su aldea hace días. En ese momento, estaba poco defendida. Ahora sabemos por qué.

Puedo imaginarlo. Los cazadores a menudo tardan días en perseguir presas valiosas. Un solo jabalí grande, oso o elefante podría alimentar a una aldea durante mucho tiempo, pero si estabas ausente cuando llegaban los enemigos, podrías perderlo todo.

—¡Tensen! —La orden de Malo resuena aguda en el aire despejado. Como uno solo, diez de los guerreros charre levantan sus arcos y tensan las cuerdas—. ¡Apunten!

Sus ángulos. ¿Por qué?

Ignos nota que los charre apuntan sus flechas bajo. Para mí, es obvio: menos probabilidades de matar a su objetivo desde esa dirección.

Para los sacrificios. Ya veo.

Una vez más, las lagunas en el conocimiento de Ignos me parecen extrañas, pero en el caos de la batalla inminente, no puedo concentrarme en eso. En su lugar, veo a los charre lanzar sus flechas. Vuelan hacia los cuerpos ásperos y curtidos de hombres tribales que no reconozco, pero que sé que son mis compañeros solare.

No hay sonido cuando las flechas impactan, excepto por los gritos. Aquellos que esquivan los golpes, ya sea por suerte o por lanzarse a un lado, lanzan sus propios gritos. Dolor y furia mezclados. Es suficiente para hacerme contener la respiración.

Me doy cuenta de que quiero que los solare ganen.

Sé que no lo harán.

Los charre rápidamente confirman mi pensamiento. Avanzan en línea, cambiando los arcos por kukris —uno en cada mano— y, cuando los solare se acercan con sus garrotes y cuchillos, comienzan una danza brutal. Nunca antes había visto una pelea, y estoy horrorizada.

Los charre enganchan a sus enemigos con los kukris y los arrojan al suelo, o hacen girar a los solare de modo que cualquier represalia pasa lejos de su objetivo. Cada vez que un solare cae al suelo, un charre se apresura a patear lejos su arma o, si el solare se niega a rendirse, si intenta levantarse de nuevo, el charre pone a trabajar el extremo romo del kukri.

Malo destaca. Es fácil de seguir con su piel de león, y el jefe se coloca en el centro de la refriega. Donde los otros charre usan sus kukris como armas, Malo los maneja como si fueran extensiones de sus extremidades. Gira y se agacha, embiste y contraataca, convierte un garrote que se dirigía hacia su cabeza en un golpe al aire que deja a su dueño expuesto para una fuerte patada en las rodillas.

Aunque la pelea es corta, los solare tienen tiempo de darse cuenta de que no tienen ninguna oportunidad contra Malo, y al final él está de pie solo en medio de un montón de cuerpos que se rinden.

Cuidado.

Ignos me aparta del espectáculo y veo a un solare, uno de los pocos que aún están de pie, corriendo hacia nosotros. Sostiene un cuchillo de vidrio negro, un instrumento sacrificial convertido en un arma desesperada, y puedo ver lágrimas surcando su rostro mientras se mueve. El guerrero charre que nos custodia se mueve para interponerse en el camino del solare, y espero el inevitable final.

El estallido me sacude hasta la médula, y siento que mi corazón da un brinco. Estoy en el suelo en un instante, con las manos cubriendo mis oídos que zumban. El guerrero charre se une a mí, aunque está mirando hacia atrás, hacia donde vino el ruido. No ve lo que yo veo. No ve al solare ahora en el suelo repentinamente rojo.

Interesante. Hay más en tu mundo de lo que pensaba.

No sé qué quiere decir Ignos con eso. En lugar de pensar en ello, sigo la mirada del guerrero charre y miro detrás de mí. Hacia donde está Viera, sosteniendo su tubo gris, su pistola. Viera me ve mirando, pero esta vez no hay un asentimiento ofrecido. Ni una sonrisa torcida. Está mortalmente seria, y también lo están los guerreros charre —incluido Malo— que dejan de atar a sus nuevos cautivos para considerar la amenaza.

—Traduce por mí, Kaishi —dice Viera.

Todavía sostiene la pistola. No vi lo que hizo, pero he visto los resultados, así que asiento.

—Lo que acaban de ver puede volver a ocurrir. Ocurrirá de nuevo, si yo lo quiero. Mantendrán sus manos lejos de mí, y mantendrán sus manos lejos de ella, y todos llegaremos vivos a su ciudad. ¿Entienden?

Se ha dado cuenta de que eres su única esperanza de supervivencia. Inteligente.

Digo las palabras, y los charre miran a Malo en busca de orientación. El guerrero león pasa por encima de los cuerpos y se dirige directamente hacia Viera. Hay algo en su mirada que dice que se avecina daño, y Viera lo ve.

Levanta la pistola.

Malo se detiene.

—No lo hagas —digo, aunque no estoy segura a quién se lo estoy diciendo. Solo sé que he visto suficiente violencia.

—Sacerdotisa —Malo me habla en charre—. Esta lunare es un riesgo. Un peligro. No puedo permitir que permanezca.

Pero no puedes dejarla ir. Viera se ha atado a ti ahora. Y le temen. Será útil.

—Viera —digo—. Prométeme que no lastimarás a nadie a menos que vengan por ti primero.

—De todos modos, era la única vez que iba a usarla —

Viera no me mira mientras dice esto, en su lugar mantiene la mirada fija en Malo, quien se vuelve hacia mí.

—Entonces cualquiera que ella mate será tu responsabilidad, sacerdotisa —dice Malo.

En mi mente, siento la cálida aprobación de Ignos.

AL FINAL DE LA SECCIÓN, tras una caminata más corta que la primera pero que aún dura minutos, los cuatro se quedan mirando otra puerta.

De nuevo, esferas rojas y suaves.

—Cortadores —anuncia Bas, y todos alcanzan sus armas.

—Esperad —Sax observa el escáner mental a la derecha de la entrada—. Tengo una mejor idea.

Antes de que los demás puedan comentar algo, Sax se da la vuelta y salta a la piscina más cercana. La luz desaparece instantáneamente bajo la superficie, pero la máscara se adapta. El traje cubre los ojos de Sax y comienza a alimentarle con un tipo diferente de información visual. Brillos rojos y amarillos donde detecta calor. Sevora, nadando en su hábitat natural.

Sin un huésped, los Sevora son pequeños. Uno podría caber en la palma de Sax. Son óvalos delgados, con numerosos tentáculos saliendo de su extremo más grande. Cada uno de esos tentáculos está cubierto de flagelos con púas.

Útiles para trepar, para abrirse camino hacia el interior de algo.

Si un Sevora pudiera meterse en la cabeza de Sax, él sería su esclavo. Su huésped sin voluntad. Los Sevora también lo saben, y lo rodean en enjambre. La máscara hace que parezca que todo el mundo de Sax está cubierto de rojo y amarillo. Pero la máscara está haciendo doble tarea aquí. Las púas no pueden perforarla, así que las criaturas calamares se agitan inútilmente contra Sax por un segundo antes de darse cuenta de que, si bien no pueden tomar al Oratus, él sí puede tomarlos a ellos.

Sax arremete con sus garras y agarra un par de Sevora. Sale de la piscina.

Los escáneres mentales son cosas simples. Buscan señales de un Sevora y nada más. No son lo suficientemente inteligentes como para saber que el Sevora en la garra de Sax no está donde debería estar. Así que el escáner emite un pitido y la puerta parpadea en verde. Se desliza hacia arriba en la pared.

Sax se gira y lanza los dos Sevora detrás de él, trazando un arco sobre las piscinas. No espera para ver si hacen un chapoteo o tienen un aterrizaje más duro, porque de repente la nave semilla se sacude. Una sacudida estremecedora, y Sax clava sus garras en el suelo para no caerse. Fuertes estallidos siguen al movimiento; haciendo eco a lo largo de las paredes de la sección y acercándose hacia ellos.

—¡Vamos! —grita Sax mientras las explosiones siguen a los estallidos, rompiendo la pared de la sección alrededor de la entrada.

El condicionamiento Vincere les enseña a seguir las órdenes sin vacilar precisamente para situaciones como esta, donde los momentos marcan la diferencia entre la vida y una muerte fría y larga. Sax salta hacia adelante, con Bas a su lado —Gar y Lan ya se han ido, pero las parejas esperan a su compañero— y logran pasar por la entrada antes de que se cierre de golpe nuevamente. Esta vez, no solo con la puerta estándar sino con una segunda, más gruesa.

Al otro lado, los estruendos y golpes continúan ondulando a través de la sección en la que estaban. Destrozándola. Hay entonces un ajuste de gravedad mientras la nave semilla ajusta su rotación para compensar la pérdida de masa. Por el hecho de que las dos secciones enteras por las que Sax y los demás pasaron se han separado, llevándose consigo al resto de las fuerzas Vincere y quién sabe cuántos Sevora.

Y dejando a los cuatro Oratus solos. Un grupo contra una nave semilla llena de miles que los quieren muertos.

Buenas probabilidades.

CAPÍTULO 15

ENTERRAR A LOS MUERTOS

COMO PRECIO por dejarle a Viera su arma, Malo y los otros Charre le entregan las consecuencias: el cadáver del luchador Solare. Viera lo mira fijamente y luego me observa.

—Cuando la gente muere en Lunare —dice Viera—, los arrojamos por los acantilados. La naturaleza se encarga de los cuerpos después de eso.

—Aquí no hay acantilados —respondo—. Ignos pide que quememos nuestros cuerpos, para devolverle a sus caídos.

Espero que Viera entienda, porque me cuesta mirar el cadáver grisáceo. Es cierto que los conflictos entre tribus Solare a menudo terminaban con muertos, pero estaban marcados por las manchas y puñaladas de lanzas y flechas. Este, este parece muerto por magia. No quiero darle la vuelta para ver lo que el arma de Viera le ha hecho.

—Entonces lo quemaremos.

Viera no tiene un fuego del que robar, pero no es difícil recoger suficientes arbustos de la maleza raquítica que salpica la zona. La ayudo, en parte por la distracción de usar mis propias manos.

Detrás de nosotras, los Charre terminan con sus cautivos. Malo avisa que falta poco para que marchemos de nuevo. Parece totalmente dispuesto a dejarnos atrás.

—No creo que tu amigo Charre esté contento contigo —dice Viera mientras apilamos la maleza.

—No me importa si lo está —respondo.

Aunque eso no es cierto. Sí quiero que a Malo le agrade, y no solo porque Ignos me dice que su apoyo será importante. Para qué, aún no estoy segura. Sin embargo, si mi dios me lo exige, ¿quién soy yo para negar sus deseos?

—¿No te importa? —Viera se ríe—. La forma en que lo miras dice lo contrario.

Toma el cuchillo de vidrio negro que llevaba el Solare y comienza a golpearlo contra una pequeña roca. Cada golpe trae chispas que destellan en nuestra maleza. Aún no hay fuego, sin embargo.

—¿Cómo lo estoy mirando exactamente?

—En Lunare, tenemos una expresión para esto. Lo llamamos "brillar" cuando alguien ve a otro que desea. —Viera sigue golpeando con la hoja de vidrio negro.

—¿Crees que estoy "brillando" por Malo? —Pruebo la palabra y al instante me desagrada. No es algo que los Solare dirían.

—Puede que aún no lo sepas —responde Viera, y mientras lo hace, una de las chispas finalmente prende. La maleza se enciende en naranja, y de repente siento el calor en mi cara para igualar la luz ardiente de Ignos contra mi espalda—. Pero lo estás haciendo. No hay nada de qué avergonzarse. Lleva puesto un león. Suficiente para hacer que cualquiera lo mire dos veces.

Busco un palo largo para llevar el fuego al cuerpo y me doy cuenta de que aquí, en el desierto, no hay ninguno. Solo arbustos. Ramitas pequeñas. Mi intento de alejarme de las preguntas de Viera termina en fracaso, y aparto la mirada de ella cuando se pone de pie. Trato de encontrar algún lugar adonde ir.

—Tendremos que arrastrarlo —Viera continúa con nuestra conversación, aunque lo que dice me repugna.

Nunca antes había tocado un cadáver, pero Viera necesita a alguien que tire de la otra mano, y los Charre no van a ayudar. Los dedos del Solare están fríos al tacto —imagino que estarían más fríos si no fuera por el trabajo de Ignos—, pero son fáciles de agarrar. Planto los pies y es como transportar grano o tirar de un carro.

Solo que este solía estar vivo.

Llevamos al Solare hasta el fuego, pero no lamento que no podamos ver los resultados de nuestro trabajo. Malo nos presiona para que nos movamos, y estoy ansiosa por encontrar un lugar lejos del calor. Viera no dice una palabra más mientras nos unimos a la marcha, y me pregunto si está pensando, mirando a todos los cautivos Solare que sobreviven, si matar a uno fue la decisión correcta.

Ella estableció su poder. ¿Ves cómo los otros miran a Viera con cautela ahora? Deberías encontrar algo similar, para que te vean como una amenaza.

Soy una hija Solare sin su tribu, en un lugar que no conozco. Soy lo opuesto a una amenaza.

Recuerda el Caché. Puede ayudarte.

Casi había olvidado el brazalete. Todavía está en mi muñeca, del mismo color verde-marrón de siempre. Le pregunto a Ignos si puede hacer que aparezca algo como el tubo gris de Viera.

Puede hacer mucho más. Podemos usarlo para mostrarles a los Charre, cuando llegue el momento adecuado, que no solo deberían temerte, sino obedecerte. Entonces, podrás prepararlos para la llegada de sus dioses. Y de los tuyos también.

CAPÍTULO 16

CAMPO DE ENTRENAMIENTO

SU ESCAPE se manifiesta de más de una manera: la sección en la que han entrado ahora, a diferencia de las dos primeras, está iluminada con una luz blanca cremosa, y está claro que los Sevora en su interior no están operando ningún tipo de defensa. Sax está atónito al ver que no hay armas apuntándoles.

No hay gritos ni disparos zumbando en sus máscaras. De hecho, aparte de su grupo, la plataforma está vacía.

El resto de la sección no lo está, aunque no hay tubos brillantes y solo una pequeña piscina de color púrpura-negro que Sax puede distinguir. Los escalones planos que bajan de la plataforma dan a lo que parece ser un caucho azul suave con líneas uniformes que lo dividen en carriles. El caucho mismo parece rayado, con profundas cicatrices que se cruzan en su superficie.

La pista rodea toda la sección y todas las divisiones dentro de ella. Hay arenas con pilas de equipos: pesas y barras. Campos de tiro donde, incluso ahora, Sax puede ver a un trío de Flaum enviando láseres calientes a delgadas tiras de impacto.

En el centro de la sección se alza un conjunto de cuatro edificios, que alcanzan tres pisos de altura y tienen techos planos. Ventanas cuadradas y al aire libre los salpican a intervalos precisos.

—Se me olvida que los Sevora también viven aquí —dice Lan, y Sax está de acuerdo.

Una estación Vincere no sería muy diferente, en realidad.

—¿Por qué no están buscando pelea? —pregunta Gar.

—La separación es el último recurso —responde Bas—. No separarían toda una sección a menos que no hubiera otra opción. Así que tal vez piensan que quedamos atrapados dentro.

—Necesitamos ponernos a cubierto —interrumpe Sax.

De alguna manera, han recuperado la ventaja de la sorpresa y no quiere perderla quedándose a la vista.

Mientras bajan ágilmente hacia la pista y luego caminan por el primer sendero que encuentran, Sax se da cuenta de que no hay lugar donde cubrirse. Delgadas vallas separan las arenas, más por seguridad que por protección, sospecha Sax. Las barreras no ocultan sus masivos cuerpos Oratus, y al menos uno de los Sevora debe haberlos visto ya.

Entonces, ¿por qué no están atacando?

—Yo iré al frente —dice Gar.

Nadie discute esto y Sax se coloca en la retaguardia, aún desconcertado.

—Vayan rápido, directo a la puerta —dice Lan mientras forman su línea—. No estoy seguro de qué está pasando, pero aprovechemos.

—No —Sax cree tener la idea—. Tranquilos. Mová-monos despacio. No disparen sus armas. Veamos cómo reaccionan.

Gar, por una vez, escucha. Caminan con las garras

colgando sueltas y las armas envainadas. La experiencia hace que Sax se sienta inquieto; no es de los que se esconden. Un Oratus está hecho para la destrucción, no para el sigilo. La recopilación de información caía squarely en el territorio de los Flaum. Cuando un grupo de las criaturas peludas —todas, a juzgar por sus movimientos precisos y falta de conversación chirriante, infectadas por los Sevora— pasa junto a ellos, Sax apenas puede contenerse de alcanzarlos y destrozarlos.

Pero es ese paso despreocupado lo que le da a Sax la prueba que necesita para confirmar su teoría: la idea de hostiles tan adentro de la nave semilla es tan extraña que los Sevora creen que los cuatro son anfitriones. Que los Oratus han sido tomados y simplemente se están moviendo por la nave como el resto de los infectados.

Lo que es más perturbador para Sax es que, si los Sevora piensan esto, entonces deben tener evidencia. Es la mayor vergüenza, lo peor que le puede pasar a un Oratus es permitir ser tomado por un Sevora. Si están atrapados, el suicidio es el último recurso. La forma preferida es morir llevándose a tantos enemigos como sea posible. La captura... el pensamiento hace que Sax abra la boca para sisear antes de recordar lo que están haciendo y la cierra de nuevo.

Nunca. Sax moriría mil muertes antes de que los Sevora lo tomen.

CAPÍTULO 17

MIRADOR

TUTIO ES el nombre del volcán, me dice Malo. Para los Charre, es un símbolo de su propia supervivencia. Estamos observando las bocanadas de humo que se elevan desde la cima nevada de Tutio mientras devoramos nuestro último desayuno antes de emprender la marcha final hacia Damantum. La ciudad está allí, bajando la ladera a mi izquierda, donde las arenas del desierto dan paso a campos ondulados de color marrón.

—¿Supervivencia? —pregunto, porque las historias de los Solare dicen que hay que mantenerse lo más lejos posible de Tutio. El volcán tiene la costumbre de enfadarse, y aquellos que no respetan esa ira tienden a sucumbir ante ella.

—Sí —Malo habla de nuevo con ese tono reverente, el que surge cada vez que discute sobre el dios de los Charre, Damantum, o, en realidad, cualquier cosa sobre la vida de los Charre—. Tutio ha arrasado Damantum muchas veces. Ha devastado nuestros campos con sus furias. Pensarías que esto es algo malo, ¿verdad?

—Por lo general.

—Al principio, por supuesto, lo es. La gente muere en los incendios, y los que no, podrían morir de hambre. Sin embargo, con el tiempo, los Charre regresan. Construimos muros más fuertes y zanjas más profundas para atrapar la llama líquida de Tutio. Los campos que vuelven son más grandes y saludables que antes. Crecemos, Kaishi.

Esta es una visión ridícula. Ninguna civilización se fortalece al ser destruida rutinariamente. Una cosa más que cambiaremos, Kaishi.

Estoy de acuerdo con Ignos, aunque no estoy tan segura sobre su comentario sobre el cambio. Incluso si llego a algún nivel de poder donde pueda exigir cosas a los Charre, dudo que pueda conseguir que muevan su ciudad.

No, detendremos el volcán mismo.

Malo nota que mi boca se abre y ladea la cabeza. —¿Estás bien, Kaishi? ¿Te perturbó mi historia?

Me recompongo. —No. Ignos está susurrando algunas cosas extrañas.

—¿Qué está diciendo? ¿Puedes decírmelo?

Me pongo de pie, negando con la cabeza. No voy a empezar a revelar las declaraciones de Ignos a Malo todavía. No hasta que las entienda yo misma. La única razón por la que estoy viva es porque Malo piensa que estoy hablando con un dios benevolente. Si piensa que Ignos quiere dominar su civilización, ese tono podría cambiar.

Me pregunto, entonces, ¿por qué me importa? Al comienzo de la marcha, allá en la jungla, estaba malhumorada. Abatida. Si los Charre hubieran decidido al final de ese primer día que mantenerme con ellos era una carga demasiado pesada de llevar, no estoy segura de que hubiera luchado contra ellos.

Ahora veo a Malo observándome con una mezcla de preguntas y preocupaciones, y estoy... no feliz, pero viva y contenta de estarlo. Incluso si Ignos es la principal preocupación de Malo, es agradable saber que se preocupa por mí. Al menos un poco.

Viera también. En el día transcurrido desde que quemamos el cuerpo, la Lunare solo se ha apartado de mi lado por razones naturales y cuando se lo he pedido.

De lo contrario, camina a mi lado, compartiendo historias de su tierra natal bajo las rocas. Sus interminables leyendas abarcan desde monstruos enormes que crean sus propias cuevas hasta una celebración de una semana cuando la nieve se derrite y todo Lunare tiene más agua de la que pueden beber.

En resumen, tengo amigos. Algo que no tenía en casa, donde la gente me veía como la hija del sacerdote. Alguien a quien respetar, sí, pero no para hacer amistad, no fuera que cualquier ofensa que causaras trajera la ira de Ignos sobre ti.

Damantum se extiende en la distancia frente a mí. A diferencia de mi aldea, que se esparcía al azar a través de los claros de la jungla, esta ciudad está ordenada. Amplias avenidas dividen distritos rectangulares, y el río que rodea Damantum está cruzado en varios lugares por arcos de piedra. Al noreste, las llanuras dan paso al océano azul.

Me concentro en un edificio inclinado en el centro de Damantum. Es difícil no mirarlo, porque la estructura parece ser de oro. Ignos resplandece desde su superficie, tanto que me encuentro protegiéndome los ojos, intentando verlo mejor.

—El Vaos —dice Malo, uniéndose a mi observación—. Es el centro de Damantum, y lo más grande que los Charre han creado jamás. Ni siquiera Tutio se atreve a destruirlo.

—¿Para qué sirve? —pregunto, y Malo me mira con otra de esas agradables sonrisas.

—Para ti, Kaishi. Es para ti.

CAPÍTULO 18

EMBOSCADA

HAN LLEGADO a los edificios y ahora Sax ve que estas son habitaciones de un tipo diferente. Espacios grandes y cerrados con suelos, paredes y techos completamente negros. Los ve a través del edificio a su izquierda, mientras que el de la derecha parece tener sus ventanas cubiertas por persianas corredizas. Entrenamiento virtual.

Oscuridad total en la sala, y luego los proyectores proporcionan a los estudiantes lo que sea que estén buscando estudiar. Batallas, por supuesto, pero Sax recuerda incluso las lecciones normales reforzadas con viajes holográficos al tema, ya fuera un lugar o el interior de un cuerpo. Tantas lecciones antes de ganarse su primera máscara.

Pasan los edificios y llegan más allá de un segundo conjunto de áreas cercadas. Una en particular llama la atención de Sax: una gran torre moteada con varios bulbos de colores colgando a diferentes alturas. Criaturas parecidas a postes se agrupan alrededor y sobre ella. Mientras Sax observa, los postes, a través de pequeños agujeros, parecen brotar manos de muchos dedos que los empujan o los hacen trepar arriba y abajo de la torre. Tevens.

Supuestamente, el poste de caparazón duro proviene de las secreciones que producen las criaturas, y las marcas de cada uno cuentan el secreto de la ascendencia de ese Teven. Sin embargo, lo que realmente le importa a Sax es cómo sabe algo, y los Tevens son insípidos, y los fragmentos de poste le raspan la garganta si no se mastican adecuadamente. Hay mejor comida.

En la parte posterior de la sección cruzan la pista de nuevo, suben los escalones, y hay otra puerta. Con borde rojo como las otras. Sax no tiene una Sevora a mano, y sacar sus cortadores arruinaría cualquier indicio de engaño que pudieran tener.

—Yo digo que lo hagamos de todos modos —anuncia Gar cuando queda claro lo que todos están pensando—. Míralos ahí abajo. Esto no es una fuerza militar. Para cuando hayamos cortado, apenas se habrán dado cuenta.

—Excepto que ahora no saben que estamos aquí —dice Bas—. Si podemos pasar sin que lo sepan, podríamos llegar al núcleo sin ser detectados.

—Lo cual no es nada divertido —responde Gar.

—A veces hay cosas más importantes que tu sed de sangre —dice Lan, y, después de un segundo, la cola de Gar se agita hacia el suelo en señal de acuerdo.

—Así que necesitamos que alguien nos deje pasar —dice Sax—. Un rehén.

—Nunca he tomado uno antes —responde Lan—. Siempre es más fácil comerse a un cautivo.

Cierto.

Mientras han estado caminando por la sección, por encima de los gritos y el chillido agudo del fuego láser, ha habido un constante trasfondo de golpeteo. Suaves golpes en el suelo. Mirando desde el rellano, Sax identifica la fuente: un grupo de criaturas circulares corriendo alrededor de la pista.

Rotams. Un conjunto de patas de doble rodilla alrededor de un cuerpo central redondo. Las cicatrices en la pista ahora tienen una respuesta: cada pata de Rotam termina en un casco duro, uno que tiene una garra retráctil. Sax ha visto cargas de Rotam antes: giran y se mueven por todas las superficies, luego pasan por encima de ti, haciéndote pedazos en el proceso.

No tienen ojos y perciben el movimiento y el sonido a través de fibras suaves que recubren su cuerpo.

Lo que significa que Sax puede esperar, abajo junto a la pista, a que pase el Rotam. Mientras los Oratus se mantengan quietos, deberían poder atrapar al último del grupo sin que los otros lo sepan.

Los otros tres están de acuerdo con el plan de Sax y, mientras los Rotam circulan por el lado opuesto de la sección, el grupo toma sus posiciones. Sax tiene la primera oportunidad, ya que es su idea. El Stim todavía está fuerte —el efecto dura horas— y así, cuando pasan los Rotam, Sax no tiene problemas para alargar el brazo y agarrar uno que está a un par de metros detrás de los demás.

Sus garras se clavan en el cuerpo de la criatura y la levanta de la pista. Lucha, pero desde el lado, los Rotam no tienen mucha defensa. Ve a Bas darle un movimiento de cola de felicitación, y luego se vuelven para dirigirse a la puerta.

Que se desliza y se abre. Antes de lo que debería.

—Los Oratus continúan estando a la altura de su reputación —la voz, sibilante y profunda, proviene de lo que Sax espera no ver nunca. Un Oratus, erguido y vestido con una armadura negra y brillante. Las placas y el casco lo hacen parecer ridículo, y deben ser más limitantes que una máscara, pero al Oratus no parece importarle—. Ahora, es hora de que los Sevora estén a la altura de la nuestra.

A su alrededor se derraman Flaum, todos apuntando armas hacia el grupo.

También hay ruido desde la pista: los Rotam que acaban de pasar se han dado la vuelta.

Sax sabe que están acorralados. Atrapados.

Muertos.

CAPÍTULO 19

LA GRAN CIUDAD

LAS PUERTAS de Damantum se alzan imponentes bajo la luz vespertina de Ignos. Doradas y salpicadas de obsidiana, lo cual, según Malo, es intencional. Un homenaje a Tutio. Símbolos charre decoran las columnas esculpidas. Algunos los reconozco, otros no. Es un recordatorio de que si voy a predicar a esta gente, tengo mucho que aprender.

A medida que nos acercamos a la ciudad, los guerreros se dispersan. Malo los despide y desaparecen. Van a ver a sus familias, amantes y amigos.

Malo permanece cerca de mí, junto con Viera, quien intenta mirar a todas partes a la vez.

—Una ciudad llena de enemigos —dice Viera cuando le pregunto por qué está tan tensa—. Cualquier charre estaría encantado de clavarme un cuchillo en la espalda.

No puedo discrepar con esa afirmación. La mayoría de los solare querría hacer lo mismo.

Nos abrimos paso hacia las puertas, presionando entre las multitudes de comerciantes y mercaderes que entran y salen de la capital charre, y dos guardias se acercan. A diferencia de Malo y sus guerreros, estos no llevan pieles de animales y, en cambio, van con el torso desnudo, luciendo faldas de cuero y sandalias. Cada uno porta una lanza y viste un manto de plumas rojas. Me miran por un momento, aparentemente deciden que no soy una amenaza, y dirigen su atención a Viera.

Si los solare no merecen atención, los lunare reciben el doble.

—¿Qué nos has traído hoy, Malo? —dice el guardia principal.

—Una sacerdotisa —responde Malo, señalándome—. Irá a ver a Jakkan, y la verán pronto. Ella escucha a Ignos y dice que desea concedernos milagros.

Los guerreros no creen el respaldo de Malo. Esbozan sonrisas, ocultan sus risas. Estoy a punto de hablar cuando Malo continúa:

—Esta otra es Viera. Una lunare. Tengan cuidado con el arma que porta, pues tiene un poder mortal.

—¿Poder mortal? —ahora los guardias están interesados—. No podemos dejar que la tenga, entonces. No si pretenden llevarla dentro de la ciudad.

—Ya conoces las condiciones —dice Viera esto en lengua lunare a Malo, y yo traduzco cuando los guardias la miran fijamente y Malo me busca con la mirada.

—Dice que no la entregará —intento encogerme de hombros, como si simplemente no fuera a suceder, pero no creo que se lo crean.

—¿A menos que puedas obligarla? —pregunta Malo.

—No puedo.

No quiero intentarlo. Hay ciertas cosas que estoy dispuesta a arriesgar por mis amigos, pero desarmar a uno de ellos en un lugar tan obviamente hostil parece una mala idea.

Malo asiente, aparentemente respetando mi situación.

Luego se vuelve hacia Viera, quien responde a la mirada de Malo con una propia de desafío. No lo capto, pero Malo se lanza hacia adelante, tan rápido, y agarra el brazo derecho de Viera. Lo mantiene alejado de la pistola.

Los guardias son casi igual de rápidos, y tienen a Viera inmovilizada en cuestión de segundos. Uno de los guardias desenreda una cuerda de un lazo en su falda y ata las muñecas de Viera.

Malo saca la pistola, cuidadosamente, de la funda de Viera. El jefe charre la sostiene con ambas manos, mirándola como si la vista por sí sola fuera a revelarle sus secretos.

—Devuélveme eso —Viera forcejea, pero no está logrando nada.

—Dile que lo siento, pero no se puede permitir que Viera deambule por la ciudad armada —me dice Malo.

—Deja de luchar —le digo a Viera—. Solo vas a empeorar las cosas. Pueden decidir matarte. ¿Cómo va a ayudar eso?

Por un momento, Viera parece un animal rabioso, enjaulado y gruñendo, pero a medida que las cuerdas se aprietan, la actitud se desvanece. Su boca se suaviza en una línea recta. Sus ojos son brasas, y dirige su calor hacia Malo, quien lo ignora.

—Si las vas a llevar a la ciudad, entonces ella es tu responsabilidad —dice el guardia principal. Le ofrece el extremo de la cuerda a Malo, quien la toma.

—Lo acepto. Será cuidada y vigilada —responde Malo.

Luego se vuelve hacia mí y me hace un gesto para que avance a través de esas puertas arqueadas de piedra amarilla y entre en la ciudad.

Quiero discutir. Decir que Viera, ahora que está desarmada, puede ser liberada. Ignos me detiene. Me dice que es más importante ahora ganar la confianza de la ciudad. De esta gente. Una lunare no vale la pena arriesgar nuestro sueño.

Nuestro sueño. No estoy segura de haberlo querido alguna vez, pero ahora estoy demasiado metida para echarme atrás, y no puedo negar que una parte creciente de mí ama la aventura.

Así que avanzo. Hacia la ciudad más bulliciosa que jamás haya visto. Sus calles están abarrotadas de gente yendo y viniendo. Muchos llevan cestas y bolsas cargadas de frutas y carnes, telas y urnas de arcilla. Hay puestos instalados en cada esquina y espacio abierto, conectados directamente a las pequeñas casas detrás de ellos, donde los dueños pueden despertarse y empezar a vender hasta que se desplomen al final de la noche.

Los sonidos de regateos, intercambios de monedas llenan mis oídos, junto con los aromas de mil especias y platillos cocinándose.

Hay un trasfondo debajo de todo esto que también percibo. De desechos y desperdicios. Aun así, Damantum se siente viva. Como si la ciudad estuviera despierta y tuviera un espíritu mucho más vigoroso que el que mi aldea tuvo jamás.

—Este es mi hogar —dice Malo mientras me guía por las calles—. Es todo para mí, como lo es para los Charre. ¿Qué te parece?

No lo insultes.

Como si necesitara el recordatorio.

—Es abrumador —digo—. Nunca había visto tanto en un solo lugar.

En realidad, me doy cuenta de que falta una cosa: árboles. Hay muy pocos. Damantum es todo marrón y arenoso.

Desteñido por la luz y caluroso. La poca sombra que hay proviene de las esquinas afiladas de los edificios, y no de las frondosas sombras de la selva que amo. Así que incluso mientras lo asimilo, me doy cuenta de que Damantum no es, y quizás nunca será, mi hogar.

—Te acostumbrarás con el tiempo —dice Malo—. Todos lo hacen. Los tesoros que hay aquí, las experiencias, la gente. Todo es mucho, lo sé. Con el tiempo empezarás a ver por qué esto es maravilloso. Te enamorarás, como me ha pasado a mí.

Viera permanece en silencio durante nuestro paseo. Cada vez que pienso en hacerle una pregunta, o incluso mirarla, Ignos me grita que me detenga. Al principio discuto, pero luego empiezo a pensar que el consejo de Ignos es acertado; Viera no es la única cautiva que veo en las calles. Muchos son llevados en grupos con cuerdas encadenadas entre todos ellos en fila. Nadie los mira. Nadie reconoce sus cabezas inclinadas y pies descalzos que arrastran.

¿Lo haría una sacerdotisa?

No, dice Ignos, y estoy de acuerdo. No podré ayudar a Viera si me uno a ella en las cuerdas.

Llegamos al Vaos. Es gigantesco. Alto y monstruoso y hermoso y horrendo al mismo tiempo. Como vi desde el volcán, todo el templo está recubierto de oro. Brilla y resplandece al atardecer, una multitud parpadeante. A mitad de camino de las gigantescas losas de piedra que forman los escalones del Vaos, hay una amplia puerta cuadrada. Una rodeada por un conjunto de cuatro braseros ardientes.

—Ahí es donde perteneces —me dice Malo—. Entra allí, y conocerás a nuestro sumo sacerdote, Jakkan. Él te ayudará. Te enseñará lo que necesitas saber para que puedas darnos lo que Ignos necesita que escuchemos.

—¿Vienes conmigo? —pregunto.

—No soy sacerdote, por lo tanto, no se me permite subir a los escalones del Vaos sin permiso.

Me doy cuenta de que Malo tiene razón; a pesar de las masas de gente que se mueven por el patio alrededor del gran templo, muchos de los cuales se detienen a rezar hacia sus altares, no hay cuerpos en los escalones.

Nadie subiendo cuidadosamente hasta la cima. Pero ante la insistencia de Malo, yo lo hago.

Tengo que levantar mucho las rodillas para subir, porque los escalones no son pequeños. Hay veinte de ellos para llegar a donde comienza la puerta.

Mira dónde estás. Ya estás subiendo por encima del desorden. Sigue moviéndote, Kaishi, y lo lograremos.

Cuando llego a la puerta, me giro para ver si Malo y Viera están mirando, pero se han ido. Solo hay multitudes de personas pasando, algunas lanzando miradas curiosas hacia mí.

Estoy sola.

Sin embargo, solo hay un camino por seguir, así que miro adentro. Es un túnel oscuro. No muy largo. Cada metro, incrustadas en las paredes de piedra, hay pequeñas cuencas con velas parpadeantes.

Doy pasos vacilantes.

El sonido de la ciudad muere cuando entro, y una brisa fresca trae incienso ardiente. El Vaos se abre a una cámara central, y puedo ver al menos cuatro puertas a cada lado. De pie en el medio, con la espalda rígida y frágil, hay un hombre. Un diseño tatuado en su espalda, en varios tintes para crear un hermoso collage de arcoíris, es de Ignos al amanecer, el orbe dorado y las bandas multicolores de sus bendiciones irradiando hacia afuera. Mientras observo, el hombre se gira, descruzando las manos, que habían estado juntas en oración, y me sonríe. Su ojo derecho es blanco lechoso y hay huecos en sus dientes, la mayoría de los cuales son de oro.

—Bienvenida —dice el hombre, y su voz es fuerte y firme. De hierro—. Te he estado esperando, Kaishi, supuesta portavoz de nuestro dios.

CUANDO EL EFECTO del Stim desaparece, es como salir de un salto: todo se acelera y parece, al principio, demasiado real. Las acciones suceden muy rápido. No hay tiempo para pensar. El cuerpo de Sax se estremece en la habitación, una de las negras, de modo que parece que está tendido en medio del espacio vacío. Las ventanas están cerradas, así que realmente no hay nada más que Sax, el Oratus robado por los Sevora y un cuarteto de Flaum observando.

—Sí, eso debe ser doloroso para ti —dice el Oratus mientras observa a Sax respirar con dificultad—. ¿Stim, supongo?

Tres Flaum están de pie en las esquinas de la habitación, cada uno apuntando un minero de dos patas hacia Sax. Está bastante seguro de que, si tuviera el Stim y un momento de sorpresa, Sax podría moverse lo suficientemente rápido como para acabar con al menos dos antes de que el tercero lo vaporizara. Pero aun así quedaría el Oratus, y ese es el objetivo más importante.

—¿Puedes hablar en absoluto, o la perspectiva de que yo exista es tan terrible que ni siquiera puedes formar palabras? —continúa el Oratus.

En una situación donde el sacrificio no es posible y el ataque es desaconsejable, recopilar información. Sax conoce su entrenamiento, así que levanta la cabeza, ignora los dolores pulsantes que quedan del Stim y habla:

—Eres una abominación.

Es una fuerte declaración inicial, y Sax se siente mejor por haberlo dicho. Al menos, hasta que el Oratus se ríe.

—¿Lo soy? —responde el Oratus, y luego se queda pensativo por un momento—. ¿Sabes qué? Podría estar de acuerdo contigo. Mírame, con esta armadura. Y mírate a ti, con esa máscara, tan puro.

Sax no está seguro de qué decir a esto, así que se queda callado. Deja que sus ojos se desvíen hacia los Flaum y comprueba su atención. Ahora mismo, siguen absortos. Eso es el control Sevora, sin embargo, no los Flaum en sí mismos. A través de la máscara, Sax escucha los sonidos de los demás, pero no hay señal. Estos edificios son gruesos, probablemente atestados de electrónica. Su señal podría no atravesarlos.

—Probablemente te estés preguntando por qué no te hemos disparado aún —el Oratus camina ahora, rodeando a Sax como un depredador, sus garras haciendo clic en el suelo negro—. Es algo complicado conseguir una máscara que funcione. No tenemos ni una sola. Todos los Sevora. Ni una. ¿Puedes creerlo?

Sax puede creerlo. La máscara es una segunda piel. Solo se quitará si Sax la fuerza. Cualquier otra forma la rompería, y cuando la máscara se rompe, se encarga de su propia eliminación. Ahora Sax sabe lo que el Oratus quiere, y cuando sabes lo que tu presa desea, puedes poner una trampa.

—¿Estás ofreciendo un trato?

—Sí —el Oratus hace una pausa, mira fijamente a Sax—. Quítate la máscara y te dejaré vivir.

—Simplemente me entregarás a un Sevora. Seré como tú.

—¿Como yo? —el Oratus reanuda su ronda—. Nunca serás como yo. Tú vives una vez, mientras que yo vivo mil veces, en muchos cuerpos. Pero tú, esta única vida tuya, durará más.

—Solo necesito destrozarte una sola vez —Sax abre la boca de par en par, mostrando todos sus dientes. Brillan en la tenue luz, armas afiladas esperando su oportunidad de atacar.

LA TAREA

TODOS LOS NIÑOS TIENEN PESADILLAS. Ven fantasmas. Fragmentos de historias que giran frente a sus ojos en plena noche o, a veces, cuando están solos en la jungla en medio del día. El hombre frente a mí proviene de esas pesadillas.

Sus ojos, arrugados y bordeados de tinta oscura, me miran fijamente. Su rostro, surcado de profundas líneas, parece haber visto un siglo y guarda toda la sabiduría que lo acompaña. Su cabeza está despejada. Afeitada. Su cuerpo, frente a mí, es delgado y está envuelto en una fina tela que tira distraídamente sobre su hombro izquierdo.

Aquí por fin veo alguna evidencia de la posición de Jakkan: su túnica tiene muchos colores, y los tintes son raros tanto en Solare como en Charre. Rojos y verdes entremezclados con destellos de azul. Me hace pensar en correr entre árboles coloridos. Sin embargo, la idea me parece errónea. La pintura no está del todo bien, las rayas no están donde deberían. No es natural.

Me da la impresión de que Jakkan rara vez sale de la

ciudad. La jungla, si es que alguna vez la ha visto, es un recuerdo y no el núcleo de su corazón como lo es para mí.

—Me ve —dice Jakkan—. Dígame, ¿cómo me veo?

Ten cuidado. Este tiende trampas con sus palabras.

Escucho a Ignos, pero hay algo en la forma en que habla Jakkan que me impulsa a responder. Podría ser el hecho de que parece mantenerme como el centro de su atención. Como si yo fuera lo más importante en su universo.

—No se parece en nada a los guerreros que me trajeron aquí —digo.

Adopto, sin darme cuenta, el lenguaje que usa mi padre para hablar con los ancianos. Respetuoso, honesto. —Sin embargo, no creo que su fuerza provenga de sus brazos y piernas, sino de su mente.

Estoy a punto de continuar, cuando Jakkan levanta una mano. Palma hacia mí. —Mi fuerza proviene de Ignos —dice Jakkan, y escucho un dejo de reproche en su voz—. Toda fuerza lo hace. Lo que él elige concedernos es lo que tenemos. Usted, como sacerdotisa, debería saberlo.

No estoy segura de si esto es una pregunta o no, pero Jakkan no me deja responder de todos modos. Se aleja de mí, camina con pasos cortos y fáciles hacia una olla negra moteada que parece estar hirviendo té sobre brasas calientes. El pequeño nicho lleva las manchas de ceniza negra de muchos fuegos. Todo esto me lleva a creer que Vaos no es solo el templo de Jakkan, sino también su hogar.

—Cuénteme su historia —dice Jakkan mientras se sirve una taza.

Mi historia es bastante simple. Una joven se encuentra con un dios que cayó del cielo. No puedo contarle eso a Jakkan. Este es el sumo sacerdote de Charre. Tengo que inventar algo mejor.

Ignos está listo para mí. Sus palabras fluyen por mi

mente y me encuentro hilando una historia que yo misma no habría creído si la hubiera escuchado.

—Comencé igual que usted —digo, pronunciando las palabras tal como Ignos me las presenta—. Elegida, no por ningún hombre, sino por aquellos más grandes. En medio de un mundo rápido y abarrotado, donde la enfermedad, la fauna o el espíritu de tu enemigo podían provocar un final repentino, sobreviví. Crecí. Empecé a aprender lo que significa servir a Ignos. Esto, para los Solare, significa poner a tu tribu antes que a ti mismo. A tu gente antes que tu propia vida. Es simple, pero importante, y es lo que mantiene fuerte a nuestra aldea.

»Sin embargo, mi tribu no me dejaba cazar, porque no soy un hombre. Muros imposibles me mantenían fuera. Así que hice lo que pude y deseé más. Asistí en los ritos, aprendí a confeccionar la ropa que usamos, practiqué la preparación de los alimentos que alimentarían a mi familia. Con el tiempo, Ignos reconoció mi devoción y mi deseo, lo que me llevó hasta usted.

Después de terminar, Jakkan me ofrece un poco de té y doy un sorbo. Cálido con un regusto afrutado. Agradable, después de un día caminando bajo el calor.

—Kaishi, si he de permitirle pararse frente a nuestro glorioso pueblo y predicar, debo asegurarme de que realmente escuche las palabras de Ignos. —Jakkan, sorbiendo su té entre palabras, se gira y desaparece en una de las habitaciones laterales.

Escucho un traqueteo de cosas moviéndose. Me quedo quieta. Termino mi propio té.

—Tomará esta medalla —dice Jakkan mientras regresa a la habitación, con un círculo de bronce manchado colgando de una gruesa cinta en su mano—. La llevará puesta, luego irá a los Pozos, en el lado oeste de la ciudad. Allí la encontrarán y la llevarán ante un juar, al que domará en nombre de Ignos. Si tiene éxito, le darán una medalla diferente, que me traerá de vuelta.

—¿Domar un juar? —la petición es tan extraña que al principio no la entiendo.

Jakkan asiente de nuevo.

Ignos percibe mi repentino miedo, pero no tengo tiempo para sus preguntas ahora mismo. Jakkan sigue hablando, y si voy a salir de esta, tengo que escuchar cada palabra.

—Quizás piense que es la primera en venir a mí —continúa Jakkan—. La primera de nuestro pueblo, o de cualquier pueblo, en venir y exigir pararse en este gran templo y decir que escucha a Ignos. Así que he ideado una prueba. Si realmente es favorecida, entonces Ignos intervendrá. La tarea no será nada para usted, y estará de vuelta aquí en poco tiempo, lista para mostrarnos a todos cuán equivocados estamos.

SI EL ORATUS está intimidado por la demostración de Sax, no lo demuestra.

—Este dijo lo mismo —el Oratus golpea suavemente la placa metálica en su pecho—. Hizo amenazas. Intentó hacerse daño, hacerme daño a mí —se inclina más cerca de Sax, quien podría arañarlo ahora, pero eso no garantizaría matarlo. Así que Sax siente el aliento caliente sobre él y no hace nada—. ¿Sabe usted lo que sucede cuando tomamos el control de su mente?

—Usted observa cada momento. Ve a través de sus propios ojos cómo masacra a sus amigos. Cómo traiciona todo lo que es. Este todavía está aquí ahora. Está suplicando que usted salte sobre mí y me desgarre la garganta.

Sax se cansa de escuchar. Se cansa de esperar trampas. La muerte viene para todos los Oratus en algún momento, y ahora es su turno. Así que flexiona las piernas y salta. Sax sabe que solo tendrá un golpe, así que balancea, en el aire, y arremete justo donde el Oratus le pidió: en la vulnerable hendidura entre la armadura del cuello.

Los Flaum no disparan. El Oratus no se inmuta. Sax no

se da cuenta de su error hasta que hace contacto, sus garras medias se aferran a la armadura para que sus garras delanteras puedan hacer el trabajo sangriento. Siente como si cada uno de sus nervios se encendiera con fuego ardiente. El Oratus levanta a Sax, y Sax no hace nada; todo lo que Sax puede pensar, todo lo que puede hacer, es arder.

El Oratus arroja a Sax al suelo, y la máscara, al menos, amortigua esta fuerza. También atenúa la patada del Oratus un momento después, haciendo que Sax se desplome sobre su espalda. Con un impacto normal, Sax no estaría temblando ahora. Retorciéndose y girando. La armadura del Oratus parece haber derretido los nervios de Sax. Dejado su cuerpo entumecido y sin respuesta.

Observa al Oratus pasar sobre él. Ve las garras extendidas. Hay una forma precisa de quitar una máscara, destinada a ser realizada solo por quien la lleva puesta. Este Oratus sabe cuál es, sin duda la ha arrancado de la mente de su cautivo, y Sax está indefenso mientras la criatura se inclina y clava las garras de sus cuatro manos en las palmas de Sax. En los puntos exactos donde, si Sax clavara sus propias garras en sus propias manos, golpearían.

La máscara se desprende como una capa que cae; un roce de tela fresca a lo largo de su piel, y se pliega en un montón plateado a sus pies.

—No pensé que eso realmente funcionaría —dice el Oratus mientras se inclina para recoger la máscara—. Una teoría, robada de la mente de este, y mire esto. Por fin tenemos una.

El Oratus dirige una mirada a los Flaum en la habitación.

—Llévenlo ahora. Llevémoslo antes de que recupere sus funciones.

Los tres Flaum luchan para levantar a Sax y recurren a

arrastrarlo por el suelo metálico, y luego al aire libre, por uno de los caminos. Sax sigue las luces en el techo con la mirada. Sabe exactamente a dónde lo llevan, y si pudiera romperse el cuello, lo haría.

Algunas cosas son mucho peores que la muerte.

CAPÍTULO 23

COMPRAS PARA LA SUPERVIVENCIA

LAS CALLES de Damantum parpadean a la luz de mil antorchas. Las sombras danzantes desfilan sobre estatuas y casas con destellos dorados mientras la ciudad se sumerge en la celebración. Camino frente al Vaos, jugando con el medallón.

¿Así que estas son criaturas gigantes y asesinas? Kaishi, te digo que deberíamos irnos de la ciudad. Busquemos una aldea pequeña y hagamos crecer nuestra leyenda allí. Luego, cuando tengamos un ejército de fieles equipados con mis milagros, vendrán todos a arrastrarse a tus pies.

Llego al patio y miro hacia el oeste. Los caminos que conducen en esa dirección se oscurecen, aunque los ruidos que provienen de ese sector resuenan por encima de los del resto de la ciudad. Domar un juar. Un felino de la jungla, aunque ya no quedan muchos en territorio Solare; cazados y ahuyentados. Paso mis dedos por mi mosswrap, fresco y seco alrededor de mis hombros. No me serviría de mucho contra una criatura así.

Exactamente mi punto.

Así que en lugar de dirigirme al oeste, hacia los Fosos,

voy recto. Paso junto a mercaderes que tiran de sus carros en dirección opuesta; volviendo a casa. Más de unas cuantas personas me miran mientras avanzo, atraídas por el musgo o por mis miradas errantes mientras trato de absorber todo lo que puedo de la ciudad.

Siento sus ojos en mi rostro y sus rasgos Solare. Sin embargo, cuando notan el medallón, todos apartan la mirada y no vuelven a mirar.

Al parecer, la tarea de Jakkan es conocida en toda la ciudad.

Sí, ve hacia las puertas. Aunque te sugeriría que escondas ese medallón, o lo arrojes en algún callejón oscuro. Es llamativo.

Llego a la calle principal que, durante el día, había estado abarrotada de puestos vendiendo todo lo que pudiera imaginar. Ahora hay menos, pero la cantidad aún me provoca un momento de pánico. Tanta gente, tantas opciones. Mis manos encuentran el medallón, colgando alrededor de mi cuello, y lo agarran con fuerza. El metal firme calma mis nervios. Un pie tras otro. Me deslizo entre la multitud de gente, concentrándome en lo que he venido a buscar más que en la multitud de cosas a mi alrededor.

¿A lo que has venido? Ve a las puertas. ¡Tu vida es demasiado valiosa para desperdiciarla!

Ignoro a Ignos. Empujo la voz del dios al fondo de mi mente, de modo que las palabras de Ignos llegan solo como un zumbido, una conversación lejana. Ningún dios Solare abogaría por huir de semejante desafío, así que esto debe ser otra de las pruebas de Ignos. Mi coraje y convicción están siendo cuestionados, y por una de las primeras veces en mi vida, puedo controlar mis propias acciones.

No huiré.

Ignos no tiene respuesta.

Encuentro un puesto cubierto de plantas crecientes. Enredaderas envuelven todo el toldo, con mesas de madera cubiertas de urnas rebosantes de diversas cosas frondosas. Me dirijo hacia él, y apenas comienzo a examinarlas cuando aparece un hombre bajo, con su largo cabello negro atado sobre su cabeza.

—Soy Zolin, y bienvenida a... —el tendero se interrumpe al notar el medallón. Comienza a alejarse, pero pongo una mano en su hombro.

—Por favor, ¿por qué todos ven este medallón y actúan de manera extraña?

—Porque es una señal del desfavor de Jakkan —responde Zolin—. Estás manchada por el sumo sacerdote. Nadie querría compartir eso.

—¿Manchada? Jakkan me dio este medallón él mismo. Como señal de que estaba en una misión de su parte.

—Entonces lo vas a tener difícil. —Zolin sigue mirando el medallón, como si fuera una serpiente que pudiera morderlo—. No encontrarás ayuda en Damantum llevando eso.

—Bien —alcanzo para quitármelo, pero antes de que pueda siquiera empezar, Zolin agarra el medallón y lo vuelve a bajar. Lo mantiene alrededor de mi cuello.

—¡No, no puedes quitártelo! No a menos que el sumo sacerdote lo haga él mismo. Si algún guardia te ve intentar quitártelo, te matará. —Como si pensara que podría estar implicado en la idea, Zolin lanza rápidas miradas alrededor de la multitud.

Nadie nos presta atención.

—¿Así que no puedo quitármelo o moriré, pero no vas a ayudarme si lo llevo puesto?

Zolin se frota la cara con las manos. Me mira fijamente.

—Eres joven para recibir ese premio. ¿Qué hiciste para ganártelo?

Le cuento la versión corta de mi historia. Que había venido a Damantum después de una experiencia religiosa y que quiero convertirme en sacerdotisa. Jakkan me dio el medallón y me envió en una misión a los Fosos para domar un juar. Cuando termino, Zolin se ríe.

—¿Domar un juar? Esa es una forma rápida de llegar a la tumba —dice Zolin.

—Por eso estoy aquí. —Señalo las plantas—. Necesito algo de curare. ¿Tienes?

—¿Para qué necesitarías eso? No eres médica. —La mano izquierda de Zolin vuela hacia su cabello atado, donde comienza a tirar de un mechón suelto y a enrollarlo alrededor de sus dedos—. A menos que pretendas...

—Así es —digo—. Y bambú. Un palo pequeño.

Zolin asiente. —Tengo eso, pero si estás planeando lo que creo, necesitarás encontrar algo para hacer la dosificación. Yo no tengo eso.

Veo que los ojos de Zolin se deslizan más allá de mí, cruzando la avenida. —¿Pero conoces a alguien que sí?

—¿En este mercado? Puedes encontrar cualquier cosa. —Zolin me lleva alrededor del puesto, corta unas hojas de una planta en particular y, usando un mortero y un mazo, las machaca hasta convertirlas en un líquido fino—. ¿Cómo lograste aprender sobre esta belleza?

—No soy de por aquí —respondo—. Lo usábamos de vez en cuando en casa.

Zolin vierte el líquido del mortero en un pequeño frasco, lo tapa flojamente con un trozo de madera. Luego, de un matojo de bambú desigual en la parte trasera del puesto, donde las cañas son casi tan altas como yo, Zolin corta una sección. Usando el mismo cuchillo, Zolin limpia el interior de la pieza y luego me entrega ambas cosas.

Luego espera.

—Yo, eh, no tengo nada para darte —digo cuando me doy cuenta de lo que está esperando.

—Oh, sí que lo haces —dice Zolin—. Esto es lo que te pido. Si superas esto, y tengo el presentimiento de que lo harás, mantenme en tus oraciones. Y ven a verme siempre que Jakkan necesite más incienso, ¿de acuerdo?

Me río.

—¿La aguja? —pregunto—. ¿Dónde puedo conseguirla?

Zolin señala al otro lado de la calle a un puesto que parece anunciar armas más resistentes. Espadas curvas y dentadas, y otras hojas grandes. Ante mi vacilación, Zolin gruñe, sale de su puesto y me guía al otro lado de la calle. Sin dejarme decir una sola palabra, Zolin habla con el malhumorado herrero que atiende la tienda y, en un abrir y cerrar de ojos, sale con un par de agujas afiladas, cada una de unos pocos centímetros de largo.

—Ahora tienes los materiales, pero ¿tienes la habilidad? —pregunta Zolin.

—Lo sabrás si vuelves a saber de mí.

—Espero que así sea, Kaishi —dice Zolin—. Están llegando rumores sombríos sobre los Lunare, y creo que esta ciudad podría necesitar un nuevo tipo de sacerdotisa. Una tan inteligente como mortales son nuestros guerreros.

CAPÍTULO 24

DEPREDADOR Y PRESA

SIN LA MÁSCARA, el aire de la nave semilla es fresco. Hay una ligera brisa —los recicladores mantienen todo limpio— y Sax percibe el olor a desinfectante en el aire. Una característica habitual en las naves; los químicos hacen su trabajo para mantener las enfermedades, mortales en espacios reducidos, al mínimo.

Es este aroma familiar, más que cualquier otra cosa, lo que saca a Sax de un pánico desenfrenado mientras los Flaum lo llevan fuera de la sección. El picor estéril es una conexión con cosas no tan terribles como este momento, y el olor sacude su mente hacia lo importante.

Es decir, no convertirse en un juguete de los Sevora.

Los Flaum luchan por sostener el peso del Oratus, y Sax se balancea en el aire mientras las pequeñas criaturas se mueven de un lado a otro. Como resultado, Sax, cuyos músculos entumecidos mantienen su cuello y cabeza flácidos, obtiene una clara visión del Oratus cautivo que lo sigue. La máscara de Sax está en esas garras, y el Oratus está ladrando órdenes aparentemente a nadie, lo que debe significar que su armadura tiene un comunicador incorporado.

Las ideas de escape vienen y van, pero todas tienen un tema común: Sax tiene que hacer que sus músculos se muevan de nuevo, o estará perdido.

Es cuestión de intentarlo. Como cuando se ha desper tado en una posición incómoda, instando a sus piernas a moverse. Flexionando y aflojando los músculos de sus brazos. Al principio, no pasa nada, pero gradualmente la sensación regresa. Los nervios palpitantes estallan como descargas eléctricas.

Ahora el Oratus se detiene y observa mientras los Flaum maniobran a Sax a través de una puerta de reja con barandillas duras. El suelo aquí es de un plateado liso, inmaculado. No está rayado por el uso como el resto de la sección. Mientras mueven a Sax, ve a Bas, Gar y Lan alineados. Hay un grupo de Flaum a su alrededor, apuntando con rifles a las espaldas de los Oratus. Todos cautivos.

Un nuevo sonido suena de fondo. Un ruido burbujeante y entrecortado. Corriente líquida. Sax sabe lo que están haciendo ahora, y se confirma cuando los Flaum lo giran hacia el lado de una pequeña piscina llena de tinta púrpura-negra. No una piscina de nacimiento, sino una de acogida.

Donde los Sevora reclaman a sus víctimas.

Entonces, sin fanfarria, sin burla, los Flaum arrojan a Sax dentro. Un momento fugaz en el espacio abierto —la gravedad más baja duda antes de tirar de Sax hacia abajo— y luego golpea la tinta. La sustancia tira de él, succionándolo hacia adentro y bajo la superficie.

Antes, en la sección de nacimiento, los Sevora eran numerosos. Emitían temblores mientras nadaban hacia él. Aquí, hay poca indicación. Sax adivina por qué cuando siente los primeros cosquilleos en el borde de su cabeza. Solo hay uno aquí. Un Sevora que se ha ganado su preciado anfitrión.

El Oratus capturado había dicho que la armadura y su descarga eléctrica eran una prueba. Una que había funcionado, por un tiempo. Una que, con la máscara desviando parte de ella, no es capaz de mantener a Sax aturdido por mucho tiempo.

El tiempo, y el empuje implacable de la desesperada ira de Sax, lo liberan de las ataduras.

El Sevora vuelve a cosquillear. Intentando encontrar una manera de entrar en la mente de Sax. Sin darse cuenta de que ya no es el depredador, sino la presa.

SI EL MERCADO bullía de comercio, los Fosos zumbaban de muerte. Paso de nuevo por los Vaos para dirigirme hacia el lado oeste de Damantum y dejo atrás el aroma a incienso por el duro golpe de carne quemada, de aire manchado de sangre y el hedor salado del sudor.

Los gritos resuenan por los callejones, puntuados por el rugido de bestias salvajes. Las multitudes cambian de aquellos con atuendos tradicionales —las capas y taparrabos o faldas— a prendas más oscuras. El cabello, tanto de hombres como de mujeres, comienza a caer sobre sus hombros en lugar de estar recogido. Las cicatrices hacen su aparición. La mugre está por todas partes.

En el mercado la gente me miraba a los ojos y apartaba la vista, aquí ni siquiera notan que existo. De repente los edificios desaparecen y me abro paso entre la multitud hacia un amplio patio, donde piedras agrietadas reemplazan la tierra dura bajo mis pies. Toscas barreras de madera dividen el patio en cuatro partes. Estacas clavadas a otras con trozos de metal actúan como vallas. No son suficientes por sí solas para contener a una criatura que quiera escapar, pero ahí es donde entra la multitud; la gente rodea cada una de las arenas, levantando los puños y pasando monedas. Otros comparten odres llenos de quién sabe qué.

Protestaré una última vez. Esto es una locura. Innecesario. Estás arriesgando mis milagros en una oportunidad estúpida.

Lo estoy, y no lo estoy. Sé que podría dar media vuelta y salir de la ciudad. Quizás incluso rebuscar o encontrar suficiente ayuda para regresar viva a mi aldea. Pero ¿y entonces qué? ¿Esperar el ataque inminente, ya sea de los Charre o de los Lunare? ¿Qué fin es ese?

Podrías reunir fuerzas, encontrar una mejor manera. Una que incluya menos garras.

No hay tiempo. Estoy aquí, ahora. Puedo hacer esto. Puedo usar, por una vez, lo que la selva me ha enseñado, lo que mi gente me ha dado. En mi mano derecha, oculta bajo mi capa, sostengo la caña de bambú con la aguja, empapada con la mezcla de Zolin, en su interior.

Estoy lista.

Sin embargo, nadie aquí parece notar el medallón. Ni una sola alma me llama o intenta guiarme a través del gentío que observa las peleas. En una arena, un par de lo que parecen ser esclavos luchan entre sí con garrotes, golpeándose aunque ninguno parece querer hacerlo.

El siguiente foso alberga un extraño evento: varios guerreros Charre, vistiendo sus pieles de oso, se enfrentan a un solo cautivo. Los guerreros parecen turnarse, entrando y saliendo para intercambiar golpes con un prisionero desesperado y ensangrentado.

—Este es el último de su tribu —dice uno de los espectadores cuando paso cerca—. Él mismo derribó a dos osos. Ese grupo son unos tontos por meterse ahí con el hombre, creo.

¿Por qué arriesgarse a morir y desperdiciar un gran sacrificio?

Al otro lado del patio hay una pila de jaulas de bambú con cuerdas atando las cañas. Zorros, pequeños osos y grandes lagartos pasean, gruñen y duermen dentro. Otras criaturas que no reconozco. Una es enorme, con ocho patas gruesas y cubierta de pelo blanco corto, y su gran cabeza sin ojos se inclina hacia mí mientras lame un poco de bazofia maloliente de un cuenco poco profundo en el suelo.

El juar espera al final. Holgazaneando sobre una estera, con una pata de algún animal puesta delante. La cena. Lo cual es una buena señal. Es posible que el depredador no tenga hambre cuando entre al ring con él.

Me acerco a la jaula. Observo con más atención al animal. Su pelaje bronceado parece saludable, y cuando el juar bosteza, veo que sus dientes irregulares, que sobresalen de su boca en todos los ángulos, son largos y afilados. Consideramos a los juar como trituradores, como depredadores despreocupados que arañarán y morderán cualquier cosa que se mueva. O incluso cosas que no se mueven; he visto un coco con las cicatrices de la furia de un juar.

No todos los animales reciben un trato cuidadoso aquí, pero el juar parece ser uno de los afortunados. Me acerco, con la cara cerca de los barrotes, y la gran criatura, que se yergue más alta que yo, me devuelve la mirada con ojos ámbar. Lentamente, levanto mi mano derecha.

—¿Qué estás haciendo? ¿Echando un vistazo a la competencia? —suena una voz descarada justo detrás de mi oreja y un brazo grueso se posa sobre mi hombro izquierdo —. No te preocupes, pronto tendrás tu oportunidad.

Miro y veo a un hombre grande y redondo cuyos dientes marchitos y rostro arañado me miran con malicia.

—Ha pasado un tiempo desde que Jakkan envió a otro a

los Fosos. Pensé que seguramente todos los advenedizos se habían dado cuenta de que desafiar al sumo sacerdote era una forma rápida de morir.

—Él me dio esto —digo, levantando el medallón con mi mano izquierda.

El hombre grande ni siquiera se molesta en mirarlo.

—Sé quién eres. La noticia se ha estado difundiendo toda la noche. Eres la que dice que puede hablar con Ignos, ¿verdad?

—Puedo hacerlo.

—Mejor empieza a charlar, entonces, porque necesitarás ayuda una vez que esos guerreros terminen con ese pobre diablo de allá. Tan pronto como caiga, entrarás tú —luego el hombre redondo se da la vuelta, grita algo por encima del clamor de la multitud y se aleja.

Me vuelvo hacia la jaula del juar. Llevo la caña de bambú a mi boca con la mano derecha mientras cubro mi cara con la izquierda, como para ahogar una tos. Respiro hondo y soplo con fuerza en la caña. No veo volar la aguja, pero tampoco necesito hacerlo. El juar gime, sisea y se golpea el pecho.

No es donde quería que golpeara. El cuello habría sido mucho mejor. El pecho tarda en hacer circular. Demasiado tiempo, a juzgar por el tamaño de esas patas.

Detrás de mí, la multitud estalla en un frenesí de gritos y alaridos. Capto suficientes palabras para saber la causa. Los guerreros oso han terminado su asunto. El cautivo está muerto.

Es mi turno.

CAPÍTULO 26

CAUTIVOS PELIGROSOS

EL COSQUILLEO se convierte en contacto pleno cuando el Sevora encuentra su objetivo: las cavidades aurales de Sax. Leves punzadas de dolor mientras el Sevora clava sus tentáculos con púas en Sax, y ha llegado el momento. Si Sax quiere sobrevivir, tiene que actuar.

Pero despacio.

No puede haber ni el más mínimo indicio para los que están sobre la superficie de que algo va mal. Su garra izquierda se mueve, deslizándose a través de la espesa tinta hacia su propia cabeza. El Sevora se desliza dentro; Sax puede sentir cómo su cuerpo se retuerce, presionando contra su interior. Los tentáculos con púas empiezan a retraerse.

Demasiado tarde.

Sax hunde una garra en su propia cabeza y, cuando hace contacto con el Sevora, el parásito se congela. Sax no. Empuja con más fuerza, siente cómo la garra rompe la piel del Sevora y tira hacia atrás. Una explosión estalla en la mente de Sax cuando el Sevora se da cuenta de lo que está pasando e intenta luchar. Intenta retorcerse dentro del cerebro de Sax. Sin embargo, sus diminutos tentáculos no son rival para un brazo de Oratus, y la garra de Sax está lo suficientemente curvada como para mantener al Sevora retorciéndose en ella hasta que el parásito sale.

Sin pausa, Sax baja la garra, gira la cabeza y se mete el Sevora en la boca. La tinta también entra a raudales, pero está diseñada para mantener vivos a los parásitos y sabe a sopa nutritiva. Perfecta para tragar un calamar Sevora.

Sax ni siquiera necesita respirar aquí; la tinta lleva consigo el oxígeno que necesita para sobrevivir, así que Sax espera unos momentos. Calcula que un Sevora tardaría un poco en tomar el control de su nuevo huésped, en aprender cómo funcionan los músculos. Sax cuenta en silencio hasta cien.

Luego encoge las piernas bajo su cuerpo y empuja contra el suelo de la piscina. Sale a la superficie lentamente. Con extremo control. Como lo haría un Sevora, espera.

La tinta se escurre de Sax y puede ver las miradas de todos, incluso la del Flaum, que debería estar prestando mucha atención a los tres mortíferos Oratus que tiene justo al lado.

Están esperando para ver qué ha salido de la piscina. Sax mueve los ojos rápidamente, mantiene el contacto visual con Bas solo por un momento para que ella lo sepa, y luego vadea hasta la orilla. Camina hacia el Oratus cautivo, que inclina la cabeza en un gesto de asentimiento hacia Sax.

—Date tiempo —dice el Oratus capturado—. Estos cuerpos tienen muchas extremidades. No hay necesidad de apresurarse. —Se vuelve hacia los otros tres Oratus—. ¿Ven en qué se ha convertido su líder? Lo mismo les pasará a ustedes. Entréguennos sus máscaras, ahórrense algo de dolor y únanse a nosotros.

—¿Cuál es tu nombre, amigo? —sisea Sax. En un

momento, sus garras estarán desgarrando esa armadura. Arrancando la cabeza que hay dentro. Sax quiere saber a quién está a punto de liquidar.

—Avan —responde el Oratus, y Sax puede oír la pregunta en su voz—. Sin embargo, ¿no deberías saberlo ya?

Sax responde con algo que no son palabras: sus garras centrales se lanzan hacia adelante, mordiendo la dura armadura de Avan, mientras sus garras delanteras arremeten contra la cabeza de Avan. Un Oratus normal y entrenado habría visto venir el ataque. Habría reaccionado a tiempo.

Avan no es un Oratus entrenado. La reacción de Avan es echarse hacia atrás. O intentarlo.

Sax desgarra el casco, hace añicos sus correas y se lo arranca a Avan de la cabeza. Sabe que existe la posibilidad de que Avan active de nuevo la descarga eléctrica y sumerja a Sax en un ataque de entumecimiento, así que tiene que moverse rápido.

Entonces ya no está sujetando a Avan. Solo una placa de armadura. Avan retrocede, con una telaraña de broches colgando de su pecho. Es entonces cuando Sax comprende por qué Avan no intentó electrocutarlo de nuevo: la máscara. Avan aún la tiene en sus garras.

La armadura de choque no destruyó la máscara mientras Sax la tenía desplegada, pero una máscara inactiva es como tela: fácil de desgarrar. Mientras Sax arroja a un lado la armadura —es ligera aquí en el espacio—, capta indicios de la batalla a su alrededor. Pánico apresurado de los Flaum mientras intentan organizar algún tipo de defensa. Siseos de ira de los otros tres Oratus mientras hacen pedazos esa defensa.

La sorpresa es el gran ecualizador, y Sax la tiene aquí.

Sin embargo, esa ventaja muere con cada segundo que pasa. Avan ya está llamando a sus mineros, y Sax no puede darle más tiempo. Sin máscara, Sax es vulnerable, así que se lanza al aire. Salta hacia adelante, con las cuatro garras extendidas y afiladas.

Avan se agacha hacia su derecha, atravesando una valla hacia un campo de tiro escaso. Detrás de él se alzan los cuatro edificios centrales de la sección. Sax alcanza el suelo, hunde esas garras y se lanza tras Avan.

Una parte de Sax se pregunta dónde están los otros Sevora. ¿Cuatro Oratus armados y todo lo que esta gigantesca nave semilla envía son unos cuantos Flaum? Esperaba batallones. Artillería. Resistencia real.

Llega un momento después. Sax está saltando tras Avan, con las garras extendidas y brillantes, cuando las luces de la sección se apagan, sumiendo todo en la oscuridad.

ATRAPADA CON COLMILLOS

EL CUIDADOR, el hombre que me había agarrado junto a la jaula del juar, me toma por los hombros y me guía a través de la multitud que se aparta hacia el foso de combate. Dentro de la cerca de madera, las piedras grises están salpicadas de sangre, saliva y comida podrida arrojada desde fuera. El cuidador me conduce dentro de la empalizada, luego me mira.

—Dime, sacerdotisa, ¿alguna vez has luchado contra un juar? —dice el cuidador, con un tono que revela que ya conoce la respuesta.

Lo miro fijamente, pensando que puedo usar cualquier pista que se digne a darme, y niego con la cabeza.

—No es tan difícil como parece. Nadie espera que mates a la bestia, ni siquiera Jakkan. El objetivo es sobrevivir el tiempo suficiente. Si lo logras, demostrarás que eres digna de la atención del sumo sacerdote.

—¿Cuánto tiempo?

—Ah, verás, ese es el truco —el cuidador señala al otro lado de mi foso hacia el siguiente. El que había contenido a un par de esclavos. También parece vacío—. En otro minuto, alguien entrará en ese foso. Igual que tú ahora. Se enfrentarán a otro juar. Todo lo que tienes que hacer es sobrevivir más tiempo que ellos. ¿Entiendes?

—¿Sobrevivir más tiempo que ellos?

—Los juars necesitan comer, sacerdotisa. Les gusta su comida fresca. Tú quieres que el tuyo pase hambre. —El hombre se ríe mientras sale de la arena.

Este es un juego salvaje. Busca una forma de huir, Kaishi. No nos hace ningún bien quedarnos.

Excepto que no hay a dónde ir. La gente se amontona junto a las cercas, sus rostros salvajes y lascivos, llenos de bebida y lanzando monedas de un lado a otro. Las burlas y abucheos se mezclan con algún que otro grito de aliento.

Intento aislarme del frenesí. Sumergirme en mí misma. Debo ser capaz de pensar si quiero salir de aquí con vida.

Los postes del lado norte parecen los más débiles, y la multitud allí es más escasa en el pasaje principal. Cuando corras, yo iría por ahí.

Se alzan vítores, acompañados de los gruñidos ásperos de un animal. No, de un par de ellos. Ahora la multitud se mueve rápido, aunque solo sea para apartarse. Veo al juar al que le disparé en la jaula, siseando al final de una correa de cuerda mientras el cuidador lo arrastra. El resto de la correa va desde el collar hasta el grueso rollo alrededor del brazo del hombre. El cuidador se ha puesto un grueso abrigo de cuero que le cubre el pecho, los brazos y el cuello. Unos guantes entretejidos con metal gris envuelven sus manos.

Protección que yo no tengo.

Un grito suena detrás de mí. Mi competencia. En el otro foso, empujada hacia el espacio abierto, vistiendo solo una túnica harapienta y nada más, está Viera. Está girando hacia la multitud, su cuello y cara rojos de tanto gritar. No es que pueda entender a los Charre, ni ellos a ella.

Cuando Viera termina de mirar alrededor, me ve y se detiene.

—¿Qué haces aquí? —grita Viera a través de los fosos.

—Una prueba. Igual que tú —respondo.

Detrás de mí, el cuidador lleva al juar hasta el borde del foso. La criatura salta la baja barrera hacia la arena con perezosa familiaridad, aunque su collar mantiene a la bestia cerca del cuidador. Me retiro al extremo más alejado del foso mientras el cuidador desliza el collar del juar sobre un grueso poste, atando al juar a cierta distancia.

—Esto no es una prueba —grita Viera—. Es una ejecución.

—Solo para una de nosotras. —Observo al juar mientras él me observa a mí. Veo, afortunadamente, que mi dardo ya está teniendo efecto. Aunque la criatura merodea de un lado a otro, sus ojos parecen pesados y su respiración es agitada.

El sueño llegará pronto.

—¿Qué quieres decir? —Viera suena frustrada—. No puedo entender ni una maldita palabra de lo que dicen.

—Si tú mueres, yo vivo —grito en respuesta—. O al revés.

Un segundo conjunto de gruñidos surge del otro lado de los Fosos mientras el cuidador lleva un segundo juar, más desaliñado, hacia la arena de Viera. Este tiene el pelaje más gris y está demacrado. Deteriorándose por la edad. Pero la criatura no muestra ninguno de sus años en sus ojos, en sus afiladas garras que arañan a cualquier pobre juerguista que se acerque demasiado.

—Es una locura —grita Viera—. ¿Cómo pueden hacer esto?

No tengo respuesta. Ninguna exigencia de Ignos

requiere enfrentar a los desarmados contra criaturas salvajes. Esto es simple deporte sangriento. Placer en el dolor.

El cuidador lleva al juar de Viera a la esquina de su foso, la más cercana al mío, y luego toma la correa del segundo juar. Sosteniendo una correa en cada mano, el hombre levanta las bobinas y comienza una especie de canto. La multitud se une, y aunque no puedo captar todas las palabras, suena como una oración. Una bendición para la pelea.

Mientras cantan, miro fijamente al juar, a sus grandes ojos verdes. Mi muerte yace en esas pupilas.

La canción termina, pero antes de que la última nota se apague, el cuidador deja caer las cuerdas, dando a los juars toda la holgura que necesitan para moverse por los fosos.

—¿Cómo peleo contra una de estas cosas? —oigo gritar a Viera.

—¡Sigue moviéndote! —respondo.

Me muevo de lado hacia la esquina opuesta del foso, manteniendo mis ojos en el juar frente a mí, que observa mi desplazamiento sin comentarios.

Técnicamente, nada mantiene al juar en el ring. Podría saltar la barrera y destrozar a la multitud que grita, pero no lo hace. Temeroso, tal vez, de la cuerda que lo ata al cuidador. De lo que el cuidador podría hacerle.

¡Cuidado!

Desvío la mirada y veo al juar corriendo hacia mí. La gran bestia da un paso y salta directo a mi garganta. Hago lo que solía hacer en la jungla cuando jugaba con otros niños: ruedo. Caigo sobre las piedras y giro. Oigo al juar golpear la roca detrás de mí. Las garras tiran de mi envoltorio de musgo; las lianas secas se desgarran. No presto atención a eso, solo me concentro en impulsarme del suelo y correr.

De vuelta por la cuerda del juar, hacia la esquina y el cuidador sonriente más allá de esas estacas de madera.

Detrás de mí, el juar intenta rugir, pero lo que empieza con fuerza se desvanece en un bostezo. La multitud se ríe, y un hombre le grita al cuidador preguntando si los juares habían descansado.

—¡Más que suficiente! —responde el cuidador—. Ya duermen todo el día. ¡Este solo tiene que despertar!

El cuidador chasquea su cuerda, y veo cómo el latigazo llega hasta mi juar y sacude su collar, interrumpiendo su bostezo. El juar gruñe al cuidador, y luego sus ojos se vuelven hacia mí. Lentamente, sin embargo. No pasará mucho tiempo antes de que la criatura se desplome. Detrás de mí, la multitud alrededor del foso de Viera comienza a aplaudir y gritar. Quiero mirar, quiero ver si la Lunare ha caído, pero no me atrevo a apartar la vista de mi propio monstruo.

El juar se abalanza hacia mí, listo para saltar de nuevo, y me tenso. Ignos grita en mi cabeza que corra, e intento ignorar el pánico del dios. No hay tiempo para eso ahora. El juar abre su boca de par en par, con largos colmillos afilados y blancos. Inclina ligeramente la cabeza, fijándose en mi rostro. Listo para lanzarse a mi cuello.

Listo para matar.

Siento las rígidas tablas de madera del borde del foso contra mi espalda.

No hay dónde retroceder. El cuidador, directamente detrás de mí, se está riendo. La multitud guarda silencio. Saben que el momento ha llegado, al igual que yo.

Esas garras encontrarán su objetivo.

CAPÍTULO 28

LUCES FUERA

LO PRIMERO QUE hace Sax cuando su visión se vuelve negra es tirarse al suelo. Reducir su perfil. Lo que está oscuro para él no lo estará para los demás; Bas, Gar y Lan aún tienen puestas sus máscaras y estas cambiarán para mostrar el espectro infrarrojo: verdes y rojos jugando con las firmas térmicas. Los Sevora pueden tener algo similar.

Sax no. Su único consuelo inmediato es que Avan, sin casco ni máscara propia, probablemente esté viendo el mundo tan negro como él.

—¡Por aquí! —la voz de Bas raspa desde la nada, y Sax rastrea el sonido detrás de él.

Las garras arañando los suelos metálicos se mezclan con otros ruidos: los gemidos de los Flaum heridos, el estruendo de cosas más grandes corriendo por la sección. Los Sevora no habrían hecho este movimiento a menos que tuvieran un plan.

Los Oratus deben hacer el suyo rápidamente.

Bas se encuentra con Sax de la nada. Le toca los hombros con la cola, que Sax luego agarra. Ella lo guía por el camino, y Sax tiene suficiente memoria de la sección para saber a dónde van.

Si no pueden saber dónde podría estar su oponente, necesitan encontrar formas de limitar las opciones.

—La puerta está cerrada —esta vez es la voz de Lan. Un silbido más agudo que el de Bas—. El panel de control no responde.

Se oye un golpe, seguido de un segundo y un ligero temblor cuando algo golpea el suelo.

—Eso también funciona —suspira Lan.

Se escucha una risa profunda que Sax atribuye a Gar, y luego Bas se mueve de nuevo. Sax la sigue, leyendo los movimientos en sus músculos para agacharse bajo el umbral de la puerta. Reconoce la sensación del lugar, la repentina ausencia de aire en movimiento y la amortiguación del ruido del exterior.

Están de vuelta en uno de los edificios. Listos para atrincherarse.

—Me quitó la máscara —Sax declara lo obvio, recordando a los otros tres que está ciego y desarmado.

—¿Cómo? —pregunta Bas y Sax relata los detalles.

—Entonces querrán el resto de nosotros —dice Lan cuando termina—. El protocolo dice que los destruyamos. Y a nosotros mismos.

—Aún no hemos llegado a esa etapa —responde Sax.

El resultado no es seguro. Sí, es probable que estén atrapados en una sección con una nave semilla llena de Sevora preparándose para atacar, pero los Oratus no se rinden a la desesperación.

—No seré un juguete para algún parásito —dice Gar.

—Entonces no lo seas —sisea Bas—. Los Sevora conocen nuestros protocolos tan bien como nosotros. Esperarán que nos atrincheremos, para garantizar que ninguno de nosotros sea capturado. Así que haremos otra cosa.

—Atacaremos —Sax está de acuerdo con su pareja—. Nos separaremos. Necesitarán restaurar algo de energía para abrir la puerta, y cuando lo hagan, cargaremos contra ella. Movernos rápidamente y concentrarnos en pasar, no en matarlos.

—¿Qué estamos esperando, entonces? —pregunta Gar, y todos están de acuerdo.

No tiene sentido esperar a que los Sevora vengan por ellos. Los Oratus son depredadores. Todo en esta nave es presa.

EL JUAR VACILA. Espero, pero no salta. En su lugar, el juar abre la boca de par en par y su lengua cuelga hacia un lado. El alivio me recorre como hielo: el veneno está haciendo efecto.

La multitud ríe, y el cuidador le grita al juar, haciendo restallar la cuerda de nuevo. Echo un vistazo hacia donde está Viera, pero la gente ha llenado el espacio entre nosotras. No puedo verla.

¡Presta atención!

Vuelvo la mirada para ver que el cuidador ha logrado que el juar se mueva. Sin embargo, en lugar de mirarme, la criatura gruñe hacia su amo. Se agacha, tensando esas grandes patas, y salta hacia mí.

Por encima de mí.

Bloquea las luces mientras su masa de pelaje y garras se lanza sobre mi cabeza.

El juar sobrepasa las estacas de madera y vuela hacia el cuidador. La bestia lo derriba, arañando las aberturas en la armadura del hombre. Mordiendo su cara, tratando de atravesarla. El cuidador contraataca, luchando para quitarse al juar de encima, pero la bestia es demasiado grande, demasiado ágil, demasiado furiosa.

Puedes quedarte a ver cómo se comen al hombre, o puedes correr, Kaishi. Ya sabes cuál elegiría yo.

Ignos tiene un buen punto. Trepo sobre la barrera, sin ser molestada ya que la multitud está demasiado distraída para notarme, y finalmente puedo ver la arena de Viera. La Lunare tiene algunos arañazos profundos. Está sangrando, pero aún se mantiene en pie. Su juar ya ni siquiera está mirando a Viera, sino que observa, con la boca abierta, la pelea del cuidador.

Mientras tanto, la multitud comienza a retroceder. Tal vez se dan cuenta de que el juar podría ganar la pelea y venir por ellos después. Algunos huyen directamente; corriendo del patio hacia las calles de la ciudad. Otros llaman a los guardias.

Con un gruñido, el segundo juar sigue su cuerda y se une a su hermano. Sus dientes y garras se hunden en el cuero del cuidador, haciéndolo pedazos.

—Vamos, sacerdotisa —grita Viera mientras trepa sobre la barrera hacia mí—. Yo digo que nos vayamos antes de que alguien sepa que aún estamos vivas.

El patio se sume en un pandemonio total. Los guardias, sosteniendo redes pesadas, pasan corriendo junto a nosotras hacia los juars. Los cuidadores de otros fosos se unen a ellos. El resto de la multitud alterna entre huir y pedir nuevas apuestas, ahora que las condiciones han cambiado. Me salpica la bebida de alguien mientras me abro paso entre los Charre, y veo más diversión que miedo en estos rostros.

De un espectáculo al siguiente.

Así que cuando la mano de Viera me saca de todo ese lío, me siento aliviada. Estamos fuera del patio y de vuelta en las calles oscuras. Sin embargo, en el primer callejón desierto, Viera tropieza hacia un lado. Se apoya contra la pared de una casa, lejos del bullicio. La luz de las antorchas se cuela desde la calle, pero la mayoría de lo que veo son sombras. Las formas en la piedra revelan, tras una mirada más cercana, trazos de los dioses animales Charre.

—Necesitas algo para esas heridas —digo, mirando el cuerpo de Viera. Varios cortes profundos en su pecho y brazos sangran libremente; largos tajos con bordes blancos y fruncidos.

—Gracias por hacérmelo saber —responde Viera, pero su voz está tensa—. ¿No sabrás por casualidad dónde hay un médico en esta ciudad? ¿Alguien que no me entregue nada más verme?

Niego con la cabeza.

—No tengo amigos aquí. Esta no es mi gente.

Viera se desliza por la pared hasta quedar sentada en la tierra.

—¿No es eso fantástico? Tu gente. Pensé que el punto de que vinieras era hacer de estos tu gente.

—Se supone que debo hablarles sobre Ignos —digo—. Entonces, si creen lo que digo, podrían ayudarme.

—¿Alguna posibilidad de que esa creencia llegue pronto y con medicina?

¿Qué diría Jakkan si volviera al templo con Viera?

¿Qué haría el sumo sacerdote?

Viera gime. Devuelve mis pensamientos hacia ella. Alguien que me protegió. Me ayudó.

No puedo dejarla aquí para que muera.

—Vamos. No conozco a ningún médico, pero sí conozco a alguien que podría ayudar. —Ofrezco mi mano, y esta vez soy yo quien levanta a Viera.

Paso su brazo sobre mis hombros. Juntas, caminamos

por las calles. Miradas curiosas de los pocos Charre que corren por ahí a estas horas, las miradas imperiosas de los guardias que se dirigen a los Fosos. La mayoría ni siquiera se molesta en mirarnos dos veces, y aquellos que lo hacen ven mi medallón y rápidamente miran hacia otro lado. Por una vez, me gusta ser la marginada.

Indeseada y peligrosa.

El Vaos se alza por encima de las casas circundantes y resplandece con antorchas colocadas en cada escalón. Un camino brillante y ardiente hacia la morada del sumo sacerdote de los Charre. Una imagen apropiada, supongo, para Jakkan.

Ambas subimos, lentamente, hacia las cámaras de Jakkan. No sé qué esperar, pero ver a Jakkan de pie con un par de otros hombres vestidos con ropas sacerdotales no me sorprende. El pequeño niño en el centro de la habitación sí lo hace.

Jakkan recita una especie de cántico mientras los otros dos sacerdotes, usando pasta de colores, pintan al niño con diseños intrincados. Cuando nosotras, con Viera dejando un rastro de sangre, entramos en la habitación, todos nos miran, pero ninguno se detiene.

Jakkan, sin interrumpir su recitación, me mira a los ojos y asiente hacia su cuenco de agua. Hay un paño allí. Guío a Viera alrededor de la ceremonia, manteniéndome lo más silenciosa posible, y comienzo a lavar a la Lunare. Viera, por su parte, se sienta en el suelo y cierra los ojos. Su respiración es áspera y entrecortada. Con las antorchas parpadeando y una solemne oración zumbando de fondo, me concentro en pasar el paño de un lado a otro, limpiando suavemente la sangre de sus heridas, eliminando la suciedad y la mugre.

Estos son cortes viciosos. Si estuviéramos de vuelta entre mis amigos, podrían curarse en cuestión de momentos. Tal como están las cosas, tendrás que recurrir a la sutura. O a métodos más rudimentarios.

Miro alrededor, pero no parece haber aguja e hilo. No hay forma de realizar la sutura. Los cortes de Viera siguen sangrando. Si no hay manera de coser, de cerrar las heridas, entonces, ¿qué?

Fuego, Kaishi. Le dolerá, pero vivirá. Al menos por ahora.

Hay muchos instrumentos metálicos en la habitación. Hierros y marcas ceremoniales. Tomo uno, lo levanto suavemente mientras los sacerdotes continúan cubriendo al niño con arte ondulante. Patrones que reconozco como el sello del Emperador Charre. Un casco y un pergamino enrollado combinándose con el orbe resplandeciente de Ignos. El escudo del Emperador.

¿Quién es este niño? ¿Cuál es su propósito?

Haré esas preguntas más tarde.

Sostengo la marca en la llama de la antorcha, manteniéndola allí hasta que el metal comienza a brillar con un cálido tono naranja. Luego, levantándola cuidadosamente, la dirijo hacia Viera.

—Lo siento. Esto dolerá —susurro las palabras, aunque Viera parece estar inconsciente.

Presiono la marca cerca. Casi rozando la herida roja e inflamada.

Un toque ligero. Breve y luego pasa al siguiente punto. Estamos tratando de sellar la sangre, no de cocinarla.

Me pongo manos a la obra. Presiono la marca contra la carne abierta. Chisporrotea, humea, quema y se vuelve blanca rosada frente a mí. Cicatrizando y sellando. Los ojos de Viera se abren de golpe, y podría haber gritado excepto que le meto el paño ensangrentado y hecho bola entre los dientes. Lo mantengo allí mientras guío la marca a lo largo de los cortes de Viera. Cicatrizándolos en blanco. Deteniendo el sangrado.

Manteniendo a la Lunare con vida.

CAPÍTULO 30

UN MOMENTO DE RESPIRO

SIN DECIRLO, los cuatro se separan en sus parejas. Gar y Lan se van primero, dirigiéndose hacia la izquierda. Bas y Sax irán a la derecha, y luego ambos grupos girarán hacia la puerta, acercándose desde ángulos opuestos. La parte no dicha de esto es que la pareja que atraiga a los Sevora se sacrificará, dejando a los dos restantes para completar la misión.

Es sombrío. Es necesario.

Sax no siente tristeza al salir del edificio, solo urgencia. Determinación. Un deseo de encontrar a Avan y destruir al Oratus poseído.

Sax se aferra a la cola de Bas con sus garras delanteras, aunque ella le proporciona un minero Flaum. Sus propias armas están desaparecidas, tomadas después de su captura y ausentes en la piscina de nacimiento. Los mineros Flaum son demasiado pequeños para las garras de un Oratus, así que Sax lo sostiene con ambas garras medias. Torpemente.

De vuelta fuera del edificio, los gemidos de los heridos han cesado. Hay silencio, excepto por el repiqueteo de las garras de los Oratus en la superficie. El absoluto silencio inquieta a Sax. No es propio de un Oratus ser silencioso. Son destructivos, no hechos para el sigilo.

—¿Recuerdas nuestra Iluminación? —susurra Sax a Bas, un sonido que se asemeja al aire escapando de una tubería de presión: agudo y estático.

—¿Cómo podría olvidar una estrella moribunda?

Las llamaradas habían sido hermosas, un regalo después de las pruebas de su emparejamiento. Los dos habían observado desde la cubierta protegida contra la radiación de la estación llamada Nova, diseñada y utilizada exclusivamente para ver fenómenos interestelares. Nova permanecería en esta estrella en particular hasta que una tormenta solar la destruyera. Entonces, se construiría una nueva Nova donde se considerara más hermoso.

Donde convenciera a los nuevos Oratus de que la galaxia era un lugar que valía la pena salvar.

Los Oratus tenían tres momentos en sus vidas en los que se permitían cosas frívolas: la muerte de una pareja, la Iluminación y la Restauración, si un Oratus alcanzaba una edad o sufría una lesión que requiriera atención médica severa. Sax ha experimentado solo uno de estos, y el breve tiempo con Bas y una estrella explotando domina sus recuerdos cuando no está luchando por su vida.

A Sax le parece bien, sin embargo. No quiere que sus sentidos se emboten. Que sus garras pierdan su filo o que sus dientes olviden su gusto por la carne de sus enemigos.

Pero lo que lo lleva de vuelta a la Iluminación ahora es la oscuridad. —¿Recuerdas —dice Sax—, cómo cerraron el escudo por un minuto? ¿Cómo toda la sala quedó a oscuras y lo único que podías oír era tu propia respiración?

—Tus conductos eran los más ruidosos de todos.

—Estaba emocionado. —Sax se agarra con más fuerza mientras Bas salta sobre otra valla.

—Lo sentí. A ti. Tus latidos a través de tus garras. Fue la primera vez que entendí lo que significaba ser una pareja.

—Un sentimiento que nunca me ha abandonado. —Sax diría más, excepto que frente a ellos, subiendo unos escalones que Sax no puede ver, un arco de luces verdes cobra vida. La puerta. Y, aureolado frente a ella, Avan.

CAPÍTULO 31

UNA CIUDAD A LA LUZ DE LAS ANTORCHAS

CUANDO TERMINO de cauterizar las heridas de Viera, la ceremonia detrás de mí ha concluido. Jakkan guarda silencio, y los dos sacerdotes escoltan al chico pintado fuera de la cámara. Viera, después de morder la mayor parte del paño en su boca, simplemente pierde el conocimiento y me deja terminar la cauterización.

Cuando levanto el hierro de la última herida, de la carne gris y arrugada que, al menos, ya no derrama sangre en el suelo, yo también siento ganas de desplomarme.

Bien hecho. Incluso te dejaría cauterizarme a mí. Si tuviera un cuerpo.

Usar fuego para curar. Lo había visto antes, aunque nunca había participado yo misma. Una medida desesperada solo para las heridas más graves. Si hubiera habido una cataplasma. Si hubiera habido agujas, tal vez podría haberla suturado. Vendado las heridas y dejado a Viera sin esa quemadura. Pero no conozco esta ciudad, y Jakkan no ofreció ayuda.

—Veo que has fallado —dice Jakkan cuando dejo el

hierro—. Veo que regresas a mí con el mismo medallón que llevabas cuando te fuiste.

—No he fallado —respondo, sin apartar la mirada de Viera—. Sobreviví a los Fosos. Como me pediste.

—No te pedí que sobrevivieras. Te pedí que regresaras con un medallón diferente. No lo has hecho, y por lo tanto has fallado.

Las palabras de Jakkan son demasiado. Después de sobrevivir al juar. Después de arrastrar a Viera sangrando por las calles de una ciudad que no conozco, donde la gente me mira como si fuera el enemigo. Como si no debieran tocarme. Que me digan que he fallado cae sobre mí como un peso abrasador, y me rebelo.

Agarro el hierro con mi mano derecha y me giro hacia Jakkan, apuntándolo hacia su cara.

—Puedes decir lo que quieras. Viví. Sobreviví a tu trampa —doy un paso adelante, y Jakkan se queda donde está. El hierro se acerca a la cara del sacerdote, pero él no vacila.

—Dime —dice Jakkan—. ¿Lograste lo que te pedí?

El hierro se siente bien en mi mano. Fuerte. El calor aún irradia de la punta. Con un golpe corto, podría clavárselo directamente en el ojo a Jakkan. O tal vez golpear su cuello. El sacerdote parece desarmado. Vulnerable.

¿Y luego qué?

Ignos desata una cascada de pensamientos: ¿Qué vendría después de tal golpe? La gente de la ciudad no me amaría por matar al sumo sacerdote. ¿Cómo podría decir que Ignos quiere que esto suceda? ¿Que quiere que Jakkan sea asesinado en su propio templo sagrado?

—No, no lo hice —digo las palabras, pero mantengo el hierro en alto. Mis ojos firmes. No es mi culpa haber fallado en una tarea imposible.

—Entonces has aprendido algo. No dejes que tus emociones, no dejes que el momento te aleje de los hechos en cuestión. Una sacerdotisa debe siempre, si ha de guiar al pueblo, ser capaz de saber lo que es correcto, sin importar sus circunstancias —Jakkan mira más allá de mí hacia Viera en el suelo—. ¿Quién es esta mujer?

—Luchó conmigo en los Fosos. Sobrevivimos —le cuento rápidamente la historia que Jakkan escucha sin emoción.

Sin reacción.

—La has traído aquí. Has dejado que su sangre gotee en mi suelo. Has cauterizado sus heridas con un instrumento sagrado —Jakkan agarra el hierro que sostengo, su mano tocando la mía en el extremo frío del metal—. ¿Entiendes el sacrilegio que has cometido? ¿Para salvar a una no creyente?

—Hice un juramento para protegerla, y ella hizo lo mismo por mí —digo—. Ignos lo entendería.

Jakkan me arranca el hierro de la mano. Lo lanza al otro lado de la habitación, donde rebota en la pared y cae al suelo. Le da una mirada despectiva a Viera. —Estará bien por ahora. Ven conmigo.

Salimos de las cámaras, hacia las escaleras. Echo un último vistazo a Viera, que sigue inconsciente. Luego sigo a Jakkan hasta la cima del Vaos. Se detiene y apoya una mano en el altar del Este. Espera a que yo lo asimile todo.

La vista es increíble. Diferente a todo lo que he visto antes. El resplandor de cien mil antorchas ilumina las calles como un océano brillante en la oscuridad. Sobre mí, las estrellas se desvanecen contra la luz naranja del fuego, como si Damantum existiera en un mundo propio, desterrando el exterior con el resplandor de su gente.

—Siempre encuentro Damantum más hermosa de noche —dice Jakkan—. Cuando tienes prueba de toda la vida que hay aquí. Un Charre encendió cada uno de estos fuegos. Un Charre interesado en preservar nuestra ciudad. Nuestro sustento, nuestra civilización. Mientras estas antorchas estén encendidas, Damantum continuará. Ignos será adorado.

—¿Por qué me has traído aquí? —digo.

—He preguntado por ti —responde Jakkan—. A Malo, a los guerreros que viajaron contigo. Todos creen lo que afirmas. Hasta el último hombre. Dicen que escuchas al propio Ignos. Dicen que tomarás mi lugar.

Ante esto último, Jakkan me mira directamente. Espero una acusación, que muestre odio o celos. Jakkan, sin embargo, mantiene la misma expresión en blanco. No me da pistas sobre lo que quiere, sobre lo que necesita que yo diga.

Durante toda mi vida, se me había dado poca esperanza de poder. Poca oportunidad de posición. Mi destino había sido elegido por mi sexo. De pie en la cima del Vaos, por una vez, no puedo decir dónde yace mi propio futuro. Las opciones abundan. Tantos caminos a seguir. Y todos ellos podrían ser barridos si Jakkan decide derribarme.

—No quiero tu lugar —digo—. Ignos eligió traerme aquí. Solo estoy siguiendo su voluntad.

—Y su voluntad debe ser respetada —Jakkan asiente hacia el medallón alrededor de mi cuello—. Esta primera tarea prueba que Malo tenía razón. Ignos te favorece. ¿Cuántos escapan de los Fosos cuando se enfrentan al juar?

No lo sé. Jakkan no espera a que le responda.

—Ninguna —dice Jakkan—. Ninguna.

—¿Dijeron que quien viviera más tiempo podría irse?

—Una estratagema para lograr que lucharas. —Jakkan casi parece triste, pero luego su rostro vuelve a su máscara impasible—. Si tu amiga hubiera caído, la multitud habría vitoreado tu propia muerte momentos después.

—¿Cómo se suponía que iba a sobrevivir, entonces?

—Encontraste una manera —dice Jakkan, como si eso respondiera a la pregunta, y luego hace un gesto para que cierre la boca—. Entiendes mi responsabilidad. El Emperador me busca para recibir la guía de Ignos. Por lo tanto, debo estar seguro de que cualquiera que afirme hablar por él realmente escuche sus palabras.

—Escapé de los Fosos, como dijiste. ¿No es eso suficiente?

—Puede que tengas su suerte, pero ¿eres realmente su recipiente? Mañana habrá un sacrificio. Para el muchacho que viste, en honor a su próxima hombría. En honor a la vida de sus padres. Tú lo realizarás. Conducirás el ritual y nos darás un mensaje de Ignos. Hazlo bien, y te concederé tu audiencia con el Emperador. Más aún, te concederé la oportunidad de unirte a mí. Para guiar a la ciudad hacia la luz que merece.

Cuando los dos descendemos, algunas horas después, tras conversaciones sobre el hogar y la vida en la ciudad, Jakkan va primero. Lo sigo, casi chocando con el sumo sacerdote cuando se detiene en la entrada de las cámaras. Jakkan se vuelve hacia mí, con una pequeña sonrisa en su rostro. —Parece que la que rescataste no tiene deseos de agradecerte.

Miro alrededor de Jakkan y solo veo manchas de sangre seca en el suelo del templo. Viera se ha ido.

CAPÍTULO 32

SIN VACILACIÓN

SAX SOLO TIENE un momento para pensar antes de que se abra el portal. En ese instante, la esperanza y el hambre se mezclan con la repentina luz para impulsarlo hacia adelante. Salta por delante de Bas, tensa las piernas y se lanza hacia la sombra de Avan.

La baja gravedad le da a Sax un gran impulso, y suelta el minero mientras planea por el aire. De todos modos, no tiene ninguna posibilidad de acertar a nada con él, y la satisfacción de un láser no es nada comparada con el corte visceral de sus garras.

El portal no espera a Sax. Se abre deslizándose hacia arriba en la pared de la nave semilla y revela una fuerza Sevora esperando. Más Flaum, porque las tropas estándar siempre están ahí, pero lo que capta la atención de Sax mientras vuela son los Slivers; criaturas parecidas a gusanos con alas de gasa que brillan en violeta mientras vuelan sobre la cabeza de Avan.

Cada uno de los cuatro Slivers tiene, injertados en sus múltiples patas, aguijones de calor: pequeños láseres que, individualmente, no son más que molestos. Juntos, los disparos simultáneos pueden sobrecargar el sistema nervioso de un objetivo. Enviándolo al suelo entre espasmos. Significa que los Sevora no se están rindiendo en su intento de capturar al Oratus después de todo.

Los Slivers, sin embargo, no esperaban ver a Sax volando hacia ellos por el aire, con las garras extendidas y listas para desgarrar. Golpea a un Sliver antes de que tenga la oportunidad de moverse, y Sax ni siquiera tiene que morder: su peso por sí solo aplasta a la frágil criatura y ambos se precipitan hacia el suelo del portal.

Avan y sus nuevos amigos Flaum lo notan. Y, cuando Sax se estrella en medio de ellos, se dispersan. Sax ni siquiera logra dar un zarpazo a Avan antes de que el Oratus cautivo desaparezca. Abriéndose paso entre los Flaum y a través del portal.

Cobarde.

Sax lo seguiría, pero está ocupado en otra cosa. Los Flaum están superando su propia sorpresa, dirigiendo sus mineros hacia Sax. Quedarse quieto significa un rápido asado a manos de sus láseres, así que Sax se mueve.

Rodear a un Oratus a corta distancia es como estar en un tornado de cuchillas: Sax se lanza contra un Flaum cerca del portal, mientras su cola azota hacia el Flaum a la izquierda de ese. Clava sus garras en el pelaje, luego salta hacia otro. Destellos rojos brillan donde estaba, combinándose con la luz verde del portal y el aura azul filtrada de la nueva sección más allá para crear un efecto estroboscópico deslavado.

Sax apenas registra los rostros. Los objetivos. Sin el Stim, no puede seguir el ritmo de su propio instinto, y simplemente responde al tacto. Al desgarro de las garras a través de la tela. Al golpe de su cola derribando a otro Flaum al suelo. Es una masacre, un frenesí caótico.

Hasta que un ardor repentino hace caer a Sax.

CAPÍTULO 33

SOSTÉN EL CUCHILLO

MOTAS DE POLVO danzan en la luz del amanecer cuando abro los ojos y miro a través del arco desde mi habitación. Una de las cuatro que conducen a la cámara principal de Jakkan en el Vaos, el sumo sacerdote me había permitido instalarme en el espacio libre. La estera en el suelo de piedra es suficiente, aunque prefiero el suelo blando de la jungla donde no me despierto con dolores en la espalda.

Aunque tampoco había sido una noche tranquila: Jakkan no pasó nada de tiempo preocupándose por Viera, sino que me mostró los pergaminos con representaciones de los ritos Charre, me dijo que leyera y luego desapareció en sus propias cámaras.

Había tomado los pergaminos y me había sentado junto al fuego. Leí uno tras otro. Me familiaricé con cuentos y odas, canciones y oraciones, algunas de las cuales conocía y otras muy diferentes. Los ritos Charre son como parientes: sus formas y deberes reconocibles, sus nombres cambiados. Tan similares que comencé a poner palabras Solare donde no pertenecían. Me encontré sumergiéndome en las historias contadas alrededor de las fogatas de mi aldea en lugar de los relatos rituales frente a mí.

Te sugiero que encuentres el camino a tu cama, Kaishi. Estás girando el pergamino demasiado lento, y por mucho que me guste releer las mismas palabras interminablemente, se ha vuelto un poco aburrido.

Pero tenía que aprender. Sacudí la cabeza. Traté de abrir los ojos por completo.

No todo, y no ahora mismo. He leído todo lo que tú has leído, y te lo iré proporcionando durante la ceremonia. Sin embargo, no puedo levantar tus brazos. No puedo hablar por tu boca. Así que si no tienes la energía para manejar eso, entonces ambos terminaremos de manera espantosa.

Supuse que si iba a confiar en alguien para que una ceremonia saliera bien, sería en un dios. Así que acepté la oferta de Ignos y me tambaleé hasta mi cámara, me desplomé en la estera y me sumergí en un sueño demasiado corto hasta que, lo que pareció momentos después, Jakkan me despertó con la llegada del amanecer.

El sumo sacerdote sostiene una nueva y hermosa capa para mí. Los tejedores han salpicado la tela con naranjas y azules. Tintes caros. Colores que solo usan los de rango noble o los que han entregado sus vidas a Ignos.

El mismo Jakkan lo dice, y él viste un atuendo similar. Aros de oro cuelgan de sus orejas y otro anillo de su nariz. Su cabello está atado en un nudo en la parte superior de su cabeza con bandas plateadas. Sus manos sostienen aún más joyas, que me entrega.

—Hoy estas son tuyas —dice Jakkan—. Si esto sale como deseas, mañana tendrás las tuyas propias.

Los pendientes, salpicados de rubíes y zafiros, parecen ser pequeñas representaciones de Ignos. Me los pongo, luego viene la pieza para mi nariz. Una banda dorada ondulante hecha para parecer olas de luz en la madrugada. Así adornada, espero a Jakkan, que se había retirado a sus cámaras. Esta vez emerge con un par de recipientes. Cada uno lleno de tinte. Los coloca en el centro de la habitación y luego, asintiendo hacia mí, va a la ventana lejana.

Este lado del Vaos mira hacia el Oeste, opuesto a donde se eleva Ignos. En las montañas que dominan la ciudad, puedo ver el espectáculo del amanecer de Ignos: púrpura, marrón, naranja y amarillo mientras la luz se refleja en los picos y las laderas de abajo para pintar los campos con los colores de Ignos.

—Es la parte más divina del día —dice Jakkan—. Evidencia de que la voluntad de Ignos es verdaderamente hermosa. Debemos recordárselo a la gente. Hoy tienes la oportunidad de hacerlo. Yo estaré allí, pero tú sola pronunciarás las oraciones. ¿Confío en que has aprendido lo que deseas decir?

Asiento, aunque en realidad, solo tengo destellos. Antes, en la nave estrellada y en mi aldea, había hablado desde mi corazón. Desde la instrucción de Ignos. Nunca he realizado un rito formal, mucho menos un sacrificio.

Un espectáculo, y poco más. Te enviaré las palabras, y mientras le pongas suficiente chispa a las acciones correctas, te amarán por ello.

—¿Has realizado una ceremonia antes? —pregunta Jakkan.

—No. Dejé mi aldea antes de que Ignos me diera la oportunidad.

Jakkan parece complacido por esto. —La primera vez que sostienes el cuchillo es un momento que recordarás para siempre. Te vuelves uno con las enseñanzas. Sentirás el poder de Ignos mientras le das el mayor honor a tu sacrificio. Aunque debo advertirte: no dejes que la hoja caiga de tus manos, sin importar cuán pesada se sienta. Golpea con fuerza y haz un corte limpio. Ignos estará observando.

Un par de otros sacerdotes entran al templo, y me quedo quieta mientras aplican tintes en mi rostro. En mis hombros y el resto de mi cuerpo. Coloreándome como los acantilados azules y púrpuras. Convirtiéndome en la imagen misma del amanecer.

Para cuando terminan, Ignos está alto y ya se ha reunido una multitud afuera. Sus murmullos y gritos de ofertas hechas y aceptadas zumban a través del frente del Vaos. No estoy segura de qué hacer a continuación, así que espero a Jakkan, quien, con los ojos cerrados, parece estar murmurando oraciones para sí mismo.

Cuando sus labios se quedan quietos, asiente por un segundo, luego me pregunta: —¿Estás lista?

Solo hay una respuesta a esa pregunta. —Lo estoy.

El sumo sacerdote me conduce fuera del templo, hacia el descanso donde la multitud, tantos miles, comienza a vitorear. Jakkan mantiene sus brazos en alto y extendidos, como si abrazara los cánticos. Sigo su ejemplo, extendiendo mis brazos y empapándome de las miradas. Las miradas extrañas. El leve silencio que se apodera del bullicio mientras la gente nota que su sumo sacerdote está acompañado por otra persona.

Una mujer comparte su lugar. Una que, por su apariencia, no es de su ciudad ni de su gente.

—Sí —anuncia Jakkan—. Habréis notado que no estoy solo en esta tarima. A mi lado hay una sacerdotisa. Una voz de Ignos. Viene de muy lejos, e Ignos ha considerado oportuno transmitirnos su sabiduría a través de ella. Hoy, ella dirigirá el sacrificio en su honor. Hoy damos la bienvenida a esta nueva sacerdotisa a nuestra ciudad. Acogemos su sabiduría, pues proviene del mismo Ignos.

La multitud permanece en silencio por un momento. Evaluando las palabras de Jakkan. Tratando de ver a través de ellas, buscando la broma. Buscando una razón para no creer.

Ahora es tu primera oportunidad. Diles quién eres. Enciende la chispa que se convertirá en el fuego de su creencia.

—Me llamo Kaishi, y traigo el corazón de la selva a esta ciudad santa. Los dioses me han ordenado traeros su mensaje. Ignos mueve mis labios y son sus palabras las que pasan de mí a vosotros. Son las palabras de nuestra esperanza y salvación. Son las palabras que llevarán a Damantum a una nueva y más brillante era.

La multitud aún parece recelosa, murmurando entre sí. Hasta que Jakkan, tomando mi mano entre la suya y alzándola, proclama: —Honramos a Ignos, juntos.

Eso, por fin, rompe la contención de la multitud. Vitorean. Tan fuerte que parece que van a sacudir los cimientos del templo. Mis nervios se adormecen, mis piernas se tensan. Mi corazón late tan rápido que temo que vaya a estallar. Esto, esto es lo que mi padre debió sentir en cada ceremonia. Esto es de lo que hablaba cuando se refería al pulso de Ignos. Su energía fluyendo a través de Padre. Ahora, fluye a través de mí.

Jakkan no pierde el tiempo y me guía escaleras arriba hasta la cima del Vaos. Allí están los altares gemelos, relucientes y húmedos por el lavado de esa mañana. Un par de guardias, vistiendo pieles de oso y sosteniendo sus lanzas con una mano, están listos. Otro sacerdote, con túnicas no tan elegantes como las nuestras, sostiene, sobre un paño rojo, una hoja de cristal negro. De la mitad del largo de mi brazo, el cuchillo moteado y dentado es como una sombra.

Pesado, afilado. Cortará el hueso tan fácilmente como un melón.

Un rugido diferente surge desde abajo. El sacrificio ha aparecido, con una escolta. Malo lidera a cinco guardias, él vistiendo su piel de león. Guían a su prisionero escaleras arriba, y para cuando llega al primer rellano, reconozco quién es. Uno de los hombres de la tribu Solare, uno de mi propia gente que había sido capturado en la batalla de camino aquí.

Ya podrás llorarlo después. No dejes que su sacrificio sea en vano.

Ahora, al pie del Vaos, aparece el niño. Un hombre y una mujer, que deben ser sus padres, forman su escolta. El trío marcha escaleras arriba, siguiendo la cabeza inclinada del prisionero Solare. Observo, porque ¿qué más puedo hacer?

Cuando Malo llega hasta mí, se coloca a mi lado y se inclina cerca, diciendo: —Esta es tu ceremonia, Kaishi. Toma el honor que Ignos te ha otorgado y muéstraselo. Todos creemos. Todos creemos en ti.

Los dos guardias con piel de oso toman al prisionero de su escolta y presionan su espalda contra el altar de modo que su cabeza cuelga del borde. El hijo y sus padres se detienen en el primer rellano. Debajo de la parte central donde se abre la puerta a las cámaras interiores. No estoy segura del porqué, hasta que noto una ranura que corre por el centro de los escalones.

Un canal para la sangre que conduce directamente al borde de la puerta.

La sangre del prisionero correrá por la escalera, sobre el borde de la puerta, y caerá sobre el hijo. Una bendición.

Hazlo. Reclama lo que es legítimamente nuestro, Kaishi.

Entonces Ignos me habla; una oración ritual antes del

corte. Al principio mis palabras salen en voz baja, pero luego mi voz encuentra su ritmo mientras recito el rito. Ignos me alimenta con frases, y yo las dejo salir de mis labios. Pido honor, bendición, iluminación. La grandeza de la ciudad y su gente y el Emperador. Al final, tomo el cuchillo ofrecido por el sacerdote y lo sostengo en alto para que Ignos atrape su hoja de cristal negro.

Entonces miro al altar, al hombre presionado contra él. Malo, ahora, mantiene una mano en la parte superior del pecho del prisionero. El corazón del sacrificio claro y listo. Alguien ha pintado una línea de pintura roja en el punto preciso. El prisionero no lucha. Sabe, como yo y todos los demás en ese patio y en ese templo, que en un momento el prisionero se encontrará cara a cara con su dios. Morir por sacrificio le compra honor, le compra una oportunidad de una vida mejor más allá de esta.

La hoja en sí es pesada en mi mano derecha. Cuando empiezo a mover mi mano izquierda, para poder sujetar el cuchillo con ambas, veo a Jakkan negar con la cabeza. Un sacerdote o sacerdotisa no puede usar las dos manos. Solo una, y solo cortes precisos.

Coloco la hoja contra la piel del prisionero. Mi boca dice las palabras sin que mi mente las siga. Una última promesa a Ignos. Una llamada final para su bendición.

Comienzo.

CAPÍTULO 34

TRABAJO EN EQUIPO

NO ES EL CALOR, ni el dolor lo que detiene a Sax, sino cuando sus garras delanteras dejan de responder. Cuando sus piernas se entumecen. Sax logra levantar la vista y ve que los otros tres Slivers han dado la vuelta. Se están centrando en él, y los Flaum aprovechan la oportunidad.

Sus mentes, controladas por los Sevora, orientan a los mineros hacia Sax. Las garras presionan los gatillos.

En su triunfo, los Sevora olvidan contar. No miran en la oscuridad más allá del portal. No ven lo que se precipita hacia ellos, con las bocas abiertas y los dientes relucientes.

Bas llega primero. Sax la ve simplemente atravesar a un Flaum, sus juegos de garras izquierdo y derecho agarrando a otros dos y golpeándolos entre sí frente a ella. El fuego punzante en los nervios de Sax comienza a disminuir, y nota a Lan, sosteniendo a un par de mineros Flaum, disparando con facilidad a los Slivers, que han sacrificado su propia destreza para flotar sobre Sax.

Gar, mientras tanto, anuncia sus acciones mediante miembros dispersos y chillidos. El Oratus prefiere usar su boca a su cola, y cualquier Flaum que no pueda huir se convierte en comida. Todo termina en segundos, aunque Sax se toma su tiempo para ponerse de pie. Sus músculos tienen espasmos y le resulta difícil caminar. Aun así, está vivo. Se metió en una pelea sin máscara y salió del otro lado.

—¿Cómo se sintió? —pregunta Gar, su rostro cubierto con evidencia de terribles actos.

—Peligroso —dice Sax.

Podría decir más. Podría hablar sobre la emoción de saber que estaba a un disparo bien colocado de la aniquilación. Podría mencionar el florecimiento del miedo —algo que no ha sentido en mucho tiempo— cuando los Slivers lo derribaron, pero el centro de la nave enemiga no es lugar para compartir sentimientos. Gar ve que no obtendrá más y lo acepta con un asentimiento.

—Estúpido, más bien —Bas pasa por encima de los cuerpos para unirse a ellos—. La próxima vez, deja que los que tienen máscaras vayan primero.

—Las probabilidades pondrían nuestra supervivencia sustancialmente más alta que la tuya —comenta Lan, con trozos de ala de Sliver colgando de sus dientes—. Sin embargo, nuestras propias probabilidades se reducen significativamente si te perdemos.

—Entiendo sus puntos —Sax les concede eso, aunque no tiene intención de esperar atrás durante la próxima pelea. No hay diversión en ello.

Juntos se giran hacia el portal y lo que hay más allá.

Por mucho que a Sax le gustaría tomar armas o mordiscos de los restos de la pelea, no hay tiempo. Si los Sevora deciden cerrar la puerta, quedarán sellados aquí. Así que corren hacia el otro lado.

El anillo central de la nave semilla es alto y más delgado que las secciones. Un largo piso de metal rodea la pared exterior, proporcionando una plataforma que, para decepción de Sax, está vacía. Lo que es más interesante, sin embargo, es el espacio entre la plataforma y el núcleo de la nave.

Está abierto. Un abismo que, cuando los cuatro se acercan a mirar, parece ventilarse directamente al espacio abierto. La razón no es difícil de deducir: colgando arriba, suspendidas de una serie de lo que parecen ser grandes tuberías, hay naves. Pequeños óvalos, solo unas pocas veces la altura de Sax. Están colgando en filas de tres, como dientes, con sus puntas apuntando directamente hacia abajo a través de la abertura.

Es una nave semilla, y han encontrado las semillas.

LA SOPA caliente se desliza por mi garganta, espesa y anaranjada por el boniato. Frente a mí, Jakkan inclina su propio tazón hacia sus labios. Malo observa, sentado a mi lado. Sin tazón propio. Cuando miro las manos vacías de Malo, Jakkan dice:

—Esta sopa es para los sacerdotes. Él tendrá la suya pronto.

—No te preocupes, Kaishi —Malo me dedica una sonrisa—. Es un honor para mí cuidar de ti.

No ha pasado mucho tiempo entre el corte del cuchillo y el servir de la sopa. Sin mirar el sacrificio, había pronunciado una oración final y la multitud se había dispersado. Volviendo a sus quehaceres diarios. Jakkan me había llevado de vuelta al templo, mientras los guardias retiraban el cuerpo. Al pie del Vaos, los padres y sus amigos habían celebrado la ascensión del niño.

—Lo has hecho bien —dice Jakkan, limpiando un rastro de sopa de su barbilla—. Tus palabras fueron fuertes. Tu dominio de los fundamentos, apropiado. El floreo con el cuchillo, lo apreciaron. No creo que debamos perder más tiempo.

—¿Perder tiempo?

—Llegaron noticias esta mañana —dice Malo—. Ya he hablado con Jakkan. Parece que los Lunare se están moviendo. Hacia tu selva y, eventualmente, hacia nosotros. Solo que esta vez están haciendo algo diferente; en lugar de matar a las tribus que encuentran, los Lunare las están reclutando, convenciéndolas de que tienen el derecho divino de gobernar nuestro mundo.

—¿Cómo pueden decir eso? —pregunto.

—No importa. Lo que significa es que ya no tenemos tiempo para que la voz de Ignos perfeccione su entrenamiento —Jakkan suspira mientras dice esto—. Significa que no tengo tiempo para averiguar si realmente estás diciendo la verdad. Debes probarte frente al Emperador, y luego frente a todo nuestro pueblo.

—¿Probar qué? ¿Que Ignos me habla? ¿Que nos dirá cómo detener a los Lunare?

—Somos criaturas de Ignos. Lo dije anoche, y lo viste hoy. Sin embargo, estos Lunare manejan una magia que no hemos visto. Extraños dispositivos. ¿Cómo pueden tener tales cosas mientras nosotros no, si somos el pueblo elegido? Nuestra población, incluso el Emperador, ha comenzado a preguntarse si los Lunare son divinos. Si son, de hecho, lo que *tú* afirmas ser.

—Jakkan conoce la bendición de Ignos. Puede hablar de sus deseos. Pero las palabras son como agua contra la dura piedra de la vista. Ve a un hombre atacado por el arma de Viera, y tu fe en la protección de Ignos se tambaleará —dice Malo—. Especialmente para aquellos fuera de estas murallas de la ciudad, nuestro control se vuelve tenue.

Quieren que seas su herramienta. Aprovéchalo, y cuando

*llegue el momento, daremos vuelta las cosas para que seamos
los amos.*

—Quieren que los convenza —sigo la lógica de Ignos—.
¿Quieren que hable con su gente y les diga qué? ¿Que los
Lunare no son quienes dicen ser?

—Declara que son abominaciones. Afrentas a Ignos. O
serán nuestro fin —dice Jakkan—. No pienses que estamos
jugando aquí, Kaishi. No pienses que estoy haciendo esto
porque quiero. Debes convencer al Emperador, convencer
al pueblo de que los Lunare no son más que cosas misera-
bles que deben ser barridas.

—¿Cómo serán mis palabras más efectivas que las
tuyas?

—Pide —responde Jakkan—. Pide ayuda a Ignos. Pide su
ayuda. Si estás mintiendo, entonces él no te ayudará y tu
persuasión fallará. Si tienes éxito, sin embargo, y los dones
de Ignos convencen a las tribus de seguir al Emperador, de
levantarse contra el enemigo, entonces habrás salvado tanto
a nuestro pueblo como al tuyo.

El brazalete se siente frío y pesado en mi muñeca. Ignos
ha sugerido que hay milagros en su interior. Tesoros que
podrían traer la salvación a los Charre. Tal vez, a mi gente
también.

—Lo haré —Hay una refrescante finalidad cuando digo
esto, al elegir un camino para caminar—. Llévame ante él, y
haré todo lo que pueda para convencer al Emperador. Si es
que siquiera escuchará a una mujer como yo.

—Él no te escuchará a ti, pero escuchará a Ignos —
Jakkan termina su sopa y la deja a un lado—. Ahora. Te
llevaremos.

Apuro mi tazón mientras Jakkan y Malo se levantan.
Los sigo fuera del Vaos, bajando esos escalones dorados aún
húmedos con los restos del sacrificio. Camino con ellos

hacia las calles concurridas con su tierra apisonada, bajo la brillante luz de la tarde.

Nos dirigimos hacia el palacio del Emperador. Puedo verlo, al norte del Vaos y al final de la calle principal. Mientras el templo está en el centro de la ciudad, la sede del Emperador bordea un lago en el extremo norte, tanto una posición de honor como de subordinación al dios de Damantum.

Malo toma posición a mi izquierda mientras Jakkan se mueve a mi derecha. La multitud nos abre paso. Un guerrero león, un sumo sacerdote y, escucho los susurros, alguien a quien el propio Ignos le habla. Nadie nos molesta. Nadie mantiene sus ojos en mí por más de unos segundos. Si esto es la fama, no me importa. Se siente bien ser deseada. Ser seguida.

Padre siempre había afirmado que tal atención requería respeto, que uno tenía que ganarse su presencia frente a la multitud.

Con el sacrificio, lo hiciste.

Mantengo la cabeza alta, la espalda recta, los ojos al frente. La aprobación de Ignos calienta mi mente.

Te estás convirtiendo en lo que necesitas ser. Vamos a ver al Emperador, y pronto estarás a su lado. Eventualmente, tomarás su lugar.

¿Tomar su lugar? Aunque yo, siendo una Solare, no tengo la misma reverencia por el Emperador que los Charre, hay estaciones en la vida. El Emperador, según Jakkan, es elegido por marca divina, por el propio Ignos. ¿No sería tomar, incluso desear, el lugar del Emperador un insulto directo al dios?

Incluso los dioses cometen errores, Kaishi. A veces tenemos que corregirlos.

—Nunca debes llamar al Emperador por su nombre —

dice Jakkan mientras caminamos—. Nunca debes tocarlo. A menos que él te lo ordene. Te aconsejo que evites mirarlo a los ojos. O incluso contradecirlo, al menos directamente. Más bien, formula tus palabras con respeto. Entiende que es elegido no solo por Ignos, sino también por el pueblo de Damantum. Lleva ese peso en todo lo que hace.

—Sin embargo, no tengas miedo —replica Malo—. El Emperador es razonable. Escuchará lo que la voz de Ignos tenga que decir.

—Malo. —De repente quiero hablar de otra cosa, mantener mi mente alejada del hecho de que, muy pronto, estaría en una habitación con la persona más sagrada de todo el imperio Charre—. Anoche, fui a los Fosos. Viera estaba allí.

—No me sorprende. La vendí en cuanto te dejé. Es una luchadora. Estoy seguro de que le fue bien.

—Escapamos.

Ante la mirada de Malo, cuento la historia, y Jakkan interrumpe de vez en cuando para explicar por qué había ido a los Fosos en primer lugar. Cuando llego a la desaparición de Viera, Malo frunce el ceño.

—¿Deduzco por tu expresión que no sabes dónde está? —pregunto.

—Una mujer con su aspecto no pasará desapercibida en la ciudad por mucho tiempo —responde Malo—. Especialmente una con esas heridas. Dondequiera que se esté escondiendo, necesitará comida y agua eventualmente. Entonces le daremos a Viera su recompensa. —La mano de Malo se desliza hacia el kukri que cuelga de su cintura.

El claro donde se encuentra el palacio del Emperador es más grande que toda mi aldea. El palacio en sí podría haber contenido nuestro Nivel en su interior. Lados escarpados que se funden en un techo abovedado pintado con vibrantes rojos y amarillos, colores centrales de Ignos. Oraciones Charre están talladas en las paredes, y muchas personas que pasan presionan sus manos contra ellas, murmurando las mismas palabras para sí mismas.

Un arco central conduce al palacio, y dos guerreros, luciendo pieles de león como la de Malo, montan guardia con lanzas al frente. El arco en sí es de piedra beige sin barnizar, sin diseños.

—Para recordarnos, a todos nosotros, nuestra propia humildad al pasar —responde Jakkan a mi pregunta—. Antes de presentarnos ante el Emperador, debemos colocarnos por debajo de él, por debajo de Ignos.

—¿No es increíble? —Malo suena embelesado—. Si Ignos no nos amara, no permitiría que esto existiera.

En la entrada del arco, después de una breve inspección de los guardias en la que se aseguran de que ni Jakkan ni yo llevemos armas, Malo pone una mano sobre mi hombro.

—No puedo seguir acompañándote. No se me permite entrar.

—¿Voy a entrar sola?

—Jakkan estará allí.

—Él no es un amigo —respondo—. Tú sí lo eres.

—Entonces, sabe que estaré contigo en espíritu. —Malo ríe—. Además, eres la mensajera de Ignos, ¿no es así? Él habla a través de ti. Con eso, nunca estás verdaderamente sola.

CAPÍTULO 36

GAMBITO

CÓMO PUEDEN DESTRUIR todas las semillas? Sax se queda atascado en este pensamiento por un minuto hasta que Bas, pasando junto a él por la plataforma metálica, golpea su cola contra el suelo.

—No son el objetivo —dice Bas cuando Sax y los otros dos la miran—. Si nos apoderamos de la nave, arderán con ella.

Tiene razón, como de costumbre, pero Sax juega con su idea de todos modos. Estrellar las naves entre sí y podrían caerse de esos ganchos. La gravedad aquí es lo suficientemente baja como para que saltar hacia ellas no sea un desafío. Luego podrían correr por las líneas, incendiando una tras otra.

Sería muy divertido.

Pero Bas tiene razón, así que Sax la sigue alrededor del anillo, buscando algún camino hacia el núcleo de la nave semilla. Los cuatro comienzan a correr cuando no aparece nada rápidamente, porque cada segundo que pasan aquí le da tiempo a los Sevora para reagruparse. Le da tiempo a Avan para descifrar la máscara.

Ven otras tres puertas mientras dan la vuelta, todas iluminadas en rojo y bloqueadas. Sin embargo, no hay caminos hacia el núcleo central. Las semillas ocupan todo el perímetro, menos algunos huecos dispersos. Es difícil saber cuántas ha lanzado esta, pero Sax sabe que tendrán que cazar cada una de ellas.

Cada semilla Sevora se lanza con un Cache, y cada Cache tiene los pasos específicos a seguir para llevar la siguiente ola de Sevora al poder. En parte así fue como se apoderaron de tanto de la galaxia tan rápido: una nave semilla hace siete ciclos esparció Sevora por todas partes, y con el tiempo los planetas que encontraron se infestaron. Lanzaron sus propias naves semilla antes de que nadie supiera lo que estaba pasando.

Ahora los Oratus y el resto de la galaxia libre están tan cerca. Encargarse de esta nave, rastrear sus lanzamientos, y los Sevora estarían acabados.

Una mancha galáctica limpiada.

—¿Entonces, cuál es el plan? —pregunta Lan cuando se encuentran de vuelta en su primera puerta.

Es fácil saber que esta es por donde entraron, a pesar de que las cuatro puertas son idénticas; la pelea dejó bastantes salpicaduras, y nadie ha intentado limpiarlas.

—Tenemos que llegar al núcleo —dice Sax, aunque sabe que esto es obvio—. Deben tener formas de llevar aire y suministros allí, aunque no haya un camino más grande.

—Si esperas que me meta en uno de esos tubos... —empieza Gar.

—Nunca cabremos —dice Bas—. ¿Qué tal de otra manera? ¿Abrirnos paso a golpes?

—No nos quedan cortadores con energía —le recuerda Lan, pero Bas señala hacia arriba, hacia las semillas.

—Usemos esas —dice Bas—. Tomemos una, girémosla y perforemos el casco.

A Sax le gusta la idea, pero no sabe cómo pilotar una semilla, si es que están diseñadas para ser pilotadas. La teoría actual es que los Sevora identifican posibles planetas y disparan las semillas directamente a sus objetivos en piloto automático.

Sax ha visto semillas agrietadas antes, y sabe que hay suficientes nutrientes empacados allí para que, cuando se congelan por el frío extremo del espacio, un Sevora pueda viajar todo lo que necesite.

Las semillas, sin embargo, no son las únicas naves en esta gigantesca nave. No aterrizaron en la bahía de atraque, sino que se estrellaron a través de la sección del laboratorio. Lo que significa que los Sevora deben tener naves en otro lugar: lanzaderas para mover sus fuerzas, cazas para defender la nave semilla. Cualquiera de esas podría funcionar, cualquiera de esas podría abrir un agujero en el núcleo.

Es un movimiento desesperado, para tiempos desesperados.

CAPÍTULO 37

EL EMPERADOR

LO PRIMERO QUE llama mi atención al entrar en la cámara es el tocado, que va desde el verde azulado hasta el azul profundo, como las aguas poco profundas que conducen al océano. Reposa sobre un paño sostenido por un sirviente; un hombre delgado que viste solo una simple capa de algodón y cuyos ojos escrutan el suelo como si guardara secretos.

Varios otros se mantienen de pie junto al hombre hacia el fondo de la cámara, cada uno sosteniendo otro tesoro. Mientras que los Vaos miran hacia el este y el oeste, el palacio se orienta de norte a sur, de modo que la luz parece trepar desde los lados. Esto le da al Emperador, de pie en el centro de la sala, un aspecto aureolado. Como si el resplandor emanara de él.

Jakkan se acerca al Emperador, comparte unas palabras demasiado bajas para que yo las capte. La persona más sagrada de los Charre me parece, a mí, no ser más que normal. Sin adornos, excepto por una hermosa capa de plumas entretejida con oro, el Emperador no parece más alto que mi propio padre. Sus brazos son delgados, su rostro redondo. Veo arrugas nublando sus mejillas, y sus ojos apretados me miran fijamente, tal vez sintiendo mi juicio.

—Así que esta es a la que se supone que debo respetar —anuncia el Emperador—. La que dice que puede escuchar al mismísimo Ignos. La que me dirá que estoy equivocado al pensar en estos Lunare como dioses por derecho propio.

Antes de que pueda responder, el Emperador se aleja de Jakkan, se acerca directamente a mí, y su mano sale disparada rápidamente y atrapa mi barbilla. Con un ojo entrecerrado, el Emperador recorre mi rostro con la mirada, sus labios torciéndose en una mueca de desprecio.

—Jakkan, creo que me has traído a la equivocada. Esta chica no es más que una pequeña Solare asustada. Fuera de su elemento. Envíala de vuelta.

Mantente firme. Valor, Kaishi.

—No estoy asustada —le digo al Emperador a la cara, e ignoro el repentino sobresalto de Jakkan. Si el sumo sacerdote quiere protegerme, ya es demasiado tarde—. No estoy fuera de mi elemento, su santidad, sino exactamente donde debo estar.

—¿Y dónde es eso? —dice el Emperador.

—Donde usted esté. Para poder transmitir las palabras de Ignos directamente a sus oídos.

—Soy el Emperador sagrado. ¿Presumes que necesitas transmitirme la voluntad de Ignos?

Breves sonrisas cruzan los labios de los sirvientes. Lo noto y la duda juega su papel, crispando mis nervios. Soy joven. Ni siquiera soy una Charre. ¿Qué derecho tengo de estar aquí, dirigiéndome al Emperador?

Me tienes a mí, recuerda. Ahora dile a ese tonto dorado que lo ayudarás a repeler a los Lunare.

—No puedo hacer que me crea —hablo lentamente, midiendo las palabras—. Pero puedo darle secretos. Regalos de Ignos que nos permitirán rechazar a los Lunare. Que le darán la oportunidad de llevar a los Charre a una nueva era de gloria. Todo en su nombre.

El rostro del Emperador cambia a una mirada calculadora y sé que he encontrado la debilidad del hombre. Se rasca la barbilla por un momento.

—Dame un ejemplo. Alguna prueba de lo que dices.

Te diré cómo funciona el arma de Viera, y tú se lo dirás a él. Repite mis palabras.

—¿Ha visto las armas que llevan? ¿Las que escupen fuego? —pregunto.

Recuerdo también la magia del metal y la madera, el crujido en el valle y los Solare cayendo muertos en la tierra.

—La he sostenido —responde el Emperador—. Mis mejores ingenieros están trabajando incluso ahora para develar sus secretos. Aunque escucho que los Lunare tienen muchas más, y más fuertes, maravillas para nosotros.

—Tienen el mismo principio. Un polvo que, al encenderse, produce una explosión que propulsa una roca hacia su objetivo. —Estoy repitiendo las palabras de Ignos tal como llegan a mi cabeza, y sin embargo, mientras las digo, entiendo su significado. Cómo funciona el arma de Viera se despliega en mi mente mientras narro su función—. Sus alquimistas podrían hacer este polvo ellos mismos, si así lo desearan, y muchas más cosas además. Aunque equipar a un ejército para igualar a los Lunare llevará tiempo, Ignos puede darle lo suficiente para asustarlos. Para romper su pretensión de divinidad.

—¿La escuchaste, Jakkan? —pregunta el Emperador al sumo sacerdote.

—La escuché bien, mi Emperador. Creo que su consejo es sabio.

—¿Eso crees? A mí me pareció extraño y desesperado.

Una chica inventando cosas para mantenerse lejos del altar. —El Emperador levanta su mano y, como uno solo, los sirvientes se ponen en atención—. No he hecho crecer este imperio escuchando las palabras fantasiosas de habitantes de la jungla. De tribus menores. Hablas de milagros, pero un Emperador debe tratar con realidades. Yo...

—Por favor, santidad —dice Jakkan a la espalda del Emperador—. ¿Qué motivo tenemos para ignorar el consejo de Kaishi? El pueblo ha escuchado su mensaje y lo aprueba. Si ella está en lo correcto, y Ignos realmente puede ayudarnos a través de ella, entonces ¿qué tenemos que perder?

El Emperador me considera, y puedo ver una ira retorcida allí, mezclándose con el más leve indicio de miedo. El Emperador, el más santo de los santos, me considera una amenaza. La realización recorre mi alma como un relámpago. Si el Emperador me encuentra peligrosa, entonces mi único futuro está bajo el cuchillo.

Cambiará de opinión. Todos en esta sala escucharon tus palabras. Todos en esta sala escucharon al sumo sacerdote apoyarte. Ni siquiera el Emperador puede matar a alguien tan obviamente favorecido por Ignos sin consecuencias.

Habla lo que te digo de nuevo, y puede que aún salgamos de esta con vida.

Me hundo de rodillas, presiono mi frente contra las frías piedras frente al Emperador en su capa de plumas y oro.

—Le juro, Emperador, que tendremos las herramientas que necesita para cuando los Lunare se acerquen. Quedarán asombrados por su brillantez, por el poder de su pueblo, y usted perseguirá a sus ejércitos hasta los confines del mundo.

No levanto la mirada hasta que siento el toque del

Emperador en mi hombro. Los sirvientes y los guardias se relajan. Mirándome desde arriba, el Emperador habla:

—Prometes mucho, Solare, pero Jakkan responde por ti. Así que te daré tus trabajadores. Tendrás hasta que los Lunare pasen Tutio. Si fallas, entonces tu vida será entregada a Ignos, y Jakkan yacerá a tu lado, su corazón tallado primero.

CAPÍTULO 38

HACIENDO UNA ENTRADA

SAX TRANSMITE la idea de estrellarse contra el núcleo al grupo, y hay un acuerdo cauteloso. En teoría, el plan de Sax se sostiene, aunque hay muchos "y si". Aun así, nadie tiene una mejor idea, así que Sax obtiene el voto para proceder.

—No sé qué portal conduce a la bahía de atraque —dice Sax después, y hasta Bas niega con la cabeza.

—¿Por qué sugerirlo entonces? —responde Bas—. No tenemos tiempo para explorar cada sección de esta nave.

—Entonces empezamos con el más cercano. —Otro fragmento del código Vincere: Cuando hay dudas sobre qué hacer, completa primero la acción más simple. Como nadie sabe cuál es el camino correcto, deberían ir por el primero que puedan.

Por supuesto, el siguiente portal está bloqueado. Sax mira fijamente el nodo negro mientras escanea en busca de Sevora y no encuentra ninguno. No está intimidado. ¿Cómo atravesar una puerta cuando no tienen armas? Sobre ellos, un ruido precipitado hace eco desde las tuberías. Los cuatro Oratus se dispersan, por instinto, para minimizar el impacto de un ataque.

Lan apunta su minero hacia arriba, pero no dispara porque no hay ningún objetivo. Sax rastrea el ruido a lo largo de las tuberías hasta la fila más cercana de naves semilla, que comienzan a temblar.

Se están llenando.

Las semillas se asientan, y un zumbido constante y creciente reemplaza el ruido precipitado. Sax observa cómo vibran las semillas, y de repente la fila de tres cerca de ellos comienza a expulsar vapor. Fuertes silbidos resuenan por el anillo mientras los motores se aceleran, y el ruido responde a la pregunta de por qué no hay nadie aquí. Si esto sucede regularmente, Sax perdería la audición, y poco después, la cordura.

Entonces una semilla cae. Es algo lento debido a la gravedad, pero el gancho, con la tubería que atraviesa la púa hasta la parte trasera de la semilla, se retrae. Después de un par de momentos de caída para liberar el gancho, el motor de la semilla se enciende a toda potencia. El fuego empuja hacia arriba hacia las tuberías, blanco incandescente, y luego la semilla baja y desaparece, atravesando cualquier escudo que los Sevora hayan puesto entre el vacío y el aire de la nave, y sale al espacio.

La segunda y tercera semilla siguen segundos después, y Sax se queda con la cabeza zumbando y una idea peligrosa.

—Usemos las semillas —dice Sax al grupo, y ellos sisean de risa.

—Quiero verte pilotar una —dice Bas, sabiendo muy bien que Sax no ha pilotado una nave en su vida.

Pero Sax está listo. Por una vez, tiene una respuesta para Bas y su sarcasmo conocedor. En lugar de confiar en sus palabras, sin embargo, Sax se da la vuelta y salta. Sube alto, hasta la semilla más cercana, y la golpea.

Clava sus garras en su cáscara. No es tela, pero pocas

cosas pueden manejar a un Oratus excavando, y encuentra agarre.

—¿Qué estás haciendo? —grita Gar desde abajo.

—¡Apuntando! —Sax se abre camino alrededor de la semilla, fijando cada garra antes de mover la siguiente, hasta que ha dado media vuelta.

Las otras dos semillas en la fila están ahora detrás de él, y al frente, abajo, está el portal. Ahora que está escuchando, Sax oye el ruido precipitado, solo que esta vez alimentando una parte diferente del anillo. La nave semilla está lanzando de nuevo. Tal vez por desesperación, tal vez porque puede. De cualquier manera, Sax apuesta a que estas semillas se dispararán pronto.

Así que presiona con sus garras y salta, girando en el aire, hacia la siguiente semilla. Se agarra. Ahora tiene palanca. Sax, con sus garras izquierdas mordiendo profundamente la segunda semilla, se inclina y mira a los tres Oratus.

—¡Dos más! —grita Sax, un siseo áspero y ensordecedor—. Juntos, podemos empujarla.

Esto golpea a los otros como inspiración. Bas y Gar ganan una batalla de miradas y copian el vuelo de Sax. Trepan alrededor de la primera semilla y, con Sax descendiendo hacia la punta frontal de la segunda semilla, se posicionan.

—Cuando empiece a caer —dice Sax—. Saltarán. Gar, tú irás primero. Luego Bas. Yo iré último.

Los tres están en la semilla cuando el fluido comienza a precipitarse de nuevo. Como Sax espera, viene justo encima de ellos esta vez. Burbujeando, rugiendo y fluyendo hacia la semilla. Sevora probablemente vertiéndose con él. Listo para lanzarse e infectar algún mundo desafortunado.

Esta, al menos, no llegará a su destino.

—Listos —dice Sax. Bas y Gar sisean en acuerdo.

La semilla comienza a temblar. Tanto la que están encima como su objetivo. Si va como antes, el objetivo caerá primero, y eso les dará a los Oratus su oportunidad.

El gancho derecho se mueve. Tiembla, comienza a levantarse de la primera semilla y Sax no tiene que decir nada para que Gar sepa que su momento es ahora.

Gar salta, impulsándose con sus garras y lanzándose hacia la primera semilla mientras se suelta del gancho. Bas lo sigue. Ambos golpean la semilla cuando comienza a caer. La fuerza de su salto se combina con la baja gravedad para empujar la semilla hacia el portal, en una posición perfecta para que Sax haga su propio salto. Presiona sus piernas, cava profundo y se dirige hacia la punta frontal, ese ápice inferior de la semilla.

Y salta.

Lidera con sus hombros, tratando de empujar cada onza de fuerza que tiene en la semilla mientras la golpea. Un fuerte rugido comienza en el anillo; los motores de la semilla encendiéndose. Cuando Sax golpea, nota que Gar y Bas caen, comenzando su lenta caída hacia el suelo metálico. El mismo Sax siente la semilla girar, su impacto combinado es suficiente para orientar la nave.

Sax sostiene la nariz mientras se balancea hacia arriba, y luego se siente acelerar. La semilla se está moviendo, sus motores lanzando la nave directamente hacia el portal.

Sax no puede aguantar. Su impulso lo enviará justo al mismo lugar que la semilla. Así que se impulsa, hacia abajo hacia el suelo, y lejos del portal.

Pero está demasiado lejos. Su impulso es excesivo. Se está pasando; cayendo en el abismo que conduce al espacio exterior. Sax se retuerce en el aire, mirando fijamente el vacío negro debajo de él. No hay nada allí afuera más que la fría muerte.

Los ruidos de la segunda y tercera semilla que comienzan su propia liberación retumban, y luego un estruendo ensordecedor, un derrumbe estrepitoso de metal, polvo y chispas mientras la semilla que empujaron golpea... algo.

Sax no puede distinguirlo, ya que ha caído por debajo del suelo y todo lo que puede ver son las semillas de lanzamiento iniciando su trayectoria hacia él.

—¡Levanta la cola! —La voz de Bas, y Sax sigue sus instrucciones sin pensar. Ese es el propósito de una pareja: haces lo que te piden sin dudar porque te salvará la vida.

Siente garras clavándose en su cola y duele, pero Sax deja de caer. Hay un tirón y alguien lo está jalando de vuelta. Siente el calor mientras la siguiente semilla se acerca a él. Incluso si la semilla no lo golpea directamente, sus cohetes reducirán a Sax a cenizas.

—¡Rápido! —sisea Sax.

Hay formas honorables de morir. Hay muertes llenas de orgullo, como sacrificarse para dañar al enemigo. Dar tu último aliento para un zarpazo más. Esta no sería una de esas. Esto sería triste. Patético.

El tirón aumenta, y Sax choca contra el lado del abismo y luego vuelve sobre el suelo metálico mientras la semilla pasa rozando detrás de él. La piel de su cabeza se arruga por el calor, sus escamas se ampollán, pero Sax vive.

Es Lan sosteniendo a Gar, sosteniendo a Bas, quien tira de Sax hacia arriba. Vive porque trabajan juntos como un conjunto. Vive porque los Oratus no se abandonan entre sí. Pero ninguno de ellos lo menciona. No tienen que hacerlo. Todos conocen su trabajo y lo hacen.

Ahora están mirando el agujero destrozado donde solía

estar la puerta de enlace. La nave semilla ni siquiera está allí. La atravesó por completo. Roca dura destinada a durar ciclos en el espacio, propulsada por motores cohete, es más que suficiente para una puerta de enlace interior.

Al otro lado, ven algo que Sax nunca espera. Algo que no creía que los Sevora fueran capaces de hacer.

CAPÍTULO 39

CONVIRTIÉNDOSE EN SACERDOTISA

MALO NOS GUÍA de vuelta hacia el Vaos mientras Ignos se hunde en el horizonte, pero apenas hemos dejado la presencia del Emperador cuando el sumo sacerdote me susurra al oído:

—Cuéntame sobre estos milagros que deseas producir, y me aseguraré de que las personas adecuadas sean informadas.

Kaishi, el verdadero poder es tuyo ahora. No lo entregues.

—No, Jakkan —me detengo en medio de la calle, obligando al sumo sacerdote a hacer lo mismo. Ignos tiene razón. El Emperador puso mi vida en juego contra el éxito de estos milagros, y no dejaré su éxito en manos de Jakkan—. Traerás a las personas que yo pida, y yo misma les informaré de las tareas. Este es mi deber para con el Emperador, e Ignos obra a través de mí.

—Kaishi —Jakkan esboza una sonrisa. Una cálida, comprensiva—. Debes darte cuenta de que eres una forastera. Los artesanos que necesitas no trabajarán con una Solare, sin importar cuánto diga que sus palabras son las del propio Ignos.

—Entonces tú —y miro a Malo, incluyéndolo en mis palabras—, y Malo los harán trabajar. O le diré al Emperador que sus milagros se han perdido porque su propia gente no seguirá sus órdenes.

La cálida sonrisa de Jakkan desaparece, reemplazada por una línea tensa. Malo, mientras tanto, parece inseguro, mirando a Jakkan y a mí. Incluso la gente que pasa a nuestro alrededor percibe la tensión y nos da un amplio margen.

—Tu tono ha cambiado, Kaishi —dice Jakkan—. ¿No he dicho que debemos ser aliados aquí para salvar nuestra civilización? ¿Que debemos trabajar juntos?

Hubo un tiempo en que una promesa de amistad habría conmovido mi corazón. Incluso mi mente. Ahora, en el frío aplastante del pueblo de Damantum, rodeada de edificios en lugar de árboles, con el olor ardiente de las forjas en lugar de suaves flores, mi alma mantiene su claridad. Observo las palabras de Jakkan como lo haría con un insecto extraño, buscando su verdadera intención.

No encuentro nada amable en ellas.

—Juntos —respondo, los recuerdos de los Fosos y la primera tarea letal de Jakkan avivando el calor en mis palabras—. Sí. Solo como socios ahora, no con mi cuerpo bajo tu pie.

—Él es el sumo sacerdote, Kaishi —suplica Malo—. Segundo solo después del propio Emperador. Por favor.

Jakkan asiente al guerrero, con sus ojos aún fijos en los míos. Esperando que me quiebre y me someta.

Estabas por debajo de ellos, ahora eres igual. Pronto serás mayor. Estamos casi allí, Kaishi.

—Socios —no sonrío—. Llámame como quieras, pero o somos iguales, o esta ciudad puede arder.

Jakkan adopta una mirada que he visto antes en el rostro de Padre; una de cálculo. Los planes se gestan detrás de la piel arrugada y curtida de Jakkan. Veo escenarios desarrollarse, cada uno retorciéndose en la mente del sumo sacerdote hasta que sale victorioso.

—Como socios —asiente Jakkan al fin—. Por la ciudad y nuestra gente, dejaré de lado mi orgullo. Como tú has fallado en hacer.

Ignoro la provocación. Tengo el estatus que quiero, ahora necesito la lealtad.

—¿Aún crees en mí, Malo?

—Si no lo hiciera, no estaría aquí, sacerdotisa —responde Malo, aunque las palabras salen menos prestas que antes. Una señal, quizás, de que el guerrero no está del todo contento con mi agarre del poder.

Una verdadera líder no puede preocuparse demasiado por los sentimientos de sus súbditos. Te seguirán, y eso es suficiente.

—Entonces aquí están las personas que quiero ver —extraigo la lista de Ignos, y siento que el Cache arde en mi muñeca mientras él lo convoca. Imágenes y fórmulas llenas de símbolos que no reconozco inundan mi mente y es todo lo que puedo hacer para no gritar allí mismo. Creo que, sin el sacrificio y su presión para entrenarme, lo habría hecho—. Los mejores trabajadores del metal y la madera de la ciudad. Los más grandes joyeros y alquimistas de Damantum. Tráelos a todos ante mí, y comenzaremos el trabajo necesario para luchar contra los Lunare.

—Puedo encargarme de eso —comienza Jakkan, pero lo interrumpo.

—No, Jakkan. Mientras Malo reúne a la gente, tú y yo tenemos que hacer algo más importante —me miro a mí misma, y luego señalo la propia túnica y tocado de Jakkan—. Necesito ropa, joyas como las tuyas. Debo ser más que una sacerdotisa. Debo ser lo que Ignos desearía de su mensajera. Hazme parecer la parte.

El sumo sacerdote no discute el argumento. En su lugar, mientras Malo parte para organizar reuniones con los principales artesanos de la ciudad, Jakkan me lleva a un recorrido por los mercados de Damantum. Con el sumo sacerdote a mi lado, los comerciantes ya no apartan la mirada como antes. Zolin, atendiendo sus plantas, nota con sorpresa que aún estoy viva. Le doy una sonrisa y él sacude la cabeza.

Primero, tengo que elegir un color. Como el Emperador encarna los azules de mares y bajíos, y Jakkan usa los rojos de sangre y tierra, yo necesito elegir tonos que pongan mi alma en mi ropa, cabello y piel.

No es una decisión difícil.

—Los verdes luminosos de la jungla —anuncio a los tintoreros, cuyos puestos están abarrotados de ollas que contienen todo tipo de tintas de colores—. Quiero brillar como una esmeralda, pero con el misterio de un valle boscoso.

Segundo, un tocado. Mi corona. Una banda con plumas o tallos; hilos rectos de colores. Una vez más, me siento atraída por mis raíces. Los tonos de las aves alrededor de mi aldea: negro y blanco y amarillo. Un estallido de naranja y rojo para frutas y flores. Los artesanos comienzan a insertar plumas, teñidas y naturales, en una banda. El arreglo resultante, aunque mantiene los tonos apropiados, parece desordenado.

—Eso no combinará con tu capa verde —susurra Jakkan mientras miramos el intento inicial.

—¿Por qué debería importarme? —respondo—. Se supone que debo representar a todas las personas, Charre y

Solare. Diferentes colores parecen la forma más fácil de hacerlo.

—Un argumento justo —dice Jakkan—. Sin embargo, como alguien conocedor de tales cosas, recuerda que la gente te ve como eres, no como deseas ser. Se preguntarán por qué eliges un arreglo tan extraño, preguntarán por qué una mensajera de Ignos parece tan fea, por qué su tocado se distingue tanto de los otros que Ignos favorece.

Jakkan puede tener razón, Kaishi. Esta cosa que has creado es, digamos, bastante desagradable a la vista.

Quiero resistirme. Quiero ser terca, pero la voz de Ignos se mezcla con las apelaciones de Jakkan —que, esta vez, no tienen rastro de otra agenda— y cedo.

—Puede que tengas razón. Probemos con un verde brillante en el centro que se degrade hacia el negro en los bordes.

Incluso el artesano está más emocionado con esto que con mi primer intento, y el producto final lo demuestra. Cuando me pongo la corona y me miro en la quieta cuenca de agua que se mantiene en el puesto para ese propósito, el tocado es de un verde vibrante y exuberante. Como si la vida misma hubiera venido desde arriba y trazado su camino hasta mí.

—Hermoso —dice Jakkan, y creo que lo dice en serio—. Ahora, hay un último lugar que debes visitar.

Similar a los tintoreros, los tatuadores tienen cuencos con diversas tintas alrededor de sus puestos. Piedras sirven como asientos, con guerreros y otros sentados en ellas mientras los artistas realizan su trabajo, creando intrincados tatuajes de Ignos, leones, osos y los Vaos.

Jakkan, moviendo su capa para que pueda ver el elaborado diseño dominado por Ignos en su espalda, dice:

—Aquí debes elegir tu nuevo cuerpo. Tu antiguo cuerpo

será entregado a Ignos. Ábrete a su sabiduría y deja que sus palabras guíen tu lengua en la narración, y sus manos en la pintura.

Espero a que Ignos me diga qué debo hacer. Cómo puedo transformar mi propio cuerpo en un poderoso mensaje, pero Ignos guarda silencio. Me siento en la piedra, siento la roca fría y áspera contra mis muslos, y pienso. Jakkan y el artista, un hombre viejo y curtido, me miran fijamente.

Si tengo que elegir por mí misma, entonces, hay un diseño adecuado para mi cuerpo. Uno que represente al dios que me ha traído hasta aquí. Que ha hecho tanto para cambiar mi vida. Describo los detalles: Los tonos verde claro. Un diseño circular con un amplio conjunto de ojos en el centro; una búsqueda eterna de conocimiento. Cuatro flechas que se extienden desde el centro, para mirar en todas las direcciones. En los ángulos, bloques tallados que sirven como los cimientos que ese mismo conocimiento creó. Al final, una serie de círculos llenando los espacios: el viaje de las ideas desde el descubrimiento hasta la práctica.

Ignos, una parte de mi mente, ahora será parte de mi cuerpo también. Mientras hablo, el artista sumerge y perfora. Punza y pinta mi piel. Hay dolor, sí, pero lo soporto, porque no hay otra opción.

Un paso más cerca, Kaishi. Un paso más cerca de la salvación de tu gente.

CAPÍTULO 40

EL TRAIDOR

ESTÁ OSCURO, pero no completamente, y no de manera siniestra.

Más bien, lo que Sax ve ahora es un espectáculo luminoso que usa las sombras para enfocar los ojos en lo que deben ver. Lo cual, en este caso, son gloriosas fuentes: arcos de agua que se rocían de un lado a otro sobre vastas áreas cubiertas de lo que Sax solo puede describir como entretenimiento.

Mesas, abarrotadas de Flaum, Teven, Whelks y otras especies que Sax no puede reconocer desde lejos, parpadean y destellan a través de varios juegos. Ritmos pulsantes chocan y resuenan a través del suelo metálico, y cada golpe lleva consigo una multitud de gritos y llamadas. Pancartas flotantes se mueven de un lado a otro por el espacio, iluminándose con anuncios y películas.

—Hemos encontrado su diversión —dice Lan, y tiene razón.

Las naves semilla albergan a muchos miles, y ahora parece obvio para Sax que para mantener incluso a los Sevora en un estado civil, debe haber una manera de que disfruten. Un lugar al que ir cuando no están de turno, un lugar para divertirse. Para retozar, jugar y recordarse a sí mismos que no todo es una batalla tras otra.

Los Sevora necesitan esto porque son débiles. Porque no pueden manejar la cruel realidad de la vida.

Sax también ve la semilla, o lo que queda de ella. Ha atravesado la puerta y yace en el suelo frente a ellos. Al pie de las escaleras y más allá, parece haber rebotado hasta su lugar de descanso final: enterrada en el costado de lo que alguna vez fue una especie de estatua iluminada, que ahora está echando chispas.

Especies Sevora se reúnen a su alrededor, señalando y charlando. Todo lo cual significa que nadie está notando la puerta o los cuatro Oratus parados allí, rodeados por la luz azulada del anillo central detrás de ellos.

—Aprovechémoslo —dice Sax—. Sigamos moviéndonos. Recuerden que masacrar a estos Sevora no es el objetivo. Necesitamos volver al anillo exterior, a la bahía de atraque.

—Si es que está siquiera en esta sección —dice Gar.

—Si no lo está, entonces probaremos en otra —responde Bas.

—Si tarda tanto, puede que tenga que comer algunos Flaum —murmura Gar mientras comienzan a caminar.

Cada pisada en el suelo duro trae nuevos asaltos a los sentidos de Sax. Ve Flaum en varios estados de intoxicación. Cayendo unos sobre otros, o simplemente parados con ojos vidriosos y expresiones lánguidas en sus rostros. Una pereza temeraria que nunca se permitiría en una nave Vincere. Slivers se posan en postes cubiertos con agarres para sus garras. Ellos también parecen exhaustos. Sin preocuparse por los cuatro Oratus que deambulan entre ellos.

Sax cree saber por qué.

Están tan profundamente en la nave semilla ahora. Tan

lejos del exterior, que ¿cuáles son las probabilidades de que una fuerza enemiga llegue hasta aquí? Es mucho más probable que estos cuatro Oratus sean cautivos, esclavos Sevora como el resto de ellos. Aunque incluso si no lo fueran, Sax está bastante seguro de que a estas criaturas no les importaría. Están tan alejados de la conciencia real que Sax piensa que no reaccionarían si comenzara a despedazarlos aquí mismo, a la vista de todos.

Así que siguen adelante. Entran y atraviesan el centro de la sección, que es una gran plaza con una fuente de zafiro en el medio, una que parece rociar agua de diferentes colores. A su alrededor, distribuidos a intervalos, hay vastos conjuntos de mesas y sillas y máquinas dispensadoras de nutrientes. La mayoría de los lugares están ocupados por especies alojadas por los Sevora que comen felizmente lo que pueden conseguir.

—Fascinante, ¿no es así? —Sax conoce la voz. Se gira y ve a Avan, que ya no lleva ninguna de sus armaduras, observándolos. El Oratus cautivo aparentemente ha salido de la oscura multitud. Avan extiende sus garras, como para mostrar que no tiene intención de hacer daño—. Por favor, permítanme hablar.

Sax ve, o más bien siente, que Gar se estremece, se agacha en posición de ataque. No pueden permitirse una batalla aquí, así que Sax golpea a Gar con su cola.

—Estamos en territorio enemigo —sisea Sax mientras Gar le gruñe—. Si inicias una pelea aquí, nunca sobreviviremos.

Gar mantiene su mirada ardiente, pero baja sus garras.

Avan junta las suyas frente a él.

—Tiene razón, por supuesto. Con un solo grito, podría hacer que una horda cayera sobre ustedes. Sin duda matarían a muchos, pero serían despedazados —hace una pausa, sus conductos tomando una larga bocanada de aire—. Usted y yo sabemos que la pequeña flota que tienen en este extremo de la galaxia no destruirá esta nave semilla por mucho tiempo. ¿Cuántos mundos más infectarán los Sevora antes de que la derribéis?

—Dondequiera que vayan, los encontraremos y los acabaremos —responde Sax. Desea desesperadamente hacer lo que Gar casi hizo: arrancarle la sonrisa del rostro a Avan.

—Estoy seguro —responde Avan—. Pero ¿y si le dijera que no importará? ¿Y si le dijera que hay cosas que no sabe? Cosas que harían que cada una de sus acciones fuera insignificante, si las conociera?

—¿Por qué no nos has matado aún? —Sax sisea la única pregunta que importa; si Avan los ha rastreado hasta aquí, entonces podría haberlos disparado, aturdido o quemado.

No ha hecho ninguna de esas cosas.

—Porque quiero irme —dice Avan—. Necesito una forma de salir de la nave semilla, y necesito una forma de sobrevivir. Ustedes son esa forma. Una oferta: los guiaré a una nave, a su oportunidad de obtener la gloria que tan desesperadamente buscan, si me garantizan un paso seguro de vuelta a su propia nave.

—¿Cómo sabes que estamos buscando la bahía de atraque? —pregunta Bas.

—Porque están en una nave semilla. Oyen todo. Yo oigo todo.

Sax flexiona sus garras.

—Entonces, ¿por qué nos estás hablando ahora? ¿Revelando tu plan?

Avan mira alrededor, al entorno ruidoso y palpitante.

—Pueden oír todo, excepto este lugar. Excepto donde hay tanto ruido que las grabadoras solo captan un sinsentido confuso. Donde está tan oscuro y es tan difícil ver que es difícil saber qué está pasando.

—Pero solo llegamos aquí por casualidad —argumenta Lan—. No podías haber sabido que…

—¿Por casualidad? —interrumpe Avan—. ¿Quién crees que activó el lanzamiento de las naves semilla? ¿Quién crees que esperó hasta que desarrollaran su plan y se aseguró de que las correctas se dispararan cuando estuvieran listos? Lo cual, gracias por hacerlo mucho más fácil de lo que esperaba. ¿Estrellarse contra el portal con una nave semilla? Ninguno de nosotros vio venir eso.

Avan los tiene atrapados. Sax lo sabe. Pueden ir con él o enfrentarlo aquí y ahora. Aunque Sax no puede asegurarlo, supone que Avan ha descubierto cómo ponerse la máscara. Lo que significa que está protegido, hasta cierto punto. Los cuatro probablemente podrían acabar con él, pero entonces sus propias muertes llegarían poco después.

O podrían confiar en esa despreciable criatura y seguirlo hasta el muelle de atraque. Hacia donde querían ir.

—Creo que no tenemos elección —susurra Sax. Espera una negativa, pero no llega ninguna.

Aunque odia la sonrisa afilada que se dibuja en el rostro de Avan, Sax no hace nada para borrarla.

CAPÍTULO 41

CREANDO MAGIA

LAS REUNIONES con los principales artesanos y artífices de Damantum, según el Emperador, deben comenzar de inmediato. Con mis atuendos decididos, Jakkan me deja de vuelta en el Vaos, que, según dice, servirá como mi hogar.

Kaishi, ahora es el momento. El Cache. Úsalo.

El brazalete. Verde y reluciente bajo la luz. Paso mis dedos por sus lados cálidos. Destella, y siento como si la luz fluyera a través de mis ojos hasta mi núcleo.

El Cache almacena nuestro conocimiento, Kaishi. Haz milagros con él. Dale a tu gente lo que necesita.

Usar el Cache se siente como hurgar en mis propios recuerdos, solo que las cosas que encuentro son como nada que haya visto antes. Imágenes de criaturas que no reconozco de ninguna leyenda, lugares tan hermosos y terribles que desafían la descripción. Y cosas. Maravillas que Ignos promete cambiarán el curso de mi mundo. Comienzo a caer, sumergiéndome de una a otra. ¡Hay tanto que ver, y quiero aprenderlo todo!

Detente.

La voz de Ignos atraviesa mi frenético remolino. La

imagen en mi mente cambia a algo que se parece al arma de Viera.

El Cache contiene demasiados secretos para una sola persona. Busca lo que necesitas, y lo encontrarás. Busca todo, y eso es lo que perderás.

Desde ese momento hasta que, ya entrada la noche, Malo regresa con el primer grupo de artesanos, Ignos y yo exploramos el Cache. Elegimos milagros adecuados para los Charre; aquellos que pueden construirse en el tiempo y con los materiales que tenemos. Elijo varios más también, algunos que Ignos cree que están fuera de nuestro alcance, pero que creo avivarán el fuego de nuestra imaginación. Creencia en los nuevos poderes que nos llegan.

Sí. Debes pensar en los Charre, ahora, como tu gente. Es en lo que se convertirán pronto.

¿Son mi gente? ¿Los Charre, que me sacaron de mi hogar? No lo creo, pero entonces, no puedo permitirme tratarlos como enemigos. Hacerlo significa la muerte. Sé que si los Charre pueden repeler a los Lunare, tal vez pueda persuadirlos para que dejen en paz a mi propia aldea, para protegerlos.

Así que estoy lista para empezar cuando Malo entra en el templo.

Primero están los metalúrgicos, y con ellos muestro esquemas. Cómo hacer el fuego mágico que Viera había convocado tan fácilmente. Cómo hacer armas aún más grandes, capaces de disparar cientos o miles de proyectiles en meros instantes.

No todas son posibles con los talleres de Damantum, e incluso si los Charre tuvieran el material, conocer los planes y ejecutarlos son dos cosas diferentes.

Aun así, hablamos, con Malo alimentándonos con té durante toda la noche y hasta el día siguiente. Los metalúrgicos tienen sus propias ideas, mirando lo que el Cache proporciona, y se van con la llegada del amanecer para producir sus propias versiones de los milagros de Ignos.

Apenas tengo tiempo de parpadear antes de que llegue el siguiente grupo.

Los carpinteros. Les doy diseños para botes y barcos más grandes, incluso aviones que volarán por el aire. Muestro cosas que están mucho más allá de su mayor imaginación, viendo cómo mi propia leyenda crece en sus ojos. Creando una sacerdotisa que tiene todas las respuestas. Que tiene toda la orientación para lo que está por venir. Los carpinteros se van como los metalúrgicos, con visiones bailando en sus mentes e inspiración brotando de sus bocas.

Los médicos siguen a un rápido almuerzo de pimientos y cerdo. Repasamos mapas detallados de células y biología, aunque me decepciona saber que el Cache no contiene diagramas de nuestra propia especie. Independientemente, en varias horas de conversación, toda la práctica médica del pueblo Charre se transforma.

Se corre la voz sobre la milagrosa sacerdotisa escondida en el Vaos. Jakkan comienza a funcionar como mi propio asistente. Programando reuniones, asegurándose de que esté adecuadamente atendida. Haciendo entrar y salir grupos de todo tipo. Desde escritores hasta cazadores, escultores hasta guerreros. Todos vienen. Todos piden más. Yo, con Ignos en mi mente, estoy más que feliz de darles todo lo que puedo.

Esto. Así es como encuentras a tu gente. Aquí es donde todo lo que eres se vuelve real. Donde los Charre dejan de mirar al Emperador y comienzan a mirarte a ti.

No me atrevo a expresar ese pensamiento en palabras.

Ni siquiera el propio Emperador es inmune a los rumores. Al tercer día, pide otra audiencia. Voy, con Jakkan, de vuelta al palacio. De vuelta a ver al Emperador en toda su elegancia. De nuevo me mira fijamente y emite advertencia tras advertencia, amenaza tras amenaza. Expresa miedo y angustia por los Lunare, que se están tomando su tiempo en acercarse. Están reuniendo tribus más pequeñas con sus propias maravillas. Se están extendiendo afirmaciones de que los Lunare son los verdaderos dioses. Que Ignos los favorece.

El Emperador nos echa de vuelta a las calles con exigencias, unas que planeo superar.

Para el cuarto y quinto día, a medida que las evidencias de mis milagros se hacen conocidas en las calles, y los primeros objetos resultantes de mis enseñanzas llegan al Emperador, sus opiniones cambian. Al sexto día, cuando el Emperador llama, no solicita a Jakkan. Esta vez, Malo me pide solo a mí.

Esta vez, voy sola ante el Emperador.

Sin nadie allí para ayudarme, excepto la voz de Ignos en mi cabeza, le prometo al Emperador que cumpliré. Que mis maravillas estarán listas. Que cuando nosotros dos salgamos a saludar a los Lunare, el puro brillo de los numerosos inventos del pueblo Charre, otorgados por Ignos, no solo hará que todas las otras tribus se arrodillen, sino que también someterá a los propios Lunare.

Los Lunare, prometo, se darán cuenta de que su misión es una causa perdida. Se irán atemorizados. El Emperador reinará legítimamente sobre todos.

En lugar de emitir sus habituales amenazas defensivas, el Emperador se estira hacia atrás, hacia un sirviente que sostiene una pequeña caja. De ella saca algo pequeño que parece un tubo con una pata de madera en el extremo. Como el arma que Viera había sostenido. El Emperador lo apunta hacia la pared lejana. Presiona hacia atrás el labio de metal que sobresale de la parte superior. Y luego tira de otro pequeño bucle de metal con su dedo.

El ruido dentro del palacio es ensordecedor. Un fuerte estruendo reverbera en las piedras y perfora mis oídos. Estoy aturdida, mi cabeza zumba y hago todo lo posible para evitar lanzarme al suelo o salir corriendo. Solo el Emperador, observándome para ver qué hago, me lo impide.

Cuando logro mirar, veo que falta un trozo de la pared de piedra; desmoronado en el suelo. El Emperador mira fijamente el dispositivo.

—Tus milagros son más que solo palabras —dice el Emperador—. Esto, esto es lo que necesitamos. Esto marcará la diferencia. No podemos, desafortunadamente, fabricar suficientes. No tenemos las minas. Las forjas. Todavía.

—Las tendremos, su Santidad —digo—. Con el tiempo, la suya será la nación más poderosa que el hombre haya conocido.

—Quizás —responde el Emperador—. Pero, ¿tendremos ese tiempo?

No sé cómo responder, y el Emperador, colocando el arma de vuelta en la caja, no parece esperar que lo haga.

—Los Lunare tienen muchas de estas. Algunas más largas, más grandes. Me han dicho que tienen monstruosidades enteras ambulantes cubiertas de grandes cosas que llaman cañones que, cuando disparan, suenan como si el cielo se estuviera rasgando. ¿Cómo pueden tus milagros competir con esto?

—Pueden ser mejores. Serán mejores. Pero necesitamos tiempo.

—¿Ignos te dice cómo encontrar eso?

Encuéntralos. Sal, enfréntate a los Lunare cara a cara. Asústalos. Toma las maravillas que tenemos y úsalas para ganar ese tiempo. Cada día, cada semana que consigas es crucial.

—No podemos dejar que lleguen a la ciudad —digo—. Si lo hacen, pueden interrumpir nuestros esfuerzos. Pueden distraer a las personas que incluso ahora están trabajando para ensamblar estos dispositivos. Usted es el más santo, Emperador. Conmigo a su lado, podemos cambiar las mentes de las tribus que siguen a los Lunare. Podemos decirles a los Lunare que ya no son bienvenidos, y mostrar lo suficiente para probarlo.

La mano del Emperador se eleva y acaricia su tocado, sus dedos se filtran entre las plumas. —Ignos ha tenido a bien guiarte hasta aquí, y sería necio no seguir la sabiduría que comparte a través de ti. Quizás sea hora de que nos revelemos. Prepárate, porque mañana partiremos hacia el desierto y les mostraremos a los Lunare que nunca debieron haber dejado las montañas.

CAPÍTULO 42

QUIÉN VIVE Y QUIÉN MUERE

CON AVAN GUIÁNDOLOS, Sax y los demás se abren paso fuera de la sección de entretenimiento. Muchos Sevora miran fijamente al grupo de cinco Oratus, aunque vuelven rápidamente a sus bebidas después de una mirada fulminante o un gesto amenazante con una garra. Al igual que la entrada en el anillo central, luces verdes forman un halo alrededor de la salida de esta sección, más alejada del núcleo.

Mirando hacia atrás, Sax ve que la entrada rota ya está siendo reparada. La nave estrellada ya ha sido retirada. Sección de entretenimiento o no, los Sevora podían moverse rápido cuando querían.

—Dime —dice Sax a Avan mientras este último levanta la cabeza hacia los escáneres de la siguiente entrada—. ¿Cuántos Sevora hay en esta nave?

—Miles —responde Avan, sin apartar la mirada del nudo negro. Las luces verdes parpadean y la entrada se abre de golpe—. Suficientes para rotar las tripulaciones continuamente. Los que están detrás de nosotros están disfrutando de su tiempo libre.

—¿Incluso en medio de una batalla?

—Hemos estado en guerra constantemente durante ciclos. Si no hubiéramos encontrado una manera de hallar alegría en medio de toda la lucha, seríamos una especie triste, sin duda —Avan curva su larga boca en una sonrisa—. Aunque supongo que ustedes los Oratus no entienden eso del todo.

—La batalla es nuestra alegría —dice Gar.

—Sí. Por supuesto que lo es —Avan les hace un gesto para que pasen.

Esta sección se siente más como un laberinto, con pasillos estrechos entre altas paredes que se extienden del suelo al techo. Ventanas circulares salpican esas paredes y, a juzgar por las grandes puertas que aparecen de vez en cuando con teclados, Sax supone que estas son las viviendas de los Sevora que viven en la nave. Cápsulas para dormir y poco más.

A los lados de las estructuras, extendiéndose sobre los caminos, hay perchas en postes de metal negro. Los Slivers aterrizan en ellas, enrollando sus cuerpos alrededor de las barras para descansar. Lámparas amarillas cuelgan de estas perchas como frutos de los árboles, esparciendo una suave luz sobre el frío suelo metálico. De vez en cuando atraviesan pequeñas parcelas de plantas en recortes entre los edificios, una breve concesión a la belleza en un diseño por lo demás eficiente.

La sección de entretenimiento albergaba enjambres de Sevora moviéndose. Multitudes de ellos riendo a carcajadas o compartiendo comidas. Aquí, sin embargo, los Sevora que ven —en la habitual variedad de anfitriones Flaum, Teven y Whelk— viajan solos o en parejas. Siempre apresurándose. Como si ser sorprendidos afuera aquí resultara en algo terrible. Avan, que no dice nada mientras caminan por el distrito, parece sentir la inminente pregunta de Sax y lo mira.

—Esta sección está actualmente bajo órdenes de descanso —dijo Avan—. Las especies solo deben moverse por aquí en caso de emergencia, por eso ves miradas preocupadas. Como podrás imaginar, mantener saludable a nuestra fuerza laboral es de suma importancia.

Señala con una garra hacia una de las ventanas de arriba. —Desde el exterior, estas están diseñadas para emitir solo frecuencias de luz que promueven el sueño. En el interior, hay pantallas que muestran imágenes que fomentan la relajación. También hay disponible una variedad de sustancias para ayudar a los Sevora a encontrar el descanso que necesitan.

—¿Drogan a su propia gente? —dice Bas. Sax recuerda el Estimulante que tomó al comienzo de esta misión, pero se mantiene callado.

Avan se da la vuelta por completo cuando llegan a un punto entre edificios, donde una sola planta en arco, con sus muchas enredaderas rosadas retorciéndose hacia arriba y sobre sí mismas, sirve de decoración. —Pensar que una especie tan ignorante como la suya nos está superando en esta guerra... sí. Lo hacemos. Ni los Flaum ni los Teven son nativos del espacio, y ellos, al madurar rápidamente y ser fáciles de dominar, constituyen la mayoría de nuestras fuerzas. Para asegurar que los anfitriones obtengan el descanso requerido en un entorno que no es propicio para tales cosas, usamos varios medios.

—¿No solo están tomando sus cuerpos, sino que también los están arruinando? —dice Lan—. ¿Y esperan que el resto de la galaxia los deje vivir?

Los demás sisean en acuerdo, Sax también. Avan debe estar bajo la influencia de sus propias drogas para pensar que los Oratus aceptarían compartir la galaxia con una especie como esta.

—Dices eso como si nosotros los Sevora pudiéramos controlar quiénes y qué somos —responde Avan, tomando la provocación de Lan con calma. Extiende sus cuatro brazos, expandiendo las garras—. Necesitamos anfitriones para sobrevivir. Pocos Sevora alcanzan la madurez completa y la capacidad de reproducirse; para hacerlo se requiere espacio y protección, lo que no hemos visto en ciclos. Por lo tanto, nos... copiamos a nosotros mismos. Cultivamos nuevos Sevora en tubos y piscinas. Aun así, somos mucho menos numerosos que los ubicuos Flaum, que contaminan la galaxia con sus billones.

Contaminan la galaxia. Una frase interesante, si no del todo incorrecta. Sax ha visto más que su parte de Flaum en naves Vincere, y tienden a ser los primeros en venir y reconstruir mundos rescatados del dominio Sevora. Los Flaum producen camadas que se acercan a la docena o más. Lo suficiente como para que parejas de Flaum pudieran repoblar ciudades por sí solas en poco tiempo. Si la especie poseyera la inteligencia o la fuerza para hacer su propio intento de gobernar la galaxia, los Flaum tendrían poca dificultad para lograr el dominio solo por puro número.

—Necesitas encontrar los beneficios —dice Sax mientras Avan reanuda su marcha—. ¿Por qué deberíamos permitir que los Sevora sigan existiendo? ¿Qué bien proporcionan?

Avan no tiene una respuesta preparada. Ningún argumento elocuente ni réplica aguda. Después de caminar en silencio, después de dejar atrás las cápsulas y llegar a la siguiente entrada, solo entonces Avan se detiene justo antes del escáner y mira a Sax, con los ojos ardiendo.

—¿Quiénes son ustedes para jugar a ser dioses y decidir qué especies viven o mueren?

CAPÍTULO 43

REMEDIOS DESESPERADOS

NO PASA mucho tiempo después de la reunión con el Emperador cuando, de vuelta en el Vaos, dos guardias entran buscándome. Llevan pieles de oso, y cuando Jakkan pregunta por qué están aquí, me señalan. —Tenemos información para la suma sacerdotisa.

—¿Suma sacerdotisa? —dice Jakkan, y aunque noto la sorpresa, Jakkan no se inmuta.

—Así ha decretado el Emperador que se la debe llamar —dice uno de los guardias. Intento mirar a Jakkan, para decirle que no tengo nada que ver con esto, pero el sumo sacerdote no me mira.

—Entonces dirigíos a ella —Jakkan vuelve al pergamino que está leyendo.

—¿De qué se trata? —pregunto.

—Hemos capturado a una Lunare —comienza el guardia—. Se escondía en la ciudad. Al parecer, había amenazado a una familia y se había asegurado una habitación en su casa. Pero desde entonces ha caído enferma, y ahora ruega por su ayuda.

—Viera —digo, y veo que las orejas de Jakkan se alzan al oír el nombre—. ¿Dónde está?

—La tenemos encadenada al pie del templo —responde el guerrero—. Estamos listos para prepararla para el sacrificio. No parece que vaya a vivir mucho más, así que deberíamos darnos prisa.

—Traedla —ordeno. Se siente extraño hacer eso. Dar órdenes a alguien.

Ahora eres poderosa. Es justo que uses lo que has ganado. Y que lo que has ganado cambie quién eres.

—¿Aquí? —el guardia parece confundido.

—Aquí. En esta cámara. Le hice una promesa a esa mujer, e Ignos no verá que se rompa.

Al mencionar al dios, los dos guardias golpean sus lanzas contra el suelo y desaparecen.

—Así que tu amiga ha vuelto —la voz de Jakkan está cargada de advertencias—. Te aconsejaría que fueras cuidadosa. Los Lunare no son bien vistos en la ciudad, como bien puedes imaginar. Que te vean ayudando a uno no te hará ningún favor.

—Solo puedo esperar que los milagros que Ignos me ha concedido me hayan ganado el suficiente respeto para ayudar a Viera —respondo, y después de pensarlo un momento, añado—: Mi tribu no intentaba luchar contra todos los que pasaban por nuestro territorio. Existe la posibilidad de que los Lunare no tengan que ser vuestros enemigos. Podrían ser valiosos comerciantes. Incluso socios. Solo tenemos que convencer a nuestra gente.

—Kaishi, no es a nosotros a quienes tienes que convencer —dice Jakkan—. Son los Lunare y su banda de saqueadores. Si quisieran comerciar y regresar a sus montañas, con gusto negociaríamos con ellos. Sin embargo, lo que quieren no se puede intercambiar. Solo tomar.

Antes de que pueda responder, los guardias traen a su cautiva. Es Viera, aunque mucho más pálida, sudorosa e inconsciente. El problema no es difícil de ver: las heridas que cauterícé, esas marcas blancas que cicatrizan su pecho y brazos, están rojas e inflamadas en los bordes. Sarpullidos se extienden por la parte delantera de su cuerpo.

Infección.

Hay formas de curar esto. Aunque ninguna que poseas actualmente.

Le imploro a Ignos que me diga más. Le hice una promesa a Viera. Además, dados los crecientes recelos de Jakkan y la posición sobrenatural del Emperador, tengo pocos amigos en la ciudad. Si hay alguna manera de mantener a Viera con vida, quiero usarla.

Entonces, esto es lo que debes reunir.

Ignos enumera una serie de ingredientes. Instrucciones sobre cómo mezclarlos y cocinarlos juntos. Para hacer un pequeño montón de polvo, cosas que tendría que seguir haciendo hasta que la infección remita. Se lo digo a Jakkan, y puedo ver cómo su reticencia a ayudarme cede gradualmente ante el deseo de ver otro milagro en acción.

Despachamos a los guardias para que busquen herboristas y vidrieros, mientras Jakkan y yo avivamos un gran fuego. En las horas que transcurren entre la partida de los guardias y su regreso, tiendo a Viera en el suelo y uso un paño frío para humedecer su frente. Para intentar calmar la fiebre que arde en su interior.

Viera pronuncia palabras en su propio idioma, retorciéndose en el suelo. El sudor la empapa y su palidez aumenta. Es obvio que no vivirá mucho tiempo.

—Un sacrificio no romperá tu promesa —dice Jakkan en un momento mientras estoy aplicando el paño en la frente de Viera—. Hiciste ese voto a una mujer viva y sana. Ahora, está muriendo. Tienes la oportunidad de honrarla. Tienes la oportunidad de que parta de esta tierra y vaya al hogar al que tan obviamente desea regresar. Entrégasela a Ignos, Kaishi. Gana el amor eterno del pueblo.

Jakkan habla con sabiduría. Obtén lo que puedas de aquellos que puedas usar. No gastes tu influencia en una causa perdida.

No puedo.

Simplemente no hay una parte de mí que pueda aceptar cortar el pecho de Viera y arrancarle el corazón. No después de haber trabajado tan duro para mantenerla con vida. No después de que me hubiera ayudado a salir del foso de los juar.

No.

La salvaré, o morirá en el intento.

Usando el Cache, guío a los herbolarios a través del proceso. Los pasos para convertir estos ingredientes ordinarios en medicina que le dará una oportunidad a Viera. Metal, hojas herbales, el alcohol fermentado que de otro modo se usaría para hacer vino de miel, todo esto y más se hierve junto hasta que forman una extraña sustancia lechosa.

Luego, la extiendo sobre la infección.

Repetimos el mismo proceso durante tres días. Cada vez le susurro a Viera que se pondrá mejor. Que pronto estará de pie y corriendo de nuevo. Me ayuda a creer, si no otra cosa.

Cuidar de Viera no ocupa, por supuesto, todo mi tiempo. Sigo trabajando con los artesanos de Damantum, revisando y aconsejándoles sobre su progreso. Probando lo que desarrollan. Aprendiendo de su experiencia y combinándola con los secretos que el Cache proporciona.

Hasta que el mismo Emperador aparece en el Vaos.

He estado rechazando a sus mensajeros cada mañana, declarando que aún no puedo irme. Una cosa es decirle a un sirviente sumiso que estoy demasiado ocupada obrando milagros para partir de la ciudad. Otra cosa es ver al Emperador en todo su esplendor entrar a zancadas en la cámara, ver a Jakkan caer de rodillas e inclinarse. Lo imito, aunque solo sea porque la expresión del Emperador me dice que mi vida depende, ahora, de la sumisión.

—Me dicen que la marcha para salvar a mi pueblo espera por una mujer —la voz del Emperador, en el estrecho confín de estas cámaras, hace eco en las paredes—. Me dicen que mi sacerdotisa, la que prometió la salvación para los Charre, deja que los Lunare reúnan sus fuerzas, deja que se acerquen...

El Emperador camina, mientras se apaga su voz, entre Jakkan y yo, hacia donde Viera yace en su estera, aún inconsciente, aunque no tan pálida como antes.

—Por esta. Una Lunare ella misma...

—Una amiga —digo, poniéndome de pie e ignorando el jadeo ahogado de Jakkan—. Una amiga que me salvó cuando ninguno de los tuyos lo haría. Que me protegió como yo ahora la protejo.

El Emperador lleva la mano a su cinturón y saca un cuchillo de vidrio negro de un lazo. Su rostro está inexpresivo mientras me tiende el cuchillo.

La implicación es clara.

Lo rechazo.

El Emperador retira el cuchillo lentamente. Me da mucho tiempo para reconsiderar, pero me mantengo firme. Como dice Ignos, ahora soy poderosa. Tengo el peso de los milagros de mi lado. Y elijo usar ese peso para lo que creo que es correcto.

—Si no sacrificarás a esta —dice el Emperador, y me

siento aliviada cuando desliza el cuchillo de vuelta a su lazo —, entonces la llevaremos con nosotros. Los Lunare están en Tutio, y no tenemos más tiempo para esperar.

—¿Llevarla con nosotros? —Estoy demasiado sorprendida por la declaración para cuidar mis propias palabras.

—He hecho preparar un carro. Espera en los escalones, junto con varios sacerdotes para cuidar de ella. —El Emperador mira a Viera.

—¿Entonces lo planeaste desde el principio?

—Una Lunare no vale la pena arriesgar el apoyo de mi suma sacerdotisa —responde el Emperador, pero cuando empiezo a agradecerle, me interrumpe—. No me hagas arrepentirme de esto. Prepárala para moverla, y salvemos a mi pueblo.

CAPÍTULO 44

SECRETOS GUARDADOS

NAVES de todos los tamaños se extienden por el hangar, visibles desde la puerta mientras Sax y los demás pasan detrás de Avan. En lugar de solo un escudo magnético, como con las semillas, aquí un gran conjunto de placas metálicas deslizantes actúa como una capa adicional de protección. Cada placa se entrelaza con las adyacentes mediante pestillos deslizantes. Incluso ahora, Sax ve cómo una de las placas se desliza hacia atrás y un par de cazas espaciales Sevora —cosas en forma de dardo con un solo cañón de energía cilíndrico en la nariz— salen disparados hacia la oscuridad.

Sax calcula que hay una docena o más de cazas detrás de esos dos, aunque no parece que los pilotos se estén alineando para volar. La nave semilla está en medio de una intensa batalla, donde ha sido abordada por una fuerza enemiga, ¿y no ha lanzado todas sus defensas?

—¿Por qué? —pregunta Sax a Avan—. ¿Qué hacen todas estas naves todavía aquí?

Avan sigue moviéndose, dirigiéndose hacia la vasta

sección plana. Sax nota que el Sevora ha apretado sus garras.

—No hay suficientes pilotos —dice Avan—. La guerra ha diezmado nuestros números. Mientras que ustedes simplemente pueden entrenar a otro Flaum, nosotros primero debemos tener un Sevora listo para tomar un huésped. Luego, solo después de que el Sevora haya establecido el control, podemos comenzar el entrenamiento.

Avan los conduce a un transbordador más grande, una nave ovoide sin cañones visibles en el exterior. De hecho, sin armas en absoluto. Su exterior elegante, pintado en los verdes y blancos de una nave pacífica, confirma el propósito de la nave. El hecho de que esté lista, con un conjunto de cuatro soldados Flaum armados al pie de las patas metálicas del transbordador, le dice a Sax que su llegada aquí no es inesperada.

Tal vez Avan haría este viaje incluso si Sax y los demás no hubieran venido.

El transbordador se carga a través de un elevador, en lugar de una rampa más habitual. La plataforma se hunde desde el centro del transbordador sobre cuatro postes delgados que se asientan en el suelo. La nave tiene tres puntales; uno en el frente y dos piernas gruesas en la popa, y sus motores apuntan hacia la puerta del hangar. Avan señala a Bas y Lan con sus garras y les dice que suban a la plataforma, que es demasiado pequeña para contenerlos a todos a la vez. Bas busca la mirada de Sax, y él parpadea dos veces hacia ella. Afirmativo.

Seguirán el plan de Avan. Por ahora.

Un par de Flaum, cada uno sosteniendo un minero pesado cebado casi tan grande como ellos mismos, se unen a Bas y Lan en la plataforma. Sax conoce estas armas: un gatillo, una gran batería y una boquilla ancha. Capaces de disparar energía caliente a corta distancia y garantizadas para no fallar nada frente a ti. Si Bas o Lan quieren atacar, tendrán que matar o desarmar a los Flaum inmediatamente, o serán derretidos hasta convertirse en carbón.

Una vez que se acomodan, la plataforma sube rápidamente hacia el vientre del transbordador con el silbido hidráulico. Momentos después desciende de nuevo, vacía. Avan hace una señal a Gar para que suba, y otros dos Flaum se unen a él. Sax comienza a subir a la plataforma, pero Avan levanta una garra. —Todavía no. Necesito asegurarme de que tus amigos no tengan ideas. Destrozar a mis soldados y dejarme aquí abajo.

Sax habría tomado la misma decisión si hubiera estado en el lugar de Avan. Los cuatro Oratus, dejados solos con los Flaum, podrían haber intentado un ataque así. Apoderarse del transbordador. Aunque, piensa Sax, habría sido un secuestro corto. Sin una forma de abrir las puertas del hangar, Avan podría haber hecho que otros guardias volaran el transbordador donde está.

Lo que significa que Avan tiene una razón diferente para mantener a Sax aquí abajo.

—¿Por qué ahora? —sisea Sax, volviéndose hacia Avan —. Tenemos la clara ventaja. No hay razón para que nos reunamos contigo. Para salvar a tu especie.

—Sax, tus amigos me verían muerto en un instante. Ese, Gar, es particularmente violento. Tú no pareces tan sediento de sangre. ¿Por qué es eso?

—Me das asco —responde Sax mientras la plataforma del transbordador desciende de nuevo, vacía—. Pero tú no eres el objetivo. No arriesgaremos nuestra misión por un solo Sevora.

—Entonces, tal vez, puedas ver lo que tantos de tu

especie no pueden. Lo que espero que tus comandantes puedan entender.

—¿Y eso es?

—Una pieza vital de información —dice Avan—. Una que los Sevora aprendieron por accidente. De un huésped inesperado. Conocimiento que, si se difundiera ampliamente, sería descartado como calumnia. Propaganda. Pero si se le permite crecer silenciosamente, podría cambiarlo todo. Reiniciar la galaxia, y nuestros lugares en ella.

—Una declaración audaz, Sevora —Sax sigue a Avan hacia la plataforma—. Dada tu inminente derrota, pensaría que dirías cualquier cosa para salvarte.

—Pensé lo mismo cuando lo escuché —responde Avan mientras la plataforma se eleva—. Incluso en nuestra extrema necesidad, no somos de los que saltan ante falsas esperanzas. Excepto, Sax, que ahora creo que es verdad. Los Sevora han buscado confirmación y han encontrado suficiente evidencia para hacer que nuestra afirmación sea más probable que improbable. Y si es cierto, Sax, entonces todas nuestras especies serían tontas si no actuaran en consecuencia.

El interior del transbordador es un lujo que Sax nunca ha conocido: sofás para reclinarse, con correas para cualquier tipo de aceleración, se despliegan alrededor de una amplia área bordeada de obras de arte cambiantes. Imágenes de otros mundos, vistas de montañas naranjas y océanos verdes, cautivan a los otros Oratus.

Sus guardias Flaum parecen igualmente fascinados, con los mineros colgando sueltos a sus costados. Cualquiera que sea el propósito de esta nave hoy, en algún momento había servido como el mejor placer que el dinero podía comprar.

—Una joya —dice Avan sobre el transbordador mientras se elevan en él—. Diseñada para tiempos diferentes, pero ahora llamada a una misión mucho más importante de lo que sus propietarios originales jamás imaginaron.

Mientras Sax mira alrededor del transbordador, siente que los motores comienzan a rugir. La vibración recorre la nave, y todos buscan sus asientos. Sax termina en un extremo, con Avan eligiendo deliberadamente un lugar a su lado. Sentarse en estos cojines, con una cola, requiere contorsionar el cuerpo, y Sax enrolla su cola alrededor de su propia cintura para evitar sentarse sobre ella. Los otros Oratus hacen lo mismo, aunque la cola de Avan se escapa hacia un lado, cayendo por el borde del sofá hacia el suelo.

—¿Me dirás qué es esto? ¿El gran secreto que afirmas tener? —pregunta Sax a Avan.

—¿Para que puedas deshacerte de mí y entregarlo tú mismo? —Avan le da a Sax una sonrisa dentuda—. No correré ese riesgo. Las palabras saldrán de mí o de nadie.

—Si este era tu plan, entonces —dice Bas desde el otro lado de la nave—, ¿por qué intentar matarnos?

—Ustedes no son necesarios —responde Avan—. Yo estaría en esta nave, dirigiéndome a la batalla, con o sin ustedes. Si puedo salvar nuestra nave semilla de sus garras y ayudar a mis propios objetivos en el proceso, ¿por qué no hacerlo?

Mientras Avan habla, el transbordador se eleva y sale disparado de la bahía de acoplamiento. Sax mira por la ventana delantera, hacia el espectáculo de láseres de la batalla que aún continúa. Los cuatro dejaron el centro de la nave semilla para encontrar un camino hacia el corazón mismo, y ahora lo tienen.

Las promesas de Avan son intrigantes, por supuesto, así que Sax se asegurará de que Avan llegue a Evva, pero Sax también tiene una misión. Una que no fallará.

CAPÍTULO 45

MARCHA ADELANTE

JAKKAN ME ESPERA en las puertas de Damantum. El Emperador ha reunido allí una vasta comitiva, con soldados formados en filas junto con porteadores para transportar los bienes. El Emperador también está presente, de pie en su propio carro, al que están enganchadas un par de grandes criaturas. Según me dice uno de los guardias, se llaman bueyes. Bestias voluminosas con cuernos, la mayoría se utilizan para labores de campo, razón por la cual no las he visto por la ciudad.

Sin embargo, estos dos lucen mantos de azul y oro que caen desde sus enormes cuernos, a lo largo de sus lomos y se derraman en borlas por sus costados. El carro del Emperador es pura opulencia. Afortunadamente es un día nublado, o no estoy segura de poder soportar todo el oro y las gemas resplandecientes.

Mi lugar, según me dicen, es caminar junto al carro. Un puesto de honor, y como nadie más en la fuerza —salvo Viera— va montado, no me quejo de la oportunidad.

Partimos con un propósito: convencer a los Lunare de

que una lucha contra los Charre será costosa, terrible y no está aprobada ni por su dios ni por el nuestro. Con ese fin, veo una serie de cajas tejidas sostenidas con postes de bambú extendidos sobre las espaldas de los trabajadores Charre. Abro una para confirmar mis sospechas: dentro hay algunas de las armas que hemos estado fabricando, esperando su oportunidad.

Rudimentarias, pero el diseño general debería funcionar. Yo no sería quien apretara el gatillo, Kaishi. Deja que otro compruebe si explota.

No tengo intención de luchar contra los Lunare. No estoy aquí para una batalla y, después de los Fosos, no tengo deseos de iniciar una.

—Tengo un regalo para ti —dice Jakkan mientras nos despedimos cerca de las puertas principales. Espero, pero no presenta nada—. Tu puesto. En la comitiva. He decidido quedarme en la ciudad y cederte mi lugar al lado del Emperador.

—No entiendo.

—Te estoy dando la oportunidad de suplantarme —Jakkan esboza una cálida sonrisa—. Lo he visto. Especialmente durante estos últimos días. Eres verdaderamente una con Ignos, y mereces tu lugar a la derecha del Emperador. Me mantendré alejado para ver cómo vosotros dos construís un gran imperio y os serviré lo mejor que pueda. Ahora mismo, eso significa cuidar de nuestra ciudad y continuar el trabajo que comenzaste. Destruye a los Lunare, Kaishi, y fortalece a los Charre con sus huesos.

—¿Destruir? —No he oído a Jakkan usar un lenguaje tan duro, pero hay ira en esas palabras. Orgullo también—. Creía que íbamos a negociar. A convencerlos de que nos dejen en paz.

Jakkan se ríe.

—¿Con los Lunare? El Emperador te lleva en este viaje por una razón, Kaishi. Para que veas que ninguna civilización, ningún advenedizo de las montañas, se atreva a provocarnos. O huirán, o el Emperador los verá aplastados.

Estoy atónita por la confesión y no se me ocurre nada que decir. Mi expresión solo deleita aún más a Jakkan, quien me deja entonces, mirándolo mientras reúne seguidores para saludar nuestra marcha desde las puertas.

Vamos. ¿No puedes estar realmente sorprendida? ¿Cuál es el propósito del poder si no es destruir a tus enemigos y elevar a tus aliados?

He clavado un cuchillo a través de carne y hueso. Mis palabras han provocado al menos una muerte. Mis manos no están limpias. Pero esas fueron mis elecciones, y conocía las consecuencias. Si Jakkan tiene razón, entonces lo que he estado ayudando a fabricar a los Charre resultará en conquista, en fuego y muerte.

O tú o ellos, Kaishi. No seas tan ingenua. Piensa en lo lejos que has llegado.

Lo hago, y siento ganas de vomitar.

Cuando suenan los cuernos para marchar, estoy junto al buey de la derecha y uno de sus grandes ojos marrones me devuelve la mirada. Está en la sombra mientras la luz matutina de Ignos golpea el otro lado de la larga cabeza de la bestia, y en su iris veo un reflejo distorsionado de mí misma. Llevo mis mejores galas; el tocado verde y la capa brillante, mi mosswrap está de vuelta en el Vaos, no apropiado para una suma sacerdotisa.

No sé a quién estoy mirando.

—Pareces distraída —dice el Emperador, encima de mí en su carro y adornado con todo tipo de relucientes túnicas azules y doradas—. ¿No te sientes honrada de estar en esta gran y gloriosa marcha?

—Nunca he marchado con un Emperador antes. Es abrumador —digo algo por decir algo.

El Emperador se ríe, luego levanta su mano derecha. Ante la señal, los cuernos vuelven a sonar y la columna comienza a marchar. Miles de guerreros con todo tipo de pieles sobre sus hombros. Sirvientes, porteadores, cocineros y cuidadores se mezclan. Por primera vez siento lo que es moverse con un ejército, ser parte de algo tan grande y en movimiento. El trueno y el ritmo.

Casi me permite olvidar lo que dijo Jakkan.

Casi.

Después de una hora sin conversación, el Emperador se vuelve hacia Damantum y yo sigo su mirada, cuidando de mantener mi marcha constante. Las murallas se alzan imponentes. Hay gente encima de ellas, todavía saludando a la serpiente del ejército que parte.

—Todos ellos creen en nosotros, Kaishi. Puede ser difícil partir bajo el peso de tantas expectativas, pero te acostumbrarás. Nuestra misión lo exige. Ignos lo exige.

—Jakkan dice que quieres matarlos —no puedo evitar preguntar—. ¿A los Lunare?

—Así como ellos desean poseernos —responde el Emperador—. Yo soy el elegido. No puede haber otro gobernante. Los Lunare se proclaman el pueblo divino. ¿Cómo puedo permitir tal cosa? ¿Cómo pueden mis gentes mantener su fe cuando tales blasfemias persisten?

—¿Entonces la muerte es la única salida?

—Si los rumores son ciertos, el líder de los Lunare nos ofrecerá otro camino, solo para apuñalarnos por la espalda si decidimos tomarlo —el Emperador sacude la cabeza—. Conquistan tanto con mentiras como con fuerza. Cualquier negociación terminará en sangre, de una forma u otra.

Después de que el resto de la mañana se desvanece entre pasos, las tropas al frente anuncian un alto. Otras fuerzas aliadas se acercan. Los nuevos guerreros resultan ser Malo y su grupo, que regresan de las aldeas exteriores de Damantum con noticias funestas.

—Están cayendo ante los Lunare —explica Malo al Emperador mientras escucho—. Algunos intentan luchar, pero se rinden cuando los Lunare escupen su fuego. Otros ni siquiera se molestan. Se inclinan y se arrastran. Cambian su libertad por sus vidas. Abrazan el dominio de los Lunare y marchan con ellos.

Después del informe, me excuso de la compañía del Emperador y encuentro a Malo de vuelta con Viera, cerca de la retaguardia de la columna, siendo arrastrados en un pequeño carro. Malo me saluda con una suave sonrisa.

—Así que la encontraste.

—Vive —digo, y ver a los dos juntos me provoca un calor inesperado—. Sin ninguna ayuda tuya.

Malo asiente.

—La mujer es una enemiga. Merece lo que le pasó.

—Prometió salvarme. Igual que tú.

Malo duda, luego alcanza su cinturón, desengancha el arma de Viera. La coloca en el carro junto a la Lunare.

—Espero que aún pueda hacerlo —Malo se va antes de que pueda decir otra palabra, desvaneciéndose de nuevo entre la multitud de tropas.

Ese es temperamental. Aunque creo que aún te desea el bien.

Hay miles de personas aquí. Creo que puedo contar con dos de ellas, y una de esas aún yace en un carro, con los ojos cerrados y rota.

Cuando suenan los cuernos para reanudar la marcha, dejo el lado de Viera y me dirijo de vuelta al frente.

—Esta noche —dice el Emperador cuando he retomado mi lugar—, demostrarás tus milagros. Asegúrate de que funcionen como Ignos exige. Cuando nos encontremos con los Lunare, no habrá margen para el fracaso.

CAPÍTULO 46

DIVISIÓN

LOS MOVIMIENTOS DEBEN SER PRECISOS. Aprovechar cada instante. Sax busca sus ojos.

La lanzadera se aleja flotando de la nave semilla, y cuando la nave abandona las placas deslizantes y su campo magnético, se sacude. Los Flaum, sentados en los sillones, se tambalean de lado a lado. Sus manos sueltan los mangos de sus mineros para estabilizarse. Sax ve que Avan lo nota. Ve que la boca de Avan se abre, su grito de advertencia comienza.

Demasiado tarde.

Al otro lado de la lanzadera, Bas ataca a los Flaum a ambos lados. Dos garras a su izquierda, dos garras a su derecha, cada una con tres afiladas cuchillas arañando a sus objetivos. Apuntando a los mineros, a las manos que se extienden hacia ellos. Lan y Gar hacen lo mismo, al igual que Sax. Un simple agarrar, apretar y desgarrar. Ahora sin brazos propios, los Flaum se quedan paralizados por el shock.

—¿Qué estáis haciendo? —exclama finalmente Avan.

El Sevora intenta levantarse, pero a diferencia de Sax y

los demás, cuyos colas no interfieren con sus piernas, la inexperiencia de Avan hace que la acción sea difícil. Torpe en la baja gravedad.

Sax se lanza hacia el techo de la lanzadera, se agarra al casco interior con sus garras, y luego se impulsa de vuelta hacia Avan. Cuando el Oratus capturado logra ponerse de pie, Sax se estrella contra él, derribándolo. Cada una de las garras de Sax inmoviliza una de las de Avan, mientras que la cola de Sax pasa por encima de su hombro y se enrolla alrededor de la garganta de Avan.

—No luches —dice Sax—. La lanzadera es nuestra. No tienes razón para morir por ella.

Aunque Sax mantiene sus ojos fijos en Avan, puede oír los sonidos que vienen de la cabina. Chillidos de pánico de los Flaum, y las subsiguientes órdenes de Lan para que giren la lanzadera hacia arriba y alrededor. Órdenes que Lan termina con una simple declaración: si los Flaum y el Sevora en sus cabezas obedecen, entonces Lan y Gar no los harán pedazos donde están sentados.

Bas se une a Sax, sosteniendo un par de los pesados mineros en sus brazos y apuntándolos hacia Avan.

—¿Por qué no has acabado con él? —pregunta Bas—. Es una abominación.

Sax aprieta su cola alrededor de la garganta de Avan para evitar que el Sevora tenga ideas, y mira a su pareja.

—Afirma que tiene información valiosa que podría cambiar el curso de la guerra. No puedo arriesgarme a que esté mintiendo.

—No podemos llevarlo con nosotros. No se quedará quieto mientras destruimos la nave.

—No. Por eso Gar y Lan lo llevarán con Evva. Ella decidirá si su información vale su vida. —Sax se vuelve hacia

Avan—. Te ofrezco esto, Sevora. Un viaje a nuestro lado. Una oportunidad de contar tu historia. ¿Aceptas?

—Eso es lo que estábamos haciendo, antes de que asesinaras a mi tripulación —dice Avan una vez que Sax afloja su cola lo suficiente para que el Sevora pueda hablar.

—Y eso es lo que seguirás haciendo. Bas, prepara uno de los módulos de evacuación. Usaremos ese.

Bas sisea su desacuerdo.

—Imprudente, Sax. Podemos guiar la lanzadera hacia dentro. Su tamaño por sí solo garantiza daños en el núcleo de la nave semilla.

Los ojos de Avan parpadean entre ellos, amplios, rojos y temblorosos. Sax lo ignora.

—Me has oído, Bas. Hasta que termine la misión, yo tomo las decisiones. Prepara el módulo.

—¿Qué estás tratando de hacer? —pregunta Avan, pero Sax no responde.

Observa a Bas por un momento, asegurándose de que realmente va a la puerta del módulo de evacuación y comienza a introducir los comandos para preparar la nave. Bas hace lo que Sax le pide, aunque Sax sabe que recibirá muchas reprimendas por ello más tarde.

Si es que hay un más tarde.

—Gar, Lan —anuncia Sax—. Volaréis la lanzadera de vuelta a Evva. Aseguraos de que Avan tenga la oportunidad de contar su prometida historia. Si falla en justificar su existencia, confío en que le arrancaréis la piel de los huesos. Ahora, llevaréis la lanzadera a través del centro de la nave semilla. Bas y yo usaremos el módulo de evacuación para realizar nuestro asalto.

Los dos Oratus reciben la orden con silencio. Sax se niega a apartar la cabeza de Avan; el cuerpo de un Oratus es un arma, y Sax no se atreve a perderlo de vista.

—Honraremos tu orden, Sax, aunque no la entendamos —dice finalmente Lan.

—¿Lo ves, Sevora? —sisea Sax después de que Lan habla—. Somos leales sin control. Sin entregar nuestros cuerpos a vuestros parásitos.

—Estoy tratando de salvar a mi especie. —Avan, por primera vez, suena quebrado.

—Hasta que me convenzas de lo contrario —dice Sax—, mi objetivo es destruirla.

Gar se acerca entonces, intercambiando la vigilancia de los pilotos con Lan, y coloca una mano con garras sobre el hombro de Sax. Sin hablar, los dos intercambian posiciones, con Gar sujetando a Avan contra el suelo y enrollando su propia cola alrededor del cuello del Sevora. Solo cuando Sax se levanta y se dirige hacia el módulo de evacuación, Gar dice algo:

—Te llevas mi sangre, hermano.

—Derramaré suficiente por los dos, hermano —responde Sax, como exige la costumbre. La respuesta satisface a Gar, que se concentra en su prisionero. Sax sabe que el Oratus no se moverá de esa posición hasta que algo lo haga volar o aterricen en la nave Vincere.

—La ventana de lanzamiento se acerca —anuncia Lan desde la cabina—. Preparaos.

Bas espera dentro del apretado módulo de evacuación, los bancos en su interior demasiado pequeños para su cuerpo. Sax se une a ella, apretujándose en el lado opuesto. Sus colas se encuentran en el medio, enroscándose una alrededor de la otra. Sin ninguna señal, sin palabras ni miradas, Sax extiende sus garras y Bas las agarra con las suyas. Ella acepta su disculpa, perdona las duras palabras, y se prometen luchar juntos a través de lo que sea que esté por venir, todo con un toque.

Así es con la pareja de uno.

El módulo de evacuación no tiene ventanas. Blindado con metal grueso para bloquear tanto el calor de una atmósfera, la radiación del espacio exterior y el inevitable impacto que causaría una eyección desde una nave en caída, el módulo de evacuación sirve un propósito singular: llevar a sus pasajeros vivos a su destino.

Así que cuando Sax cierra la puerta detrás de él con un simple toque en el panel de control de dos botones, ambos esperan sin preocupación a que Lan coloque la lanzadera en la posición correcta.

Tendrán una sola oportunidad. Un proyectil a toda velocidad apuntando directamente al corazón de la nave semilla. Si fallan, o bien se estrellarán en otro lugar y quedarán atrapados en la misma situación que antes, o podrían atravesar la nave por completo y caer en la aplastante gravedad del gigantesco planeta naranja.

Se oye un chasquido. Un movimiento de metal. El breve aullido de una alarma.

Ninguna otra señal anuncia que el módulo de evacuación ha abandonado la lanzadera. Ninguna otra sensación se filtra a los dos Oratus de que ahora están en movimiento.

Vuelan en silencio.

PROBANDO MILAGROS

ESA NOCHE, mientras un sinfín de hogueras iluminan el desierto a nuestro alrededor, me reúno con un grupo de guerreros Charre, incluyendo a Malo, para realizar una prueba final de lo que el Cache nos ha proporcionado.

Cuatro cajas tejidas están dispuestas en semicírculo en el borde del campamento del ejército, con nada más que arena al otro lado. La luz de Nomis brilla desde arriba, mezclándose con el parpadeo naranja para proyectar nuestras sombras más allá.

Mientras los guerreros observan, me acerco a la primera caja y abro su tapa. Dentro parecen haber hojas. El mismo vidrio negro que marca los cuchillos sacrificiales. Solo que estas hojas están conectadas de forma flexible. Una única fibra central larga corre entre ellas, flexible y retorcida. Termina en un robusto mango de cuerda trenzada, con un suave bulto en la parte inferior. Lo agarro y lo levanto. Es largo; casi el doble de mi altura, y el arma se enrosca alrededor de mis pies. A pesar de las afiladas hojas, el dispositivo es ligero. Fácil de sostener.

—Esto se llama fragmento —digo, recordando el nombre

que el Cache me dio—. Puedes azotarlo contra tus enemigos, así.

Levanto el fragmento y lo lanzo hacia adelante, cortando hacia atrás con mi mano en el último instante para hacer chasquear las hojas. Se lanzan hacia adelante, mordiendo el aire y chocando entre sí, lanzando chispas. Vicioso, pero no tan diferente del kukri que ya tienen.

Hasta que uso el truco.

Giro mi muñeca para que todos puedan ver la pequeña esfera unida al extremo del mango del fragmento. —Aquí, sin embargo, está el secreto. Aprieta esto. Un poco de aceite se filtrará por la fibra y sobre las hojas de vidrio. Luego solo tienes que hacerlo chasquear de nuevo.

Hago lo que digo. Aprieto la bomba y un brillo recubre las fibras de la cuerda. Hago chasquear el fragmento de nuevo. Las chispas vuelan cuando el vidrio negro hace clic. Solo que esta vez las chispas se prenden fuego. Pronto toda la cuerda, excepto el mango, está en llamas.

—¿Ven cómo arde, pero la fibra debajo no? —digo—. Pueden sembrar el miedo en sus corazones. Una y otra vez.

Dejo que el látigo se asiente en la arena, la tierra apagando los restos del fuego. Las expresiones en los rostros de los guerreros están adecuadamente impresionadas, aunque aún no están asombrados. Un arma interesante, pero difícilmente un milagro divino.

Apenas estoy empezando.

De la siguiente caja, saco algo muy similar a la pistola de Viera. Una culata de madera en un marco de metal.

—Los Lunare cargarán pólvora negra en sus armas antes de disparar. Esto nos dará una oportunidad. Ya sea para golpear con nuestras manos, o con estas —levanto el arma, apunto a la distancia y aprieto el gatillo.

Con un pop, el arma hace un fuerte ruido. Mi hombro

se sacude hacia atrás, pero ignoro el moretón, el breve mordisco de dolor mientras el arma retrocede contra mí. No hay tiempo para eso ahora. —En lugar de empacar la pólvora en el arma, la empacamos en la munición. Presiona el gatillo, golpeas el disparo y explota hacia adelante. Cada una de estas puede contener doce a la vez.

Lo que no digo es que todo el ejército Charre solo tiene tres de estas armas. Su punto, después de todo, no es diezmar un ejército sino mostrar que una pelea sería inútil. Demasiado costosa para ambos lados. Al menos, eso es lo que espero.

La tercera caja contiene más milagros. Esferas que, al ser arrojadas, explotan en tremendos chorros de fuego llameante y ruido. Otras que no queman pero esparcen gas nocivo, haciendo que las personas cercanas caigan en ataques de tos y agonía llorosa.

La última caja contiene no implementos de guerra, sino cosas de paz. Ungüentos y bálsamos. Herramientas médicas que pueden reparar incluso las lesiones más graves. Quiero estas para los Charre, sí, pero también como una potencial ofrenda de paz. Una oportunidad no de matar, sino de unir a dos pueblos por un beneficio mutuo.

Estoy pensando también en mi propia tribu. Cuán destruidos estarían si los Charre y los Lunare hicieran de la selva su campo de batalla. Cuánto mejor sería todo, en cambio, si las dos facciones hicieran de mi antigua aldea un centro de comercio. De paz.

Malo se acerca después de la demostración, mientras los otros guerreros se van, charlando entre ellos con voces emocionadas. Por una vez, no me mira como si fuera algo que necesita ser cuidado. Veo la misma mirada nivelada que le da a Jakkan y otros guerreros.

Respeto.

—Nunca creí, cuando te saqué de tu aldea, que este sería el resultado —dice Malo—. Pensé, en el mejor de los casos, que eras una chica talentosa. Que tenías algunas oraciones inspiradoras. No que remodelarías todo nuestro imperio.

—Yo pensaba lo mismo, pero Ignos lo sabía mejor. Me ha usado.

—Para el bien de los Charre. El bien de nuestro pueblo.

—Tu pueblo —respondo—. Una razón por la que aún estoy aquí es porque sé que los Lunare serán peores para nosotros. Si tengo éxito, quizás el Emperador libre a mi gente de vuestra brutalidad.

—Te has vuelto tan hostil —el rostro de Malo es curioso, atento, preocupado—. ¿Por qué? ¿Qué he hecho?

—Es más bien lo que no hiciste —digo—. No me advertiste. No me guiaste por Damantum, sino que me arrojaste a los pies de Jakkan y te marchaste. No me contaste sobre los Pozos. Afirmaste apoyarme, creerme, pero me arrancaste de mi familia y me dejaste vivir o morir por mi cuenta. ¿Debería estar agradecida por eso?

Malo se toma un momento, mira fijamente las fogatas. —No sabía qué hacer. Soy un guerrero, no una figura paterna. No soy un guía.

—No importa lo que seas. No deberías necesitar entrenamiento para saber cuándo alguien a quien llamas amigo necesita ayuda.

Malo no dice nada. Después de un minuto, con cada segundo de mi espera, el guerrero murmura una despedida y se va pisando fuerte.

Regreso con Viera, solo para encontrar que los dos sacerdotes que la cuidan están eufóricos. O al menos, tan felices como pueden estar los sacerdotes Charre.

—Alta sacerdotisa —exclama uno de ellos mientras me

acerco—. Su fiebre ha bajado. Los tratamientos parecen haber funcionado. La infección ha disminuido.

Paso junto al sacerdote y me arrodillo junto a Viera. Coloco mi mano en su frente. Efectivamente, se siente más fresca. El enrojecimiento alrededor de sus cicatrices se ha desvanecido a un tono más pálido, pero los ojos de la Lunare permanecen cerrados. Respira suavemente. Sí, puede que viva, pero Viera aún no está sana.

No es que tenga tiempo para preocuparme. Mañana, según los exploradores, nos encontraremos con los Lunare.

CAPÍTULO 48

INFILTRACIÓN

EL IMPACTO LLEGA en un estruendoso choque. Sin preámbulos. Sin señal de aviso. En un segundo flotaban con una ligera sensación de movimiento rápido, y al siguiente, el módulo de evacuación lanza a Sax contra Bas. El módulo cruje y rueda, el sonido del metal desgarrándose llega a Sax no como ruido sino como vibraciones. Siente los escombros en sus huesos.

Las pequeñas luces del módulo se apagan. Sumergen el contenedor, que no tiene ventanas, en la oscuridad. Luego un destello rojo. Una advertencia.

—Aún tienes una máscara —dice Sax a Bas, quien lo confirma—. Puedes irte.

—El vacío te matará.

—La misión tiene prioridad.

Bas extiende la mano, pasa una garra por el lado del rostro largo y estrecho de Sax.

—Paciencia, querido. La nave nos cuidará.

Un riesgo. La mayoría de las naves de cierto tamaño tienen medidas para evitar que una ruptura del casco lo destruya todo. Algunas podían desplegar escudos electromagnéticos a través de las brechas, usando presión y magnetismo para evitar que todo lo que estaba dentro de la nave saliera disparado. Otras utilizaban aspersores temporales; selladores lanzados por robots de reparación para cerrar un agujero hasta que se pudieran usar medidas más permanentes.

Bas estaría esperando una de esas. El peligro, por supuesto, es que algo más pudiera encontrar su módulo de evacuación mientras tanto. Preparar una emboscada y volarlos en pedazos en el momento en que abrieran la puerta.

—No vale la pena el riesgo. —Sax roza la garra de Bas.

—Dime, Sax, ¿no harías tú lo mismo por mí?

Sax abre la boca para decir que continuaría con la misión. Que pondría el éxito por encima de cualquier persona. Pero no le salen las palabras. Parece incapaz de formar la frase. Bas sisea de risa ante la imagen.

—Una pareja es más que una sola misión —susurra Bas—. Tú, Sax, vales más vivo para mí que mil naves semilla.

Sax ajusta su cola para poder recostarse contra la pared del módulo de evacuación. Mira fijamente a Bas. Extiende sus garras de nuevo y agarra las de ella. Puede que estén atrapados, pero Sax aprovechará al máximo estos momentos.

—¿Cuándo lo supiste? —dice Sax—. ¿Cuándo supiste que te importaba?

—Desde el momento en que vi lo que había detrás del peligro en esos ojos tuyos.

—¿Qué quieres decir?

Bas inclina la cabeza hacia un lado.

—La mayoría de los Oratus son armas, Sax. Viven y respiran violencia. Es lo que nos enseñan a amar. Yo lo hago. Tú lo haces. Pero no nos detenemos ahí, ¿verdad?

—Estás hablando de Avan.

—Estoy hablando de muchos momentos, Sax, en los que elegimos un camino diferente. Cuando me di cuenta de que podías ver otras formas, fue entonces cuando supe que eras el que quería. El que necesitaba.

Antes de que Sax pueda responder, las luces del módulo de evacuación cambian de rojo a un azul profundo. Presión y oxígeno. El vacío que existía después del choque había sido reparado por alguien o algo. Pueden salir.

—Volveremos a esto, Bas. —Sax alcanza el panel de control que abre la puerta—. No me importaría escuchar más sobre lo increíble que soy.

Bas no se ríe. En cambio, aparta el brazo de Sax del panel.

—Yo voy primero —dice Bas, empujando a Sax, suavemente, hacia la parte trasera del módulo de evacuación—. Soy la que tiene la máscara, ¿recuerdas?

Cuando la puerta del módulo de evacuación se abre, revela un desastre chispeante de cables, láminas de metal desgarradas que habían sido techo o suelo, y luces blancas parpadeantes. Bas asoma la cabeza, luego se retira de nuevo a la cápsula.

—Estamos en un área redondeada —dice Bas—. Colgando en la parte superior. Hay una cámara directamente debajo de nosotros. No puedo ver dentro. Esta sala la rodea. Parece que hay comida, oxígeno y agua, al menos, bombeados aquí desde otra parte de la nave.

—Es un puente sellado —dice Sax. No es inusual en naves masivas o en las que transportan carga preciosa. Mantener al capitán y los controles separados de los pasajeros para reducir las probabilidades de un secuestro o, como en este caso, que los atacantes alcancen el lugar desde donde podrían controlar todo lo demás.

—Y estamos dentro. —Bas le lanza a Sax una sonrisa dentuda, luego sale del módulo y cae. Sax la sigue, flotando hacia el suelo. Desde fuera del módulo, Sax puede ver la sección circular, tan alta como las otras partes de la nave semilla que han visitado. En el medio, directamente debajo de su módulo colgante, hay un cilindro ancho que casi llega hasta ellos.

La estructura carece de ventanas y, bajo la luz blanca emitida por bombillas globulares dispersas a lo largo de las paredes del anillo, parece completamente negra. A nivel del suelo, la sección parece tener una variedad de comodidades: tubos que se abren a contenedores de agua, mostradores para comida y un gran pozo de desechos que, supone Sax, conduciría de vuelta al reciclador de la nave semilla.

Alguien podría vivir aquí indefinidamente.

Sax aterriza en el suelo y se equilibra sobre sus piernas, dejando que sus garras caven pequeños surcos en el metal. Algo le hace cosquillas en las branquias. Un olor que no pertenece a un lugar como este. Demasiado carbono en el aire. Como si estuviera atrapado en una habitación con un montón de Flaum respirando con dificultad.

—¿Hueles eso? —pregunta Sax a Bas, quien está dando vueltas alrededor del cilindro central, buscando una puerta.

—¿Electrónica defectuosa? —responde Bas mientras se mueve, y Sax comienza a circular en la dirección opuesta. El edificio cilíndrico no es tan grande como para que queden fuera del alcance del oído—. ¿Por el choque?

—Demasiado natural —Sax rodea el lugar, pero no parece haber ninguna puerta visible. Ni cerradura, ni compuerta deslizante. Sin embargo, está claro que el grupo de comandos que buscan se encuentra dentro de esas paredes—. ¿Podemos atravesarlas?

Bas no duda. Pasa una garra por el metal, provocando

un chirrido que resuena en el espacio. Sus garras dejan una línea plateada, pero ningún desgarro.

No podrán entrar de esa manera.

—Quien esté ahí dentro tendrá que salir en algún momento —dice Bas, mirando los receptáculos de comida y bebida—. Podemos esperar.

Sax está a punto de responder, pero el olor a carbón invade el aire. Opaca cualquier otro aroma. Se concentra en él. Abre sus conductos e inhala. Su cuerpo le indica que el olor es más fuerte desde arriba. Sax mira hacia arriba y se queda paralizado.

Una gran sombra se mueve en el techo.

—Bas, no estamos solos —dice Sax, mientras la oscuridad cae sobre ellos.

CAPÍTULO 49

PRIMER ATAQUE

SOLO MARCHAMOS durante una hora al día siguiente, y nos detenemos mucho antes de que Ignos alcance su cenit, en un valle con Tutio detrás de nosotros en un extremo y el desierto arenoso que conduce a mi selva en el otro. El Emperador proclama que los Lunare vendrán a nosotros, y no al revés, así que esperamos.

Intento aprovechar el tiempo. Viera aún está inconsciente, así que una vez que la columna deja de moverse, ayudo a los sacerdotes a instalarla hacia la retaguardia de las fuerzas. Luego trabajo con los milagros, posicionando las cajas cerca del Emperador y asegurándome de que los guerreros que las abrirán, que mostrarán su contenido, entiendan cómo usarlos.

El Emperador mismo aún tiene la pequeña pistola hecha especialmente para él. La sostiene en su mano derecha, mientras que en la izquierda lleva un cetro ceremonial coronado con una representación dorada de Ignos, cada uno de sus seis rayos adornado con rubíes, diamantes y zafiros. Es glorioso y majestuoso, y estoy completamente feliz de dejar que el Emperador acapare la atención.

La guerra, estoy aprendiendo, no es mi cosa favorita. Demasiada aspereza, demasiadas órdenes, y la constante expectativa de muerte se cierne sobre todo.

Alrededor del mediodía, aparece polvo en el horizonte, acercándose mientras se extiende por el valle frente al volcán. La misma nube marrón que vi alrededor de los hombres de la tribu Solare. Esta crece más rápido, se mueve más velozmente hacia nosotros. El suelo tiembla con el estruendo de pies y cosas más grandes. Monstruos que nunca antes había visto.

Los Lunare, a lomos de sus construcciones rodantes de madera y roca en el centro, están rodeados a lo lejos por la marcha estrepitosa de otras tribus. No puedo apartar la mirada de los... edificios Lunare. No sé cómo más llamarlos. Parecen barcos, con una proa curva en el frente, pero tienen ruedas giratorias que los impulsan por el suelo.

Grandes bestias blancas, escamosas, sin ojos y con muchas patas tiran de estas cosas hacia nosotros, atadas a sus tareas por gruesas cadenas de hierro unidas a collares.

También son demasiado claras las aberturas en los costados de los cascos donde sobresalen tubos grises, apuntando en nuestra dirección.

Fassoth. ¿Cómo están aquí?

No entiendo a qué se refiere Ignos, y rápidamente sigue adelante. Me dice que es importante evitar a esas criaturas, ya que son mortales cuando se enojan. Luego se queda en silencio, como Ignos suele hacer.

—Mira cuántos son —le digo al Emperador—. Nos superan en número.

—No traje a todos los Charre con nosotros por una razón —dice el Emperador, sonando tan despreocupado como se ve—. Lo que decidirá este conflicto no es la fuerza en números. No tomarán Damantum, ni eliminarán a mi gente con sus armas. Lo tomarán destruyendo nuestra fe. Los Charre caerán cuando dejen de creer en mí. En Ignos.

»¿Cuántos de las fuerzas que ves ante ti son Lunare? No muchos. Los cobardes de las montañas se esconden en sus juguetes. Gobiernan por miedo. Cuando mostremos a las tribus que han reunido que los Lunare no son nada que temer, se pondrán de nuestro lado.

No te quedes cerca de él.

No entiendo la repentina advertencia de Ignos.

La historia de todas las cosas está salpicada con la sangre de héroes que lideraron desde el frente de sus fuerzas. El Emperador, sobre ese carro, se convierte en un gran objetivo. Tú, a su lado, tienes tantas probabilidades de recibir un disparo perdido como él.

—¿Cómo estarás a salvo? —le pregunto al Emperador.

—Ignos me protegerá. Incluso estos hombres de las tribus, que llaman a los Lunare su líder, incluso ellos se volverán contra estos invasores si me derriban abiertamente. Los Lunare lo sabrán.

Malo se une a nosotros mientras observamos el acercamiento de los Lunare. Sus barcos se alzan tres veces más altos que el Emperador. Hay tres de ellos, cada uno con un par de las bestias blancas y peludas, y se elevan por encima de las fuerzas Charre.

Calculo que hay varios cientos de Lunare apretujados en y alrededor de los barcos. Sin embargo, a su alrededor hay miles de hombres de las tribus. Reunidos de las selvas y tierras desérticas, forzados o coaccionados a marchar con estas cosas extrañas.

No es la guerra que Padre imaginó que sería el fin de los Solare: los arcos y flechas y lanzas en los árboles de la selva, sino un enfrentamiento entre fuerzas armadas con armas que él nunca podría haber imaginado.

Un Lunare se adelanta en la proa del barco central. A diferencia del Emperador, no está vestido con galas doradas. No lleva capa ni bastón. Su rostro está manchado de tierra, lo que hace que su casco plateado, moldeado de una manera que me hace pensar en sombreros de hongos, resplandezca. Su uniforme es de tela simple, y no hay nada en lo que viste que hable de liderazgo, excepto su postura. Su alto porte, mirada amplia y el puro respeto con el que todos los demás Lunare lo dirigen mientras el hombre fija su mirada en el Emperador.

El silencio llena el aire expectante.

El Emperador golpea su bastón en el suelo de su carro, y los bueyes avanzan un paso, hasta que están nariz con nariz con las criaturas que Ignos llama Fassoths. Mira hacia arriba al líder Lunare.

—¿Debería irme? —le susurro a Malo, ahora a mi lado, quien niega con la cabeza.

—El Emperador debe ser la autoridad absoluta, suma sacerdotisa.

Escucho el título honorífico. Malo me ha llamado sacerdotisa antes, pero siempre con un toque de amabilidad, como un amigo. Ahora viene con una dura formalidad. Tal vez había sido demasiado dura con él. Demasiado difícil.

Recuerda lo que te dije antes. Ahora no es el momento de preocuparte por sus sentimientos. En su lugar, gana esta confrontación. Reclama tu manto.

¿Y luego qué? Ignos sigue empujándome hacia cosas más grandes y mejores, ¿pero con qué fin? ¿Cuánto perdería en el camino?

¿Fin? Esto nunca terminará, Kaishi. Seguiremos adelante y creciendo. Primero los Charre, luego todas las tribus, y más allá hasta que hayas llegado más lejos de lo que podrías imaginar.

¿Y si no quiero?

Ignos no responde, y mi momentánea ensoñación se hace añicos cuando el Emperador levanta su bastón. Los guerreros que portan los milagros dan un paso adelante. Primero, viene el que tiene el fragmento. Aprieta el mango y golpea los cristales negros entre sí. Comienza un fuego arremolinado.

Escucho las exclamaciones a mi alrededor, pero los Lunare parecen no impresionarse. Otros dos Charre se adelantan, sosteniendo las armas de fuego rápido. Apuntan hacia arriba, por encima de las cabezas de los Lunare, y disparan dos tiros rápidos cada uno.

De nuevo hay jadeos. Esta vez, noto que los Lunare prestan atención; sus ojos se dirigen a las armas.

—Tenemos muchas más —grita el Emperador—. Ignos nos da su visión y nosotros la manifestamos.

Las palabras del Emperador parecen conmover a las tribus. Los Solare y los hombres tribales a los lados de los Lunare se mueven, se miran entre sí y luego a sus nuevos líderes, quienes a su vez miran a su hombre en el centro en busca de una respuesta. Mi corazón se retuerce ante la extraña sonrisa que se dibuja en su rostro. Si el líder Lunare tiene alguna duda, temor o preocupación, no puedo verlo.

—Un gran espectáculo para alguien que tiene tan poco. No venimos aquí para ver tus juguetes, Emperador, sino para probar que hay una vida mejor. Que los Lunare traen el paraíso y la providencia. Todas estas tribus aquí saben de lo que hablamos. Lo único que queda es que tú lo aprendas —el líder, entonces, recorre con la mirada el frente del ejército Charre.

Se detiene en mí.

—¿Una mujer entre tus tropas, Emperador? —grita el líder Lunare—. ¿Y sin arma?

—Una suma sacerdotisa es necesaria para que Ignos bendiga nuestro viaje —responde el Emperador.

—¿Bendecir? ¿Entonces dices que *ella* lleva las palabras de Ignos? —se burla el Lunare.

Malo me rodea el brazo con su mano. —Prepárate —susurra.

—¿Prepararme para qué? —susurro en respuesta.

No es como si pudiera hacer algo, parada ahí con mil tropas a mi espalda y una multitud de enemigos frente a mí.

—A través de ella, Ignos nos dice que vuestros días en esta tierra han terminado. Que, para salvar vuestras vidas y las de vuestros hombres, deberíais regresar a vuestras montañas. Arrastraros de vuelta a vuestros agujeros en el suelo —el Emperador eleva su voz ahora, y entiendo que están hablando más a los ejércitos que entre ellos.

El Lunare mete la mano en su cinturón, saca una pistola y me apunta. —Seguramente, si esta suma sacerdotisa tiene la protección de vuestro dios, ¿no podría matarla?

—Habéis visto los dones que Ignos nos ha dado —el Emperador no hace ningún movimiento para atacar, ni para mover soldados frente a mí—. ¿No es eso evidencia suficiente?

—Trucos —anuncia el Lunare—. Mentiras destinadas a torcer vuestras mentes. De nuevo os pregunto, si disparo a esta chica, ¿la protegerá Ignos?

—Él encontrará una manera —responde el Emperador.

El Lunare asiente. Mantiene su dedo en el gatillo. Luego gira el arma hacia el Emperador y dispara. El disparo resuena fuerte; en ese instante es el único sonido en todo el universo.

No veo la bala, pero sí veo el humo. El Emperador se desploma hacia adelante contra el frente de su carruaje, y los bueyes, asustados, se dan la vuelta para huir. Se alejan con estruendo por la línea entre los ejércitos, el cuerpo del Emperador cae del carruaje al suelo frente a mí.

—¿Lo veis? Su dios le ha fallado. Vuestro verdadero Emperador está ante vosotros ahora. Seguidme, y guiad a vuestros compañeros hacia la luz —el Lunare levanta su pistola en alto y la agita.

Me quedo mirando con Malo y todos los demás. Atónita. ¿Cómo puede el Emperador, el santo, morir así?

La lucha no ha comenzado, y los Lunare ya han ganado.

CAPÍTULO 50

EL GUARDIÁN

SAX CONSIDERA QUE SUS INSTINTOS, esas acciones nerviosas que surgen sin pensamiento consciente, son la razón principal por la que ha sobrevivido tanto tiempo. Le salvan la vida de nuevo cuando su cola, junto con sus piernas, lo impulsa a rodar por el suelo. Detrás de él, la criatura se lanza desde las sombras.

Bas rueda en dirección opuesta, de modo que cuando los dos Oratus se ponen de pie, la criatura está justo entre ellos. Lo cual, considerando que es un Fassoth, es menos que óptimo. El Fassoth es una pesadilla visual: su cuerpo largo, estriado y escamado como la nieve se funde en ocho patas como troncos, cada una terminando en un surtido de garras desplegadas. Su cabeza es un bulbo duro, sin ojos ni orejas. Un pelo blanco y fino sobresale entre las escamas. En su mundo natal helado, los Fassoth cazan agachándose, esperando a que algo pase. Ocultándose en los ventisqueros.

La mayoría de las veces, los Fassoths sirven en capacidades laborales. Fuertes e incansables, siempre que se les mantenga alimentados, Sax ha encontrado muchos de ellos en mundos Sevora, y ha luchado contra más que su justa cuota. Nunca, sin embargo, en confines estrechos como este. Nunca con un solo compañero, desarmado. Aun así, si hay una guía para luchar contra un Fassoth, es mantenerse en movimiento.

Así que Sax se mueve. Da un salto hacia la espalda de la criatura. Sin embargo, mientras Sax vuela, el Fassoth se retuerce, sus pelos captando los cambios en el aire. Rueda mientras Sax pasa por encima, con la gravedad actuando ahora como un impedimento y manteniéndolo en el aire el tiempo suficiente para que, en lugar de golpear la espalda del Fassoth con las garras extendidas, Sax se precipite directamente sobre las patas con garras de la criatura.

Donde espera el verdadero terror del Fassoth. En los extremos de cada una de esas patas, en el centro de las garras, se asienta una boca trituradora de dientes arenosos. Moldeados por la roca y encíados con el tiempo para formar bordes dentados. Sax está a punto de ser atrapado por estas cosas. Agarrado y despedazado.

Hasta que Bas, surcando el aire en dirección opuesta, embiste a Sax y empuja a ambos de vuelta al suelo lejos del Fassoth. Sax la toca con una garra en señal de agradecimiento. Se separan, se agachan y se mantienen listos. El Fassoth se retuerce para volver a ponerse de pie y se desplaza hacia ellos. Sax ve cómo las placas rocosas de la criatura se flexionan, empujando el aire hacia dentro y hacia fuera. No muy diferente a sus conductos. Esos son los puntos débiles del Fassoth. Si puede meter sus garras entre su armadura, podrá despedazar al Fassoth.

—Lo distraeré, tú ve por la espalda —sisea Sax.

—Al revés —responde Bas—. Todavía tengo mi máscara.

—Eso no te ayudará contra esto.

—Deja de hablar y ataca —dice Bas mientras carga contra el Fassoth. La criatura, más de tres veces su tamaño, toma el anzuelo y corre hacia ella, sus ocho patas empujando contra el suelo.

Sax, de nuevo, se lanza al aire. Esta vez saltando contra la pared lateral del anillo y usando sus garras para aferrarse, para mantenerse por encima del suelo. Sax se queda quieto por un momento. Si no se mueve, el Fassoth tendrá dificultades para saber dónde está. Se olvidará de él y se centrará en Bas, quien, usando su cola y brazos extendidos, se mueve de un lado a otro. Crea tantas moléculas en movimiento como sea posible. Con tanto movimiento, el Fassoth tendrá que adivinar dónde está ella.

Bas comienza a retroceder mientras el Fassoth se acerca sigilosamente. Cuando cree que ella está cerca, el Fassoth se levanta sobre sus cuatro patas traseras, usando sus cuatro delanteras para arremeter contra Bas. Ella se agacha y esquiva, ignorando las aberturas en favor de mantenerse con vida. Un par de extremidades del Fassoth vienen por arriba, seguidas por las otras dos barriendo por abajo. Bas, usando la gravedad, gira a través de una voltereta en el aire, las gigantescas patas deslizándose justo por encima y por debajo de ella. Sax se maravillaría con el movimiento, pero su propio momento ha llegado.

Normalmente, desde aquí, Sax abriría fuego con mineros. Rociaría rayos concentrados de energía para biseccionar al Fassoth, o cortarle las patas y dejarlo incapacitado. Sax no tiene mineros. Sax está desarmado, salvo por sus garras.

Tendrán que ser suficientes.

Presionando contra la pared trasera, Sax se lanza contra el Fassoth. Su ángulo es bajo, de modo que cuando se acerca, y la criatura comienza a girarse hacia él, Sax se retuerce y alcanza con sus garras. Se deslizan por la espalda del Fassoth, abriéndose camino entre las placas y hundiéndose en el tejido más blando. El tirón hace girar a Sax el resto del camino mientras cruza el cuerpo del Fassoth, y el Oratus planta sus patas en el costado del Fassoth, clavando sus garras mientras la criatura, habiendo girado en la dirección equivocada, comienza a volver.

Sax se impulsa de nuevo, saltando lejos del Fassoth hacia la pared del edificio central. El movimiento debería haber devuelto la atención del Fassoth a Bas, que está intentando acercarse bailando, arremetiendo contra las patas. Los Fassoths no son inteligentes. Debería obedecer a sus instintos. Ir tras el objetivo más cercano. Pero este no lo hace. Este ignora a Bas y gira para seguir a Sax. Mientras Sax aterriza contra el edificio, el Fassoth se lanza hacia él. Esas patas impulsan a la criatura demasiado rápido para que Sax pueda saltar lejos.

Así que Sax no lo hace. Oye a Bas intentar un rugido desesperado, uno que el Fassoth ignora. Sax deja que sus garras se deslicen de la pared y se envuelve en sus brazos, su cola, y se prepara para ser aplastado.

El Fassoth arremete contra Sax, estrellando al Oratus contra el edificio. Sax siente las afiladas garras en los extremos de sus patas mordiendo su cuerpo. Los dientes cortan la piel de Sax. Pero lo bueno de la baja gravedad es que es difícil detenerse una vez que te pones en movimiento, y un Fassoth puede moverse como pocas criaturas en la galaxia. Se estrella contra el cilindro central, su masa llevándolo contra la pared y presionando contra ella.

Sax supone que las paredes laterales están diseñadas para detener láseres. Para proteger contra armas cortantes y rayos. La parte superior e inferior de la estructura, los objetivos más probables para un impacto como el que Sax y Bas habían intentado con el módulo de evacuación, podrían estar reforzadas contra un choque. Los lados, sin embargo,

¿de dónde vendría un impacto pesado en un espacio estrecho?

La pared se dobla, se retuerce y se rompe mientras el Fassoth la atraviesa aplastándola.

El impacto aplasta esas patas tronco contra Sax, aplastando al Oratus contra el vientre del Fassoth y, a pesar de las garras que se clavan en sus brazos, Sax contraataca. Se sumerge en el espíritu maniático que se esconde dentro de cada Oratus. La sed de sangre. Activada, a veces, con Stim, aquí surge de forma natural. El dolor punzante de los dientes del Fassoth desaparece, reemplazado por una furia pura e inquebrantable.

Sax corta, acuchilla, muerde y azota incluso mientras el Fassoth le hace lo mismo. Hasta que, de repente, la criatura lanza a Sax por el aire contra la pared lejana. Se desliza por el metal hasta quedar tendido en el frío suelo.

Frente a él, Sax puede ver el centro de la nave semilla. Con una de sus paredes destruida, el resto colapsa, los lados se pliegan entre sí y se doblan a través del anillo. El Fassoth, con Bas clavándose en su espalda, se retuerce, pero Sax ha hecho el daño. Ha cortado lo suficientemente profundo. Estos son los estertores de la muerte.

Sus ojos se desvían hacia el centro, hacia el líder de la nave semilla, el Sevora que habían sido enviados a eliminar.

Lo que ve tiene un sentido perfecto y horrible.

CAPÍTULO 51

DE LAS CENIZAS

EL PÁNICO se convierte rápidamente en ira.

Veo el cuerpo del Emperador antes de que furiosos estallidos vuelvan a rasgar el aire. Justo detrás de mí. Malo ha tomado uno de los milagros del guerrero Charre. El que puede disparar múltiples rondas. Malo las dispara todas.

Los disparos alcanzan al líder Lunare, que aún está de pie en la proa de su bote, uno tras otro. Los dos primeros le arrancan la alegría del rostro. El tercero y el cuarto lo hacen retroceder hacia el bote. El resto de los disparos de Malo impactan en las barandillas, haciendo que el Lunare se lance lejos en una lluvia de astillas.

Como si el ataque de Malo fuera una señal oculta, estalla el pandemonio: la gente vuela por todas partes. Los guerreros Charre se lanzan hacia adelante para proteger el cuerpo de su Emperador caído, mientras otros cargan contra las filas Lunare. Los Fassoth se alzan sobre sus patas traseras y golpean con sus patas delanteras a cualquiera que se acerque.

Los Lunare parecen perdidos sin su líder y piden la retirada. Momentos después suena un cuerno de graves, una roca hueca que los Lunare usan como instrumento. Esto activa algún tipo de entrenamiento en los Fassoth, que inmediatamente se alejan de la pelea, arrastrando los botes con ellos.

En cuanto a las tribus Solare, no saben qué hacer. Los líderes de ambos bandos están muertos. Los Charre los evitan, centrándose en cambio en cualquier Lunare que no esté en un bote, y a los que acorralan. Los atan y los toman como prisioneros.

Quedarte aquí es peligroso. Ya has jugado tu papel. Vete.

Ignos tiene sentido. Estoy en primera línea. Si estalla una pelea concentrada, si los Lunare deciden que aún no han terminado, no debo estar en medio. Así que me voy. Me abro paso a través de las filas Charre mientras avanzan, con la voz resonante de Malo pidiendo un ataque total.

Otros se unen al grito de Malo, haciendo eco de los aullidos por la destrucción de sus enemigos. El puro ruido me abruma mientras lucho por alejarme, rebotando contra cuerpos y apretujándome entre bordes afilados hasta que llego a la retaguardia de la fuerza. Cerca de Viera, su carreta y los sacerdotes que la vigilan. Todos me miran fijamente. Aún no tienen idea de lo que ha sucedido.

—El Emperador ha muerto —es lo primero, lo único que digo.

Los sacerdotes caen de rodillas y comienzan a rezar, y les dejo enviar sus rápidas palabras a Ignos antes de continuar.

—Con su muerte, el Emperador nos dio la oportunidad de derribar al líder Lunare. Ahora están huyendo. Ganaremos.

—¿Qué es la victoria con semejante pérdida? Sin nuestro Emperador, no tenemos a nadie —uno de los sacerdotes se pone de pie mientras dice estas palabras, aunque me mira como si yo tuviera la respuesta.

—Yo no diría eso —el tono suena extraño. Luego reconozco la voz de Viera, ronca y cansada como está—. Yo diría que tienen a su líder justo ahí.

La Lunare aún no está sentada, pero tiene los ojos abiertos y logra esbozar una débil sonrisa hacia mí. Le habría devuelto la sonrisa, de no ser por los ceños fruncidos y las duras miradas del resto de los sacerdotes.

Esas no son miradas de rechazo, sino de cálculo, Kaishi. Mantente firme y te aceptarán.

Ignos habla sin cesar sobre mi ascenso al poder. Que llegaré a un punto en el que podré salvar a mi gente liderando a aquellos que los destruirían. Mientras miro los rostros de los Charre a mi alrededor, me doy cuenta de que no es en mí en quien creen. No soy yo quien tiene el poder.

Los Charre creen que Ignos habla a través de mí. Nuestro dios está eligiendo mi cuerpo como su recipiente.

Lo eres. Sé lo que ellos creen.

Es lo que Padre hacía todos los días por la aldea. Lo que mi madre hacía todos los días por mí. Puedo hacerlo por ellos.

—Ahora mismo, nuestros guerreros están luchando y muriendo mientras nosotros estamos aquí —me giro mientras hablo, captando la atención de todos los sacerdotes, aquellos que, a través de sus capas y brazaletes, bastones y tatuajes, hablan de todo lo sagrado sobre los pueblos Charre y Solare—. Venid conmigo. De vuelta al frente. Juntos, podemos convencer a las otras tribus para que se unan a nosotros y expulsen a los Lunare.

Hay dudas, pero nadie quiere parecer un cobarde frente a su dios. Se alinean detrás de mí, conmigo, y juntos avanzamos de nuevo hacia la lucha. Esta vez no tengo que abrirme paso; los guerreros se apartan para dejar pasar a los sacerdotes y, con su bendición, a mí.

El frente en sí es un desastre. Los cuerpos se esparcen por la arena y los arbustos, Lunare y Charre y Solare todos juntos. Lo peor de la lucha ha terminado: los Lunare y sus botes están en plena retirada. El resto de las tribus nos miran fijamente, y con los sacerdotes dándome un escenario de su propia creación, me miran a mí.

—Seguidores de Ignos —grito—. Habéis visto vuestras falsedades reducidas a escombros. Habéis oído las mentiras de los Lunare desmentidas por las verdades. Nuestro poderoso Emperador se ha entregado para salvaros de su engaño. Os pido que no toméis las armas contra vuestros hermanos, sino que las empuñéis contra el verdadero enemigo —señalo la nube de polvo, los botes que se elevan sobre ella en la distancia—. Expulsadlos de vuestras tierras. De vuestras aldeas. Reclamad lo que Ignos os ha dado, y sus milagros serán vuestros.

Como para acentuar esta promesa, Malo levanta su arma en alto, para que todos vean claramente qué milagros se manifestarán. Justo lo que esta nueva sacerdotisa promete a cambio de lealtad. Eso es suficiente. Una por una, las tribus deponen sus armas y caen de rodillas. Todas ellas, una tras otra, se arrodillan ante mí.

Hasta que me quedo sola en un círculo de miles.

CAPÍTULO 52

EL SEVORA

INCLUSO CON BAS y el Fassoth retorciéndose en el fondo, Sax no puede apartar la mirada del desastre mutilado frente a él. Por supuesto, había rumores sobre lo que sucede cuando un Sevora alcanza la madurez completa. Toma tanto tiempo y se considera tan arriesgado para el propio Sevora, que pocos se molestan en permanecer en sus huéspedes el tiempo suficiente para que ocurra el crecimiento. En cambio, ante la primera señal del cambio, las criaturas se retiran a las piscinas de nacimiento u otros entornos acuáticos, matando a sus huéspedes en el proceso, y esperan la llegada de nuevos cuerpos. Sax ha visto esos restos muchas veces; en naves, planetas y estaciones espaciales que había arrebatado a los parásitos.

Este huésped originalmente, al parecer, había sido un Flaum. Sax puede ver suficiente pelaje sobresaliendo para discernir eso. Sin embargo, aparte de eso, la cosa frente a él no se parece a nada que haya visto antes. Montones de carne descolorida se apilan unos sobre otros, erupciones fungosas que se construyen sobre lo que había venido antes. Se elevan sobre tallos, más altos que el propio Sax a su máxima altura, desde lo que había sido el cuerpo del Flaum. En la parte superior de estos tallos, las cúpulas se entrelazan entre sí, formando un dosel irregular. De ese dosel cuelgan, en masas fibrosas, hebras amarillas, naranjas y rojas que se asemejan a los tentáculos que los Sevora tienen en su etapa de nado parasitario.

Todo eso es bastante malo, pero lo que hace girar la escena para Sax son los tubos abiertos que rodean una plataforma rectangular en el centro, sobre la cual yace el cuerpo del Flaum. Cada uno de los tubos tiene una pequeña abertura, no más grande que la palma de la mano de Sax. Hebras rojas del Sevora cuelgan sobre muchos de esos tubos, y los extremos sobresalen, como si algo estuviera atascado dentro de ellos. Porque algo lo está, se da cuenta Sax. Los bultos se están moviendo. Independientemente.

Mientras tanto, las hebras naranjas y amarillas se enroscan y se elevan por encima de la parte superior del Sevora, hacia una larga serie de terminales que muestran todo, desde vistas de la batalla más allá de la nave, hasta gráficos y medidores que, supone Sax, cubren los sistemas de la nave semilla.

—¡Sax! —El grito de Bas arranca a Sax de su aturdimiento, y ve a su compañera liberarse de los brazos del Fassoth mientras la gran bestia se desploma en el suelo, temblando en sus últimos segundos de vida—. ¿Estás vivo?

—Por ahora —Sax intenta gritar la respuesta, pero su voz no está a la altura. La sed de sangre lo abandona como un soplo de aire frío, drenando la fuerza de Sax con ella. Ha sido cortado, acuchillado una vez demasiadas. Sax puede sentir cada gota filtrándose de su interior al suelo de metal que lo rodea. Un sabor metálico en su boca. Una borrosidad en los bordes de sus ojos.

Bas aparece frente a él, pareciendo caer desde arriba.

Ha saltado el centro. Se ha mantenido bien alejada del Sevora. Inteligente.

—El Fassoth hizo bien su trabajo —susurra Bas, examinando a Sax.

Nada en su expresión le da esperanza a Sax.

—La misión, Bas —responde Sax—. Por favor.

Bas mira hacia el Sevora, que parece ignorarlos,

—Nunca había visto uno como ese antes.

—Tienes que destruirlo. Es el piloto, Bas. Está controlando toda esta nave.

Noquear al Sevora, y tal vez la nave semilla caería en el pozo gravitatorio del gigante gaseoso. Una nave de este tamaño, sin importar su armadura, golpearía la fuerte atmósfera de ese planeta y se desgarraría en pedazos. Es lo único que Sax podía ver funcionando. Su única oportunidad.

—Toma la máscara —dice Bas y sin esperar a que Sax responda, presiona sus garras juntas.

La máscara se derrite de ella y se amontona frente a Sax. Él extiende la mano hacia ella, coloca sus garras en el material blando. La máscara fluye hacia arriba y alrededor de Sax, hacia sus heridas, donde se endurece. Actúa como un ungüento, deteniendo el sangrado. Sax soporta el dolor, la agonía de la máscara sellando las heridas, con los ojos abiertos y la boca tensa. Bas le ha dado vida, y no deshonrará ese regalo mostrando debilidad.

—Gracias.

—No es por ti —dice Bas, manteniendo sus ojos en el parásito—. Es por mí. Cuando estés listo, necesitaré tu ayuda.

—Estaré ahí. —Aunque Sax no puede garantizarlo. Sus extremidades están sueltas, débiles, y la idea de levantarse de nuevo envía un delgado temblor a través de sus nervios.

Bas se levanta a toda su altura y extiende sus brazos, sus

garras brillando. Es entonces cuando Sax se da cuenta de que el parásito no ha estado inactivo durante su conversación. Hebras naranjas y amarillas se han extendido desde los tallos hacia ellos, dirigiéndose hacia los charcos de sangre de Sax en el suelo. Las hebras se bifurcan, nuevos brotes sobresaliendo hacia ellos. Creciendo rápidamente.

Al otro lado de la habitación, el Sevora envuelve el cuerpo del Fassoth con más.

Bas comienza con los zarcillos cercanos, cortando los que están en el suelo con sus brazos inferiores. Con cada corte, las hebras se retraen. Se acercan más a la masa de hongos en el centro.

—Precaución —sisea Sax a la espalda de su compañera.

La cola de Bas se agita en reconocimiento, y ella avanza lentamente, golpeando a medida que las hebras entran en su alcance. Mejor ser deliberada que arriesgarlo todo con una criatura que ninguno de los dos entiende.

Mientras Bas se acerca, una de las cuerdas rojas, colgando sobre los tubos, comienza a temblar, el bulto en su interior retorciéndose con más fuerza. El extremo de la hebra se pela hacia atrás, revelando una criatura parecida a una babosa con tentáculos propios por un breve momento antes de caer por los tubos. Un nuevo Sevora.

Ante la visión, Bas salta hacia adelante, hacia la masa central, y golpea las cabezas blandas con sus garras. Estas se hunden profundamente, dispersando y arrancando glóbulos blanco lechosos del Sevora. Al principio, parece que Bas destrozará a la criatura entera en cuestión de segundos.

Pero el Sevora no ha terminado.

Hebras brotan del suelo, se extienden desde el cuerpo del Fassoth, de todas partes excepto de las rojas que cuelgan sobre los tubos. Mientras Bas se abre camino en la criatura, las fibras del Sevora se enredan alrededor de sus brazos, piernas y cola. Al principio, Bas las desgarra, sus garras trazando un amplio arco que corta una franja de hebras. Sin embargo, el movimiento deja expuesto el lado izquierdo de Bas, y nuevas cuerdas se apresuran a llenar el hueco.

El Sevora inmoviliza los miembros de Bas contra su cuerpo. Bas los muerde, masticando las fibras, hasta que las hebras llenan su boca, forzándola a abrirla. Sax sabe que necesita moverse. Necesita ayudar, pero sus brazos y piernas no responden, y Bas está muriendo frente a él.

CAPÍTULO 53

RECUPERACIÓN

LLEVO la sopa a Viera yo misma esa noche. La Lunare yace en su carreta, aunque su piel ya no parece del color de la muerte sino más bien como leche tibia.

—¿Entonces funcionó? —pregunta Viera cuando me ve—. ¿Los Lunare huyeron?

—Pensé que eran tus amigos —dejo el cuenco de barro con sopa frente a ella.

—Los amigos cambian —dice Viera—. Además, ninguno de ellos es tan divertido como tú.

—¿Divertido?

—No todos los días conoces a una suma sacerdotisa. No todos los días huyes de juars en los Fosos.

—Esperemos que no todos los días te infectes tanto que casi mueres.

Viera mueve los hombros, intentando encogerse. —Depende. ¿Vas a intentar cauterizarme de nuevo?

Desvío la mirada hacia el fuego. —Gracias a Ignos, no necesitaremos hacer eso por mucho más tiempo. Hay tantas cosas nuevas, Viera. Tantos descubrimientos esperándonos. Ya no necesitaremos los viejos métodos.

Viera nota el cambio en mi tono. Toma un sorbo de la sopa y su expresión se vuelve neutra. Esperando a que continúe.

—Las cosas se volverán más peligrosas a partir de ahora —es reconfortante hablar con Viera, alguien que no tiene posición en el mundo Charre, que está tan fuera de lugar como yo—. Malo me dice que los ancianos de la ciudad, en Damantum, elegirán a alguien nuevo. Otro Emperador. Uno al que no le agradaré mucho.

—¿Agradarte?

Asiento hacia donde los sacerdotes están comiendo alrededor de su propio fuego. No dejan de lanzarme miradas. No muy favorables.

—No les gusta mi poder. Ahora que la lucha ha terminado, se están dando cuenta de lo que significa tener a alguien como yo cerca. Alguien que tiene un dios susurrando en su mente. ¿Cómo pueden competir con eso? ¿Quién los va a escuchar ahora?

—¿A quién le importa? Diles que consigan trabajos de verdad.

Me río, y se siente bien liberarme. Sin embargo, solo dura un segundo, antes de que recuerde que Padre es igual que esos sacerdotes, y que lo hizo todo por mi aldea. —Los Charre necesitan su fe. Si aparto a los sacerdotes, ¿entonces quién escuchará a la gente? ¿Quién oirá sus plegarias? ¿Quién realizará sus ceremonias y atenderá a sus enfermos? No puedo estar en todas partes a la vez.

Viera no tiene respuesta para eso. Continúo, entonces, para ahorrarle la necesidad de hablar. Dejo que tome otro trago o dos de la sopa.

—Así que tengo que trabajar con ellos. Tengo que trabajar con Jakkan cuando regresemos. Él será mi única oportunidad de reunir a todos de mi lado.

—Dime algo —dice Viera—. Eres de una pequeña aldea en la jungla. Tu padre es el jefe de una tribu. Tienes una familia. ¿Por qué molestarte con esto? Ya ganaste. Los Lunare no volverán por mucho tiempo. ¿Por qué no simplemente desaparecer?

Porque esa no es quien eres.

—Porque Ignos no me lo permitirá —acerco mis manos a las brasas. Es una noche fría, y el calor del fuego se siente bien. Una pequeñez, pero algo normal. Es bueno tener esas cosas de vez en cuando.

—Creo que no lo entiendes. Si no les agradas, entonces no importará qué dios esté de tu lado. Encontrarán una manera, y morirás.

—Pensé que me protegerías —sonrío para suavizar el comentario.

—No voy a poder proteger mucho en este estado —Malo interrumpe pisando fuerte cerca de nuestro pequeño fuego. Un movimiento que mata cualquier conversación adicional y nos deja a ambas mirándolo fijamente.

—Kaishi —dice Malo, y se inclina ligeramente—. Lamento molestarte, necesitamos tu ayuda. Mis guerreros me dicen que uno de los milagros no está funcionando. Tal vez Ignos te diga cómo arreglarlo.

Miro a Viera. —¿Ves? Por esto necesito a los sacerdotes. Por qué necesitaré tanta ayuda. Porque necesito atender mis propios milagros.

—Tal vez necesites hacer unos mejores entonces. Unos que no se rompan —quiero reírme con Viera de nuevo, pero el rostro serio de Malo me mantiene callada.

Los dos caminamos por el campamento, pasando fuego tras fuego rodeados de guerreros. Finalmente, llegamos a las afueras, donde un grupo de guerreros está empacando los milagros. Cuando nos acercamos, se detienen y me miran.

—Muéstrenle —dice Malo—. Me pidieron que la trajera, ahora está aquí. Muéstrenle a la sacerdotisa lo que necesitan reparar.

El guerrero líder, con una piel de oso negro sobre su cabeza y hombros, mete la mano en una caja y saca el fragmento. Sostiene el mango.

—Ya no quema.

—¿Han rellenado el recipiente? —pregunto.

Ante esto, todos los guerreros parecen sorprendidos. Un problema simple que ya les he mostrado cómo resolver antes. Entonces, ¿por qué es un problema ahora? No debería serlo.

—¿Eso es todo? —Malo está tan exasperado como yo—. Incluso yo podría resolver eso por ustedes.

—No, jefe. No es todo —el guerrero suelta el extremo del fragmento y luego, repentinamente, lo lanza hacia adelante, hacia mí.

Los otros cargan con él.

CAPÍTULO 54

UNA APERTURA

SAX ya no puede ver a Bas. El Sevora la ha cubierto con sus fibras. Sin embargo, Sax todavía puede ver movimiento allí dentro. Su compañera luchando. Tiene que hacer algo. Tiene que levantarse. Sax barre su cola, mayormente ilesa, detrás de él y empuja. Se levanta sobre sus pies. Sus garras resbalan en su propia sangre y Sax cae sobre su costado. Mientras se inclina, Sax intenta agarrarse y su brazo inferior izquierdo roza algo en su costado. Un ligero bulto en la máscara. En el suelo, Sax lo palpa. Se da cuenta de lo que es.

El vial de Estim. Bas nunca usó el suyo.

Sax clava su garra en la bolsa, siente el líquido cubrirla. En lugar de retirarla suavemente, Sax saca su garra de golpe y se la mete en la boca, empapada con la droga. Una pequeña cantidad aumenta la concentración, elimina el dolor. Una gran cantidad puede matar, puede hacer que los músculos y corazones del usuario entren en tal sobreexcitación que simplemente exploten.

Ahora, sin embargo, Sax necesita toda la fuerza que pueda conseguir.

El Estim arde a través de su cuerpo. A diferencia de la sed de sangre natural de los Oratus, la droga no aleja los sentidos de Sax. Más bien, su visión borrosa desaparece y se pone de pie nuevamente sin esfuerzo. Cualquier daño que el movimiento cause a sus músculos no va a obstaculizarlo.

No ahora.

Se gira hacia el Sevora, hacia Bas. Sax puede cargar, puede intentar lo que hizo Bas, pero eso no funcionó. Bas destrozó los crecimientos abovedados, pero hay demasiadas de esas fibras. Sax necesita otra solución. Escanea la habitación, no encuentra nada, y luego mira hacia arriba. De vuelta hacia su módulo de evacuación estrellado, todavía acunado en vigas rotas y placas de metal en el techo.

Un techo que se fusiona con el casco exterior.

Más allá del módulo de evacuación, Sax puede ver lo que ha cerrado la abertura detrás de su choque: un plástico gris pálido. Al igual que las lanzaderas de asalto, el material actúa como un sello temporal contra el vacío.

Temporal.

Sax salta hacia la pared, clava sus garras y trepa por el costado hacia la parte superior de la cámara. Escala a lo largo del techo hacia el módulo de evacuación. La nave aún cuelga allí, con la escotilla abierta, como si esperara ser usada de nuevo. Así que Sax la usa; como un punto de apoyo para elevarse hacia los pedazos rotos de escombros y cables astillados. Hasta el sello mismo.

Delgado y opaco, el sello se siente como una roca cuando Sax presiona su garra contra él, pero cuando flexiona los puntos afilados de su mano, estos se clavan en el sello como lo harían en una madera blanda. Puede romperlo. Exponer la cámara al vacío.

Abajo, el Sevora está ignorando a Sax. Sus zarcillos, los

que no están envolviendo a Bas, están ocupados con el Fassoth. Continuando devorando el cuerpo de la cosa. Sin duda el parásito asume que Sax no tiene a dónde ir. Que eventualmente se convertirá en la próxima comida del Sevora.

Sax se aferra al casco con sus piernas y sus garras medias, clavando los puntos profundamente. Tendrá que resistir contra la atracción, al menos por un rato. El Sevora debe morir antes de que Sax pueda soltarse.

Con sus garras delanteras, Sax comienza a golpear las partes del sello que puede alcanzar. Pequeños agujeros, no del todo a través del espacio. Cuando ha salpicado la superficie, Sax deja que su cola cuelgue hacia abajo, luego la balancea hacia arriba con fuerza. Su cola golpea el sello debilitado y lo atraviesa. Un tercio del sello se rompe inmediatamente, y frente a sus ojos, Sax puede ver la atmósfera naranja giratoria del gigante gaseoso.

El frío y duro espacio.

El vacío se siente como mil manos en la espalda de Sax, empujándolo hacia la abertura. Sus garras, sin embargo, se mantienen firmes. El aire que sale borra cualquier otro ruido: un rugido ensordecedor mientras la atmósfera escapa de la nave.

Sax se mantiene enfocado en el siguiente paso: el sello debe permanecer abierto. Pequeños robots, como arañas, salen arrastrándose de las ranuras en el casco alrededor de Sax. Se apresuran hacia el agujero y, desde recipientes adheridos a sus espaldas, comienzan a rociar sellador. Intentan cerrar el agujero.

Sax no va a permitirlo.

Con sus garras delanteras y su cola, Sax dispersa a los robots. Los barre en grupos. La nave semilla enviará tantos como pueda a la brecha hasta que se selle, y habría millones de esas cosas en una nave de este tamaño, pero Sax no necesita luchar contra ellos para siempre.

Sax se arriesga a mirar al Sevora y ve una masa de hebras. De todos los colores, todas elevándose hacia él, como una planta creciendo a una velocidad increíble. Se elevan alrededor del módulo de evacuación, que se mueve en su cuna mientras el vacío también tira de él. En un momento, las hebras alcanzarán a Sax. En un momento, se envolverán a su alrededor, y su desesperado intento podría terminar. Aun así, esta es su única opción, y Sax no puede rendirse ahora.

Así que sigue apartando a los robots, mantiene el sello despejado, y de repente las hebras fluyen más allá de él. Intentan doblarse; Sax las ve retorcerse mientras el vacío las arrastra, pero las fibras no son lo suficientemente fuertes. Uno de los montículos del Sevora pasa volando, un trozo más grande.

El resto del Sevora sigue: el vacío arrastra a toda la criatura hacia arriba y hacia afuera, succionándola a través del sello abierto y hacia el espacio.

Falta algo. Sax ve pasar las hebras, pero no a Bas.

¿Dónde está ella?

Sax aparta la mirada del parásito que desaparece y mira hacia abajo de nuevo. Bas está allí, aferrada al módulo de evacuación, luciendo golpeada, pero viva. Ella encuentra su mirada, y Sax ve que su boca se abre, pero el rugido del vacío ahoga cualquier sonido. Sax agita una garra, deja de barrer a los robots. En unos momentos, completarán el sello nuevamente. Sax y Bas estarán a salvo. Observa a las pequeñas criaturas ponerse a trabajar.

Hasta que una forma blanca y masiva vuela desde el suelo, rebota en el módulo de evacuación hacia el sello roto y lo parte completamente, barriendo a los robots araña con él. Sax siente que la cosa golpea su espalda, soltando su agarre, y entonces Sax está atravesando, siguiendo el enorme cuerpo del Fassoth hacia la negrura abierta del espacio.

CAPÍTULO 55

POR UN AMIGO

HAY momentos en los que el tiempo parece congelarse. Cuando todo se ralentiza y me encuentro consciente de todas las cosas que segundos antes me habían pasado desapercibidas. Veo los ojos vacíos de los cuatro guerreros dispuestos contra mí, todos ellos fijos en los míos. Veo sus bocas transformándose en gruñidos y gritos, que se ahogan en el ruido de la celebración de victoria de nuestro ejército. Veo sus brazos extenderse hacia mí o desenvainando sus kukris.

Detrás de ellos, el desierto se extiende hasta el oscuro horizonte, teñido de gris por el resplandor de Nomis mezclándose con el rugir de las hogueras. La luz de esas mismas hogueras proyecta un naranja furioso sobre mis atacantes, dándoles el aspecto de los demonios sobre los que mi padre solía arengar a nuestro pueblo. Demonios y monstruos que se llevarían a aquellos que no mostraran el debido respeto.

Tal como vienen por mí ahora.

Me retiro, tropezando hacia atrás para alejarme de los

cuatro atacantes y, al tropezar con una roca, caigo de espaldas. No me detengo, sino que presiono mis manos contra la tierra, empujándome más lejos. Cualquier cosa para seguir moviéndome. Frente a mí, el guerrero con el fragmento blande su muerte negra y brillante.

El kukri de Malo intercepta el golpe cuando el fragmento se lanza hacia adelante, desviando el ataque. Malo sigue su propio bloqueo, afirmando sus pies y balanceando su otro kukri hacia el pecho del guerrero atacante. El borde curvado deja un amplio corte rojo mientras corta, y el guerrero que empuña el fragmento retrocede, ganando algo de espacio.

—¿Qué están haciendo? —grita Malo a los guerreros, aunque no necesita hacerlo. Los guerreros mismos están respondiendo su pregunta por su cuenta. Gritan infiel, blasfemo, asesino. Creador de cosas inmundas.

Nombres oscuros brotan de sus bocas mientras los cuatro vienen por mí. El kukri derecho de Malo atrapa el fragmento cuando el guerrero ataca, y los bordes de vidrio negro muerden el mango de madera del kukri. Con un tirón fuerte, el guerrero arranca el kukri de las manos de Malo. Dos de los otros guerreros, con sus propios kukris desenvainados, obligan a Malo a una desesperada danza defensiva, con su único kukri trabajando para desviar los golpes.

Dejándome con el último guerrero, cuya piel de piel marrón casi oculta su rostro mientras se mueve hacia mí, con el kukri listo para atacar.

—¡Alto! —grito fuerte y claro. Es lo único que se me ocurre decir.

El suave aire del desierto lleva mi orden por encima del canto y la bebida, y mi voz perfora la celebración.

Mi grito hace que el atacante se detenga. Mira más allá

de mí, sin duda a todos los demás que ahora son testigos de sus actos. Su muerte por esto es segura. Su vacilación se desliza hacia la desesperación, y luego hacia la resignación. Da un paso, levanta su arma, y luego gruñe cuando un kukri lanzado se incrusta en su costado, y entonces cae.

Malo.

Está a mi izquierda ahora, y ha lanzado su única defensa para concederme un poco más de tiempo; unos cuantos empujones más de mis pies contra el suelo, alejándome a rastras de mi enemigo. Oigo gritar a mi amigo, furioso y adolorido, mientras los otros guerreros encuentran sus objetivos. Malo desaparece en la tierra, los dos guerreros lo apalean contra el suelo.

Debes moverte. Hacia las cajas. ¡Son tu única oportunidad!

Ignos tiene razón. Me pongo de pie, diviso las otras tres cajas cerca y corro hacia ellas.

—Suma sacerdotisa, ríndete —dice el guerrero del fragmento, avanzando hacia mí mientras me acerco a la caja más próxima. Mientras agarro el borde y la abro—. Has estado hablando las palabras de los demonios. Y ahora has matado a nuestro líder. El más santo de todos. Como Jakkan dijo que sería, así es. Responde por tus crímenes. Recupera el honor que puedas.

Jakkan. ¿Por qué diría el sumo sacerdote que el Emperador moriría?

En el fondo de la caja, reposando sobre un paño tejido para servirle de lecho, está el arma que Malo había usado más temprano ese día. Lista para disparar rondas, con un nuevo cargador ya cargado. Saco el arma, esforzándome por levantarla, y me giro mientras el guerrero levanta el fragmento.

—Jakkan está escupiendo herejías y retorciendo tu mente —estoy hablando mientras trato de encontrar el gatillo, recordar cómo funciona esta—. ¡Piensa! ¿Quién sino Ignos podría crear dispositivos como el que sostienes, como el que tengo en mis manos?

Los ojos del guerrero se deslizan hacia el arma. Fríos y grises en la oscuridad, luego vuelve a mirarme—. Tales cosas no están destinadas al hombre.

Su brazo retrocede, el fragmento vuela alto, y lo encuentro, el metal pulido que cede ligeramente cuando mi dedo lo roza. El gatillo. Lo presiono.

El arma golpea contra mi hombro una y otra vez, e ignoro el dolor del moretón. La punta del arma rebota más arriba con cada ronda, con cada disparo ensordecedor y eco y chasquido.

El rojo florece frente a mí, y el guerrero se desploma en la tierra.

Puedes soltarla ahora. Ha terminado.

Solo entonces me doy cuenta de que el arma misma ha dejado de disparar. Solo está haciendo clic con su cargador vacío. Había disparado las doce rondas. La mayoría de ellas, a juzgar por mi puntería, describiendo un arco alto en el cielo.

La lucha ha terminado.

Los otros dos guerreros están siendo alejados por Charre, desarmados y capturados. Otros soldados oso y león se acercan frente a mí, formando una barricada con escudos y lanzas en caso de que estos cuatro sean solo el primer intento.

Mis guerreros —como ya he empezado a pensar en ellos— me escoltan en una falange de vuelta a los sacerdotes, al fuego de Viera donde forman un anillo a mi alrededor, mirando hacia afuera y fulminando con la mirada a todos los que se acercan. Mis sacerdotes ofrecen té, se apresuran a sacrificar a los asesinos con el amanecer.

Asiento. Estoy de acuerdo.

Solo pienso en Malo.

CAPÍTULO 56

RESCATE

PARA UNA VIDA vivida en naves, Sax nunca ha estado realmente en el espacio. Nunca ha experimentado el frío penetrante del gran más allá, el vacío negro. Mientras vuela, solo puede pensar en una cosa:

Bas.

Sax tiene su máscara. Sobrevivirá en el vacío durante mucho tiempo, con la armadura protegiéndolo del frío y reciclando su aire. Bas, sin embargo, vivirá solo unos momentos. Sax no puede rotar su cuerpo, así que gira la cabeza, intenta mirar hacia la nave semilla, que ya se aleja a toda velocidad, cayendo en una decadencia orbital.

—Aquí Sax, pidiendo rescate —Sax hace la llamada sin pensar; procedimiento estándar si son expulsados de una nave.

Los comunicadores de la máscara no son de largo alcance, pero Sax puede ver mucha acción a su alrededor. La batalla continúa. Alguien escuchará, rastreará la señal. Entonces Sax lo ve. Un punto elevándose desde la nave semilla. Dirigiéndose hacia él, aunque Sax sabe que no lo alcanzará. El módulo de evacuación. Flotando libre de la nave más grande. Su tamaño más pequeño significa que su órbita durará más, podría mantenerse en el aire. Hay una posibilidad, Sax lo sabe, de que Bas esté en ese módulo.

Elige creer que ella está allí. La esperanza hace que la larga deriva por el espacio sea más fácil, hace que repetir sus llamadas de rescate sea más urgente. Ahora se trata de salvar a su pareja.

Parece una eternidad antes de que un transbordador entre en su campo de visión. Antes de que otro Oratus, este atado a la nave, agarre a Sax de su interminable órbita alrededor del gigante gaseoso y lo arrastre al interior. A partir de ahí, pasan una serie de momentos mientras Sax dirige a la tripulación para capturar el módulo de evacuación antes de que descienda demasiado profundo en la atmósfera. Mientras el oficial médico Flaum en el transbordador le quita la máscara a Sax y comienza a aplicar tratamientos. Agentes anestésicos, suturas y más. Sax apenas presta atención. Mira a la nada, repitiendo los últimos momentos a bordo de la nave semilla.

La había visto, Sax está seguro. Aferrada al borde del módulo. Observándolo. Esperando que el sello se cerrara. ¿Habría tenido tiempo de entrar en el módulo? ¿Cerrar la puerta antes de que toda la atmósfera se drenara? Si Bas no le hubiera dado su máscara a Sax, ella habría... no. Eso es una tontería.

La máscara es lo único que permitió a Sax seguir respirando tan cerca del vacío, lo que le dio la energía para terminar la misión. Bas tomó la decisión correcta.

El transbordador carga el módulo de evacuación a través de su pequeña bahía, más destinada a naves de aterrizaje que a algo como esto. Sax se empuja fuera de la mesa médica, ignorando las protestas del Flaum, y corre. La puerta de la bahía se desliza al acercarse Sax, justo cuando el par de Flaum en el transbordador abre la escotilla. La entrada del módulo se abre hacia arriba, las articulaciones crujiendo, pero Sax no espera a que termine de moverse antes de zambullirse dentro.

Envuelve a su pareja con sus brazos, cuidando de no pinchar sus escamas con sus garras, y Sax saca a Bas del módulo. La lleva a la bahía médica, y cuando el Flaum le indica a Sax que ponga a Bas en la única cama que él mismo acaba de dejar, Sax obedece.

Más tarde, cuando Bas le pregunta a Sax en qué estaba pensando en ese momento, por qué había interrumpido su propio tratamiento para hacer lo que cualquiera de los otros dos Oratus eran más que capaces de hacer, Sax responde que no estaba pensando en nada.

Instinto.

El instinto había salvado su vida, y ahora había salvado la de su pareja.

Con poco oxígeno, cubierta de extraños pinchazos de los tentáculos de los Sevora, Bas va directamente de la bahía médica del transbordador al hospital de la nave cuando atracan con la nave de mando de Evva. Sax, aún débil, se apoya en Gar mientras observa a Bas, inconsciente, recibir atención precisa de un enjambre de robots. No es hasta que una de esas cosas, cubierta de brazos e instrumentos, le dice a Sax que Bas se recuperará eventualmente, que Sax siente que el universo vuelve a su eje. Sus oídos dejan de zumbar y, por lo que parece la primera vez, Sax aspira una bocanada completa a través de sus conductos.

Gar y Lan se ríen entonces. Un silbido feliz. A través de la pared translúcida detrás de ellos, una floración ardiente se abre contra el planeta naranja. La nave semilla, abandonada sin su parásito piloto, se estrella contra la atmósfera.

Otra misión cumplida.

DESPIERTO rodeada de guerreros y sacerdotes. Ignos se alza como lo ha hecho cada día de mi vida hasta ahora, pero cuando brilla sobre mí hoy, me dicen que Ignos brilla sobre una Emperatriz. Una mujer que unió a los Charre y los Solare. Que expulsó a su enemigo. Que escucha al mismo Ignos.

Los líderes de aldeas y tribus se me acercan en fila, cada uno inclinándose y ofreciendo su lealtad. Malo aún se aferra a la vida, así que Viera permanece cerca de mí, con la mano sobre su arma. La sorpresa golpea los rostros cuando la gente se da cuenta de que mi guardia más cercana es una Lunare, pero ahora mismo no puedo ni pensar en lidiar con todo esto sola. Apenas sé qué decir. Les agradezco y hablo lo que Ignos me dice.

Ignos presiona, a través de mí, para que las tribus juren su lealtad. No a los Charre, sino a mí. Esto también causa revuelo, pero cuando recuerdan los milagros, nadie lo cuestiona.

Una parte de mí espera a Padre. ¿Se unió a los Lunare

cuando arrasaron la selva? ¿Están los cazadores de mi aldea aquí en esta reunión?

Pero no aparecen, y cuando los últimos líderes dicen sus votos y comienzan a llevar sus fuerzas a casa, me quedo al frente de una fuerza Charre que, también, necesita moverse. Cuanto antes regresemos a Damantum, antes Malo recibirá mejor atención.

Cuanto antes, dice Viera, podremos ocuparnos de Jakkan.

Nosotras dos pasamos la marcha de regreso juntas, yo en silenciosa consulta con Ignos mientras Viera cuenta historia tras historia. La mujer parece tener un odio por el silencio, y ahora que su enfermedad le ha devuelto la voz, Viera nunca la deja descansar. No me molestan las historias del subterráneo, las cuevas oscuras y los altos acantilados montañosos.

Cuando Ignos me deja escuchar, de todos modos.

El dios está ocupado. Me cuenta planes, cosas que debo hacer para mantener su favor ahora que tengo el poder de hacerlas realidad. Primero vendrán piscinas llenas de extrañas mezclas de plantas y minerales. Alojadas en edificios, si es posible. Luego vendrán forjas y fábricas. Estructuras masivas que transformarán a los Charre en un estado irreconocible. La visión de Ignos es extensa, pero es una visión.

Llegué hasta aquí, a la cima de un trono que nunca quise, y garanticé la seguridad de las tribus Solare. Mi plan está completo. Ignos me dice lo que viene después, y se lo agradezco. Después de dos días -los heridos hacen que nuestro regreso sea lento- aparecen los muros de Damantum. La primera vez que vi esos muros, me dejaron sin aliento. Ahora, es inquietud. Una náusea que reconozco de antes del sacrificio, de cuando hablé por primera vez como sacerdotisa a mi aldea.

Están a punto de tomarse acciones que no puedo revertir.

Al mediodía llegamos a las imponentes puertas de Damantum. Están cerradas, y Jakkan, con un grupo de sacerdotes y ciudadanos curiosos, se encuentra en lo alto, mirándome fijamente.

Destrúyelo, Kaishi. No puedes permitir que amenazas a tu poder permanezcan en pie. Intentó matarnos. A nosotros.

—Deténganse aquí —anuncio. No quiero que mi primer acto como Emperatriz sea un ataque a mi propia ciudad.

Camino frente a mi fuerza, y solo Viera me sigue. Las dos estamos solas en la hierba amarillenta, un blanco fácil para un asesino, aunque siento que Jakkan tendría que ser verdaderamente descarado para atacar frente a todos.

—Jakkan —grito—. Dime por qué las puertas de mi ciudad están cerradas para mí.

—La ciudad santa no se abre a los herejes —responde Jakkan—. Sabes que no puedo dejarte regresar, Kaishi. Sabes que la fuente de toda tu fuerza es oscura. Sin la amenaza que representan tus supuestos dones, los Lunare no habrían matado a nuestro Emperador. Habrían sido nuestros aliados. En cambio, nos llevas a la guerra y corrompes la ciudad y su gente en tu búsqueda por gobernar.

—No intento gobernar —respondo.

Las palabras de Jakkan me toman por sorpresa. Es un argumento extraño. ¿Por qué habría salido a luchar contra los Lunare si mi intención era tomar el control? Mientras miro a la gente de pie en el muro y echo un vistazo a mi propia fuerza, me doy cuenta de que Jakkan no me está hablando a mí.

Antes de que se me ocurra una respuesta, el sumo sacerdote repite sus acusaciones, entrando en detalles aún más floridos sobre las muchas atrocidades que cometeré para asegurar mi lugar a la cabeza de la ciudad. Mientras habla, veo las miradas conflictivas de mi propio ejército, de las multitudes en los muros.

Jakkan está tratando de hacer más que impedir mi entrada.

Está convirtiendo a mi imperio.

Inspiraste a una aldea, una ciudad y un ejército, Kaishi. No dejes que este necio se interponga en tu camino.

Ignos tiene razón.

—Entonces dime esto, Jakkan —interrumpo—. Dices que los milagros, traídos a nosotros por Ignos a través de mí, son obra del mal, sin embargo, expulsaron a los Lunare de nuestras tierras. Vengaron al Emperador. Salvan las vidas de nuestra gente todos los días. ¿Cómo puede eso ser malvado?

Jakkan abre la boca para rebatirme, pero sigo hablando. Ahora entiendo el truco del sumo sacerdote. Establecer impulso, atraer a la audiencia y no permitir que nadie me desvíe de mi curso.

—¿Por qué el Emperador, el más santo de los santos, eligió llevarme con él en lugar de a ti? —Escaneo los rostros de la multitud mientras grito, encuentro tantos ojos como puedo—. Tal vez fue porque eras desleal. Porque no confiaba en que escucharas las verdaderas palabras de Ignos. Tú, que enviaste asesinos para matarme.

Por la cara de Jakkan, sé que estoy en lo correcto.

—Mentiras. Mentiras y calumnias lanzadas sobre mí por esta recién llegada. ¡Ni siquiera es una Charre! ¡Es una Solare! ¡No es una de nosotros! —Jakkan levanta sus brazos, suplicando a la multitud—. Pónganse de mi lado y expulsen a esta usurpadora, esta bruja, que amenaza con...

Un crujido familiar resuena en la llanura. El disparo golpea a Jakkan en el hombro y el sumo sacerdote se tambalea hacia atrás desde el parapeto y cae fuera de la vista.

Viera, con su pistola desenfundada, se encoge de hombros ante mí.

—Pensé que te estaba llamando con muchos nombres desagradables. No me pareció correcto.

CAPÍTULO 58

LA SIGUIENTE MISIÓN

BAJO OBSERVACIÓN MÉDICA ES, para Sax, el peor castigo posible. Se había dejado herir —más bien, destrozar por un Fassoth— y, como resultado, está confinado en el ala médica de la nave de Evva. La curación ni siquiera es la prioridad: Sax soporta pinchazos y sondeos, inyecciones y exámenes para ver si la exposición a un Sevora maduro podría resultar en algo extraño.

Por eso Sax no se sorprende cuando la puerta de su habitación de cuarentena se abre sin previo aviso. Compuesta por una cama, una mesa y una silla equipada con Oratus, Sax observa la transmisión de la batalla —ahora en su fase final, con naves retirándose o limpiando los restos — proyectada en una cuarta parte de una pared que sirve como pantalla.

—Sax, has sido dado de alta —explica Evva, con sus escamas carmesí brillantes bajo la luz, mientras entra en la habitación. El espacio es reducido con ambos dentro, y mueven sus colas hasta encontrar un lugar despejado donde posarlas—. Bas, sin embargo, aún se está recuperando, pero no podemos esperar por ella antes de actuar. Gracias al desertor, ahora sabemos que esto no era lo que esperábamos. Todavía hay más naves Sevora ahí fuera, Sax, y ahora sabemos dónde están.

—¿Desertor?

—El Oratus infectado, Avan —Sax nota que Evva mira hacia atrás antes de decir su nombre.

Comprobando si hay alguien escuchando.

—Hay cámaras aquí, comandante —dice Sax—. Pero nadie las revisará si no ocurre nada irregular.

Evva permanece tensa, con las garras apretadas, pero continúa:

—Ha estado proporcionando información muy interesante que estoy tratando de verificar. Las implicaciones, Sax, podrían ser enormes, y te lo digo por una razón: confío en ti, y en pocos más.

—Quería salvar a los Sevora —responde Sax—. ¿Qué te está diciendo?

—Que aún puede haber una razón para contener nuestra mano —sisea Evva—. Por supuesto, podría estar equivocado, y si lo está, disfrutaré personalmente llevando a cabo la ejecución.

—No me lo vas a contar, ¿verdad?

—Demasiados oídos, Sax. Pero no vine aquí para hablar de Avan. Tengo órdenes más mundanas para ti. Hemos descubierto que una semilla aterrizó en un planeta conocido por tener vida inteligente, aunque pre-despertada. Preferimos que los Sevora no corrompan el mundo por completo.

Sax se recuesta en la cama. Mira sus garras.

—No soy un limpiador. Hay muchos otros, menos experimentados, que podrían hacer esto. ¿Por qué yo?

Evva se acerca más, pone una mano con garras sobre el hombro de Sax, se inclina y susurra:

—Porque te necesito vivo, Sax, para lo que pueda venir

después. Mantenerte lejos del frente es la forma más fácil de lograrlo, y esta misión sirve como una excusa viable.

Evva se endereza y anuncia en voz alta:

—Sé que no es la misión que querías, pero la flota se está moviendo rápidamente y no tenemos tiempo de esperar a tu recuperación. Esta misión será una forma fácil de reincorporarte al servicio activo. A Bas también.

Sax, con pocas opciones, se pone de pie mientras Evva se dispone a salir de la habitación.

—Completaré la misión lo mejor que pueda, comandante.

—Como siempre, Sax. Honro tu vida —Evva se inclina mientras pronuncia las palabras formales.

—Es un honor para mí entregarla —Sax se inclina de la misma manera, y luego Evva se ha ido.

CAPÍTULO 59

EMPERATRIZ

¿SÉ lo que significa ser una Emperatriz? ¿Liderar a los Charre, que no son mi propio pueblo, cuando apenas tengo diecisiete veranos?

No.

Pero tengo un dios hablando a través de mí. Tengo un brazalete lleno de milagros. Y cuando salgo de las cámaras de los Vaos, una multitud adoradora corea mi nombre. Promete que cada una de mis órdenes será cumplida. En los días posteriores a mi regreso, presenté pequeños milagros proporcionados por el Cache a los ancianos de Damantum.

Uno por uno, fui influyendo en sus opiniones con ungüentos medicinales, planes para nuevos milagros personales y, en algunos casos, con oro y artefactos que Jakkan, quien había encontrado su destino bajo el cuchillo de vidrio negro, había dejado atrás. Cuando llegó el momento de elegir un nuevo líder para Damantum, nadie más se molestó siquiera en presentar su nombre.

A mi izquierda está mi guardia personal, una Lunare llamada Viera. Sus viejas ropas arruinadas han sido reemplazadas por la más fina capa y tela Charre. Verde, como la mía. A mi derecha está el líder de mis ejércitos, aunque Malo se mantiene erguido, por ahora, gracias a un par de guerreros león.

Juntos contemplamos mi ciudad, más allá de los muros hacia los vastos campos donde los cambios ya están comenzando. El humo negro se eleva, los fuegos atronadores arden en lo profundo; nuevos milagros están naciendo.

Todo nuestro, Kaishi. Todo nuestro.

Kaishi abrazó los dones que Sevora le otorgó, pero convertirse en emperatriz ha atraído el tipo de atención que viene con garras.

Continúa la aventura de Kaishi con *El ojo de la mente*:

AGRADECIMIENTOS

Esta novela es el producto de mi familia y amigos que se negaron a dejar morir un sueño. A mi esposa Nicole, por permitirme escribir en las primeras horas de la mañana y asegurarse de que no muriera de hambre. A mis hermanos y padres por sus continuos comentarios, apoyo y entusiasmo.

Y, por supuesto, a ti, el lector, por darme una razón para escribir.

SOBRE EL AUTOR

A.R. Knight teje historias en una fría casa en Madison, Wisconsin, principalmente gobernada por un par de gatos. Después de verse arrastrado por la rutina laboral durante la crisis económica de 2008, se encontró sobrevolando el espacio y viviendo grandes aventuras durante aburridas reuniones.

Con el tiempo, tras dedicarse a podcasts, guiones, relatos cortos y otras novelas, encontró una historia en la que sumergirse y un elenco de personajes tan entretenidos como llenos de corazón.

¡Gracias, como siempre, por leer!

Para más información:
www.adamrknight.com

Para Nicole

* 9 7 9 8 8 8 8 5 8 1 5 4 4 *